ウェストマーク戦記 3

マリアンシュタットの嵐

ロイド・アリグザンダー 作
宮下嶺夫 訳

評論社

ウェストマーク戦記③

マリアンシュタットの嵐――目次

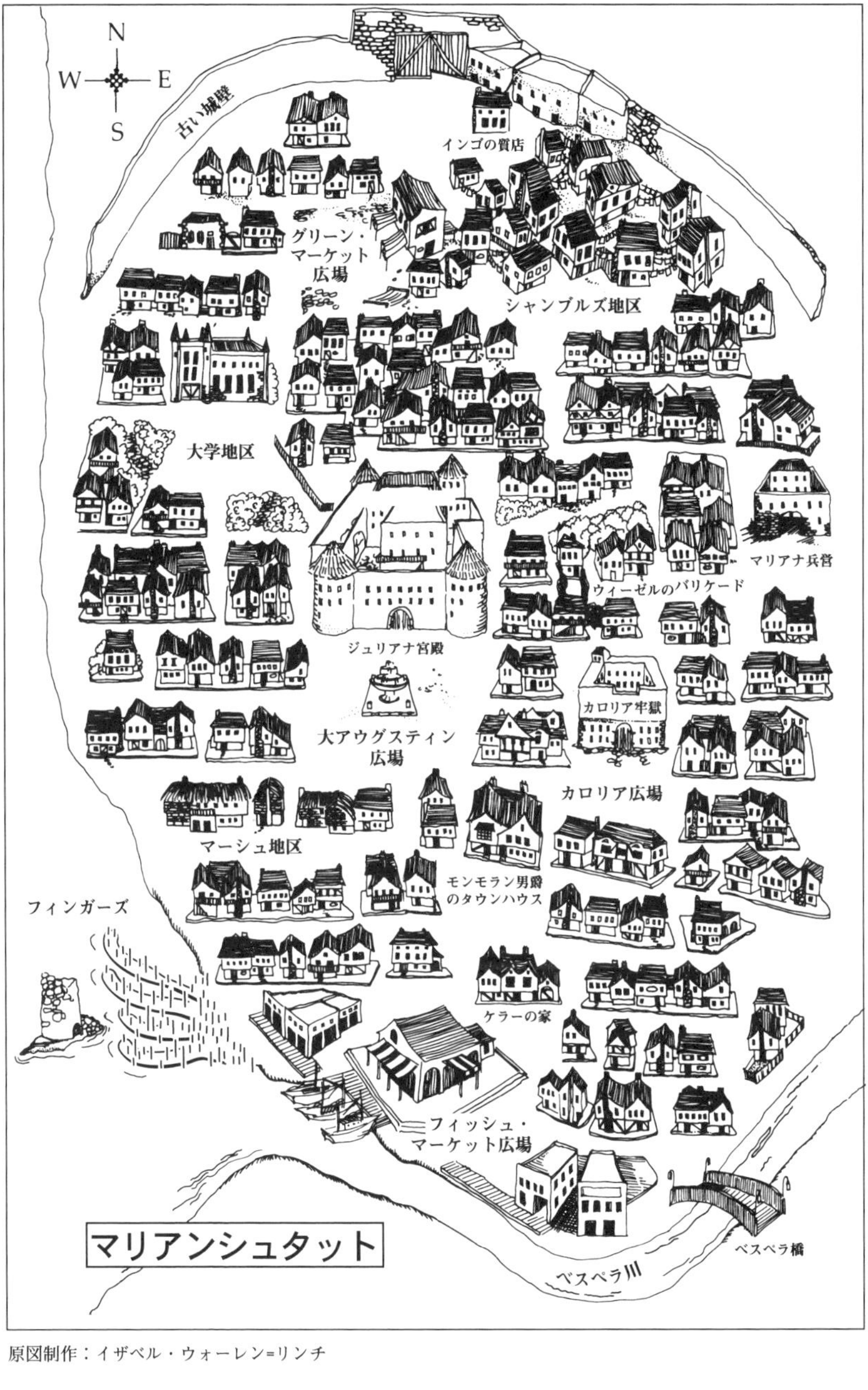

原図制作：イザベル・ウォーレン=リンチ

〈主な登場人物〉

テオ……ウェストマーク王国執政官《しっせいかん》。ミックル（アウグスタ女王）の婚約者《こんやくしゃ》。カバルス総統政府成立後は、首都にひそんで反対闘争《とうそう》の先頭に立つ。

ラス・ボンバス伯爵《はくしゃく》……旅の興行師。反カバルス運動でもさまざまな能力を発揮する。

マスケット……ラス・ボンバスの従者。ひどく小柄《こがら》だが、幌《ほろ》馬車をたくみに走らせて活躍《かつやく》。

アウグスタ女王（ミックル）……ウェストマーク王国女王。宮殿脱出《きゅうでんだっしゅつ》後、首都の秘密の司令部から、テオとともに反カバルス運動を指導する。

フロリアン……ウェストマーク王国執政官。地下で反カバルス運動の総指揮をとる。

ジャスティン……ウェストマーク王国執政官。フロリアンやテオとの対立を深める。

ザラ……反カバルス運動の幹部。常にフロリアンと行動を共にする。

カロリーヌ皇太后《こうたいごう》……アウグスタの母。トレンスのよき理解者。

トレンス……もとウェストマーク王国宰相《さいしょう》、王室医務官。反カバルス運動に参加。

ウィッツ……ウェストマーク軍の若き参謀《さんぼう》総長。女王に心酔《しんすい》し、宮殿脱出のために奮闘《ふんとう》。

ケラー……人気コミック新聞の編集発行人。レギア王国との戦争のあと、病気がちとなる。

ウィーゼル……もと〈拾い屋〉。新聞記者見習い。反カバルス運動で大活躍する。

スパロウ……もと〈拾い屋〉。ウィーゼルの姉。病気のケラーに代わって新聞を発行。

マダム・バーサ……ケラーの面倒《めんどう》を見ている家政婦。口やかましいが親切。

コンスタンティン王……レギア王国の国王。アウグスタ女王の政策に好意的。
コンラッド大公……コンスタンティンの叔父《おじ》。レギア、ウェストマーク両国の支配を目論《もくろ》む。
ズーキ大佐《たいさ》……アンカル首長国の軍人。コンラッド大公の資金を得てカバルスを支援《しえん》。

カバルス……もとウェストマーク王国宰相。国外追放されるが、アンカル首長国軍の支援で帰国し、総統政府を樹立。
パンクラッツ……カバルスの忠実な秘書官。
スケイト……カバルスに雇《やと》われている情報屋・殺し屋。
ツェラー大佐……マリアナ連隊幹部。女王に反逆し、カバルス総統政府のもとで働く。

インゴ……シャンブルズ地区にある質店《しちてん》の店主。闇《やみ》社会の大物。
リトルハンズ……インゴの仲間のスリ。
〈ハートのエース〉……インゴの仲間のトランプ詐欺師《さぎし》。
マンチャンス……インゴの仲間で忍《しの》びこみの名人。
ポーン……もとドルニングの警察官。テオのむかしなじみ。
ヤコブ船長……ウィーゼルの知り合いの密輸業者。

レッド・コッケード……反カバルス運動幹部。死刑《しけい》になるが、遺《のこ》された妻が同じ名前で戦う。
ユスティティア……反カバルス運動幹部。大学生。
リベレーション……反カバルス運動幹部。もと市民軍の士官。
クラリオン……反カバルス運動幹部。もと宮廷《きゅうてい》の役人。

THE BEGGAR QUEEN
by
Lloyd Alexander

Japanese translation published by arrangement
with Lloyd Alexander
c/o Brandt & Hochman Literary Agents, Inc., New York, U.S.A.
through Tuttle-Mori Agency, Inc., Tokyo

ウェストマーク戦記 3

マリアンシュタットの嵐

若いころの心を持ちつづけている大人たちへ。そして、
未来への希望そのものである若い人たちへ。

装画／丹地陽子
装幀／川島　進（スタジオ・ギブ）

第一部　ウィーゼルの冒険《ぼうけん》

1 大公の決意

レギアの国王コンスタンティン九世は、三回、胸を突《つ》かれていた。真剣勝負《しんけんしょうぶ》ならとっくに死んでいる。もうたくさんだ。風呂《ふろ》に入りたい。彼は、いきなりマスクと剣をほうり投げ、相手をしてくれていたフェンシング教師に、下がってよい、と言った。衣類を脱《ぬ》ぎ捨てながら、屋内練習場から居室までの廊下《ろうか》を大股《おおまた》に歩いていく。

コンスタンティンは十八歳《さい》。長い足、引きしまった体つきの青年君主だ。先祖たちと同じ、血色のよい顔。上《うわ》くちびるに生やしたやわらかな亜麻色《あまいろ》のものは、もう、だれが見ても口ひげとわかる。試合のせいで顔はいっそう赤みを増し、全身、快い疲労感《ひろう》に包まれている。居室の奥《おく》の小部屋に入り、さっそくバスタブに身をしずめた。三度も突かれたのはちょっと残念だ——防御《ぼうぎょ》のしかたをもっと練習しなくては——。しかし、コンスタンティンは最高の気分だった。

叔父《おじ》のほうはそうではなかった。コンラッド大公は心がいらだつと、大食いになる。だから、この数ヵ月でひどく太ってしまった。いっしょに歩いていても、この足の速い甥《おい》と歩調をそろえるのがむずかしくなった。大公はいま、小部屋のすみのスツールに居心地悪く腰掛《こしか》けて、コンスタンティンの頭に近侍《きんじ》たちが湯をかけているのを見ていた。

長い、不格好《ぶかっこう》な靴《くつ》のような形のバスタブ。最近、国王はこれが気に入っている。こまったものだ、とコンラッドは思う。コンスタンティンのめずらしもの好きの一例だ。政治ばかりか、何につけても新しいものをありがたがる……。タブは新式で、コンラッドにとってはただただおぞましく、腹立たしいしろものだ。しかし、そのタブにぬけぬけと入っているやつは、もっと腹立たしい。いま、そいつは湯の中に全身をしずめている。顔も隠《かく》れてしまっている。大公の胸はおどった。甥がこのままずっとしずんでいてくれれば、という喜びに満ちた思いが頭をよぎる。が、夢はすぐに砕《くだ》けた。国王はまた表面に顔を出し、プーッと湯を吐《は》き出した。

「風呂、好きじゃないんですか？」コンスタンティンは濡《ぬ》れた髪《かみ》を目から払《はら》いのけて、叔父に声をかけた。「とてもさっぱりしますよ」

「そんなことより、コニー、わたしの話を聞いてほしいんだ」

「いつだって聞いてますよ」コンスタンティンは言った。「実のところ、最近は、耳にタコができるくらい聞いている」

コンラッドは、ぐっとこらえた。「このウェストマークの件を、きっぱりと解決してしまわなくてはならないんだ」

「わたしは、もう解決したと思っていたんですがね」

「冗談《じょうだん》じゃない。現在のウェストマークの政府を承認しつづけることなど、とうていできるものではない」

「なぜ？　先方はわが国の政府を承認していますよ」

「なぜなら、ウェストマークの女王は、革命家どもを国家の最高ポストにすえている。執政官《しっせいかん》などという名前をつけおって。フロリアン、ジャスティン、そしてもう一人テオという男。三人とも、山賊《さんぞく》で殺し屋だ。こいつらが貴族制を破壊《はかい》している。法律のほとんどを書き直している。貴族の領地を細切《こまぎ》れにして、農民どもに分配しようとしている。女王はそれに同意している。いや実のところ、激励《げきれい》し後押《あとお》ししている。あろうことか、テオという男は彼女と結婚《けっこん》することさえ考えている」

コンスタンティンは、近侍《きんじ》に目くばせしてタオルをわたしてもらい、「そんなこと、彼女の自由です。わが国とどんなかかわり合いがあるんです？」

「すべてにおいてかかわり合いがあるんだ」コンラッドは言った。「ああいうことは一種の伝染病だ。感染し蔓延《まんえん》するんだ。すでにわが国でも、それらしい徴候《ちょうこう》が出ている。臣民どもがとほうもない要求を口にしはじめている――」

「慎《つつ》ましい要求ですよ」コンスタンティンは、頭をタオルでごしごしこすりながら、「いま快くあたえておけば、あとになって全部奪《うば》われることにもならないでしょうよ」

「凶暴《きょうぼう》な犬に肉をひとかけ、あたえてみろ」コンラッドは言った。「あっという間に平らげて、今度はきみの腕《うで》を食いちぎるんだ」

「伝染病の次は犬ですか」コンスタンティンは言った。「いったい、わたしにどうしろとおっしゃるんです？」

「ウェストマークについては、きみがあの〈物乞《ものご》い女王〉と結んだ協定を廃棄《はいき》すること。国境を閉鎖《へいさ》し、すべての貿易を停止すること。もっとも厳格な禁輸を実行するのだ。国内については、不平分子どもにたいし断固たる行動をとること。まず数人を絞首刑《こうしゅけい》にする。きみもおどろくほどの効果があるはずだ。残りの連中は、急に世の中の道理というものがわかって、すっかりおとなしくなる」

「それがすべてですか？」

「それが、すばらしい始まりとなるのだ」

「わかりました」コンスタンティンは言った。「叔父《おじ》さんは、叔父さんの考えをはっきりと話してくださった。わたしも、わたしの考えをはっきりお話ししましょう。わたしは、そういうことを何ひとつとして行なうつもりはありません。あなたは歴史について考える必要がないけれど、わたしは歴史のことを考えます。わたしは、どちらかというと、寛大《かんだい》な、物分かりのよい君主として歴史に名を――」

「そんなことでは、だめだ」コンラッドがさえぎった。「さもないと、きみはひどく短い歴史しか持てないぞ」

「叔父《おじ》さんは、そのほうがうれしいんじゃないですか？」

「まあまあ、コニー――」

「まあまあ、叔父さん」コンスタンティンは、正面からコンラッドを見すえた。「この話し合いができて、よかったですよ。これでもう、この問題を蒸し返さずにすむんですからね。わたしは、ウェストマークに禁輪を行なうことや、自国の国民を絞首刑《こうしゅけい》にすることについて、もうこれ以上聞きたくない。これはほんとうです」それから、にっこり笑って、「風呂《ふろ》、ほんとに好きじゃないんですか？」

コンラッドは、タブにつかったままの甥《おい》を残して立ち去った。蒸気でむんむんしていた小部屋を出ると、呼吸が楽になり、気持ちが明るくなった。彼は、ほっとしていた。新鮮《しんせん》な空気に触《ふ》れたからだけではない。ようやく決心がついたからでもある。――もう、やるしかない。

国王にはじゅうぶんチャンスをあたえた。それなのに、あのバカ者は、みずから破滅《はめつ》の道を選んだのだ。それは、長いことコンラッドの心の中にわだかまっていた考えだった。それは、ときどき、ささやいた。ときどき、さけんだ。ときどき、甘《あま》い声で歌った。コンラッドはそれについて、くよくよと悩《なや》みつづけていた。しかし、いまや、あっさりと決心がついた。決心というよりも、絶対的な必然を受け入れたような、すっきりした気分だった。いったい自分はなぜ、これまでためらっていたのだろう。

大公の領地のひとつが、ブレスリン宮殿《きゅうでん》からあまり離《はな》れていない農村部にある。国王との話し合いの数日後、あれこれの手配をすませたうえで、コンラッドはその領地に行った。犬や馬のようすを見、管理人たちと打ち合わせをするためだが、秘密裏に、ある客人と会談するためでもあった。

犬舎と厩舎《きゅうしゃ》をたずねて愛する動物たちと出会ったあと、コンラッドは、コテージのひとつへと歩いていった。大公の客人は、地味な服装の、痩《や》せて血色の悪い男だった。暖炉《だんろ》のそばに腰掛《こしか》けていたが、コンラッドが入っていっても、立ちあがらなかった。

表向き、彼はここにいないことになっている。ここだけではない、レギア王国のどこにもいるはずのない人間なのだ。ウェストマークを追われてきた彼は、その後レギアからも追放された。しかし、レギア国内のきわめて限られた人たち、ウェストマーク国内のごく少数の人たちのひそかな了解《りょうかい》のもとに、コンラッド大公は彼に住まいを提供し、食事をあたえ、日常のすべての面倒《めんどう》を見てきたのだ。彼――すなわち、ウェストマーク王国のかつての宰相《さいしょう》カバルスに。

ようやく、このカバルスがここから出ていくという目処《めど》がついた。そう思うと、大公は、個人的にも政治的にも、うれしくてならなかった。何とも底知れない男だった。この男の近くにいると、いつも落ち着かない気分になった。コンラッドは一時期、カバルスを、勤勉ではあるがごくあたりまえの策士だと思ったこともある。しかし、戦争が終結してからというもの――戦争のあの結末は、カバルスにとって、何よりもまず屈辱《くつじょく》だった——、カバルスの青白い皮膚《ひふ》の下に一頭の野獣《やじゅう》が垣間《かいま》見えるように思った。内側からカバルスをかじり、どす黒い目の奥《おく》から外をにらんでいる野獣。カバルスの肉体は、その野獣を入れておく檻《おり》でしかないのではないか。

きわめて素っ気ないあいさつをかわしたあとで、コンラッドは、「あなたは、ウェストマークに帰る準備をしなくてはならない」と言った。これを聞いたら、少なくとも、ちらりとほほえむのではないかと思ったのだが、カバルスはただ、コンラッドをじっと見つめただけだった。

「どういう資格で？」

「すでに合意しているとおり、国家のトップとして」

「わたしが言っているのは、職務上の名称《めいしょう》のことです」カバルスは言った。「もちろん、いずれ、わたしは国王の座につくことになる。しかし、それまでの期間、指導と奉仕《ほうし》を表現する何らかの職名が必要です。『総統』がぴったりだと思うのですがね」

大公は、仕事さえしてくれれば、職名なんてわたしはどうでもいいのだ、と答えたかった。が、もっともらしくうなずき、「まさにぴったりだな」

「前もって必要なものがあります」

コンラッドは待った。ウェストマークの未来の総統は金《かね》のことを話そうとしている。政治の沙《さ》汰《た》も金しだいというわけか……。

カバルスが手招きすると、彼の忠実な秘書が、書類をたずさえて影《かげ》の中から歩み出てきた。パンクラッツは主人とともに、この国に亡命してきたのだった。あっぱれ忠義の行動だ、それにウェストマークに残って首をくくられるよりは賢明《けんめい》な行動でもある、とコンラッドは思った。ずんぐりむっくりして、がに股《また》で、筋肉の盛りあがったふくらはぎを持つパンクラッツは、〈宰相《さいしょう》のマスチフ〉とあだ名されている。うまいあだ名だとコンラッドはあらためて舌を巻く。まさにオオカミに仕《つか》える犬だ。

「理解してもらいたいが」コンラッドは言った。「いかなる資金も、レギア王国から公式に出ることはない。わが財務大臣は、資金の出どころが突《つ》き止められないよう細心の注意を払《はら》うだろう。国王は、それらについてはまったく関知していない。しかし、ウェストマーク国内のきみの仲間たちは、応分の費用を分担してもらいたい」

「わたしは、金よりも軍隊を必要とします」カバルスは言った。「ウェストマークの将校たちはわたしに忠誠を誓《ちか》うでしょうが、追加の兵力が必要となるはずです。いったんやるとなったら、絶対的に確実な軍事的優位性を確保していなければなりませんからな」

「それは確保できるはずだ」大公は言った。カバルスは要するに、絶対的な安全が保証されるまでは、ウェストマークに足を踏《ふ》み入れるつもりはないと言っているのだ。「レギア軍が参加することはあり得ないので、わたしは先日から、アンカル首長国のズーキ大佐《たいさ》と話をしている。彼はもうすぐここに来るだろう。彼と、彼の仲間の将校たちが、アンカル人傭兵《ようへい》部隊をひきいてウェストマークに入るはずだ。あなたは、彼らを思いのままに使えることになっている」

「雇《やと》い兵ですか？　愛国的情熱を持った兵士たちのほうが、ありがたいのですが」

「なに、金《かね》が情熱を生むのだよ」コンラッドは言った。「きっとあなたも満足することだろう」

「わたしは満足などしません」カバルスは言った。「満足するものですか、自分の能力と熱意を完全に発揮してふたたび祖国に奉仕《ほうし》できるまでは。ウェストマーク国民が幸せになり、執政官《しっせいかん》と称《しょう》する連中が追放されるまでは。連中は悪辣《あくらつ》な犯罪者であり、それにふさわしい報いを受けなければなりません。連中が法廷《ほうてい》に引き出され、最高の刑罰《けいばつ》によって処断されるまで、わたしは満足などしていられないのです」

「それで、アウグスタ女王は？」

「彼女の行為《こうい》は、彼女が王座に値《あたい》しないことをしめしています。彼女は取りのぞかれるでしょう。そして国家は腐敗《ふはい》から浄化《じょうか》されるでしょう。これはわたしの仕事、いや、わたしの厳粛《げんしゅく》なる義務です。苦難の中にある国民に、わたしの手で名誉《めいよ》と美徳とを回復してやる。これは、思うだけでも体の震《ふる》えるような責務です」

えらく金のかかる責務でもあるな、とコンラッドは思った。カバルスが退屈《たいくつ》な財政問題について話しはじめたので、大公は頭が痛くなった。だから、パンクラッツがズーキ大佐《たいさ》を案内してきたときは、ほっとした。

アンカル軍大佐は、けばけばしい軍服を着た、見るからに見栄坊《みえぼう》そうな小男だった。しゃちこばって敬礼したあと、大公とカバルスに、ぴょこんぴょこんと頭を下げた。コンラッドは嫌悪《けんお》のまなざしで彼を見た。アンカル人というのは、どいつもこいつも同じタイプだ。彼らが戦場でどんなことをやっているか、いろんな話を聞いているが、いまは、それについては考えないことにした。ズーキ大佐は、カールした赤っぽい髪《かみ》をポマードでてかてかにし、コロン水と嗅《か》ぎ煙草《たばこ》のにおいを体じゅうから発散させている。洒落《しゃれ》っ気はじゅうぶんだが、その本質はけだものと変わらない。

コンラッドが予期し恐《おそ》れていたように、アンカル人は、バカていねいな儀礼《ぎれい》的あいさつをくどくどと述べ立てた。ハゲワシが肉のまわりをぐるぐる回るように延々としゃべりまくり、コンラッドがうんざりしたころになって、ようやく本題を切り出した。そして、永遠の質問が来た。金の問題だ。

「殿下《でんか》がどういう話を聞いておられるにせよ」ズーキ大佐は言った。「われわれの生命は安価なものではありません」

「まことにそのとおり」コンラッドは言った。「きわめて高い価格で売っておられますな」

ズーキ大佐は両手を広げた。「買うかどうかは、あなたがお決めになることです。われわれは提供します。あなたはお気に召《め》したものをお求めになればよい。われわれは、あらゆるものを提供できます。歩兵、騎兵《きへい》から、軽砲《けいほう》、あるいはもっと大きな野砲《やほう》さえもね。あなた方の必要性と優位性に合致《がっち》した取り合わせを選べばよいのです。もしあなたが、たとえば一定数の歩兵をお望みなら、おまけとして、より低い価格で砲兵《ほうへい》部隊をつけて差しあげてもよい。あるいは、歩兵の各師団に騎兵《きへい》隊一個中隊ずつつけてもよい。また、もしアンカルの船舶《せんぱく》での輸送をお望みなら、それも提供しましょう」

カバルスは、ズーキに向かって熱心に質問しはじめた。時おり紙にメモを書いたりして、まるで、アンカル国のどこかのバザールで絨毯《じゅうたん》の値段の交渉《こうしょう》でもしているかのようだった。交渉がいちおう決着してズーキ大佐《たいさ》が立ち去るころには、コンラッドは、びっしょり汗《あせ》をかいていた。ズーキに支払《しはら》う金《かね》の相当部分は、大公の私的財産から出ることになっているのだ。

「少し歩かないかね？」コンラッドはまだ、カバルスと話し合うことがあった。当然、パンクラッツはついてこようとしたが、カバルスが制止した。二人だけで話したいらしい、と身振《みぶ》りで伝えた。〈宰相《さいしょう》のマスチフ〉はコテージに残って、主人の書類をかじることになった。


ミヤマガラスが鳴いていた。コンラッドにだって、感傷的なところがないわけではない。彼はこの領地を愛している。とりわけ一日のうち、この頃《ころ》おいのながめが好きだった。午後の太陽が畑を黄金色の湖に変える。これを見ると、胸があたたかさと喜びとに満たされる。この土地が下《げ》卑《び》た貧乏《びんぼう》人どもにけがされると思うと、胃がむかむかしてくる。にもかかわらず、いざ甥《おい》の問題を切り出そうとすると、心が揺《ゆ》れ動いた。

ありがたいことに、カバルスのほうから切り出してくれた。大公が、コンスタンティンとの先日の話し合いのことを語りはじめたとき、カバルスが口をはさんだのだ。

「コンスタンティン王は、王座を占《し》めつづけてはなりません。わたしの政府は、あらゆる意味であなた方に好意的態度をとります。レギア政府のほうも、わが総統政府に同様の態度をとっていただかないと」

「もちろんだ」コンラッドは答えた。「わたしは最初、コンスタンティンを退位させればすむことだと思っていた。しかし、それだと問題が複雑になる」

「彼は抹殺《まっさつ》せねばなりません」カバルスは言った。「そうすれば、あらゆる複雑さが彼といっしょに抹殺されるでしょう。そのあかつきには、あなたご自身が王座につかなければなりません」

大公はうなずいた。「それでその、どうやって――抹殺するのかね？」

「絶対的信頼《しんらい》を置ける人物が必要です。同様に重要なのは、事の成ったあとで、沈黙《ちんもく》が必要です。――完全な、そして永遠の沈黙が」

「わたしに直属する若手将校のうちのだれか、か？」

「いや、それはまずい。聞きたがり屋の知り合いや親戚《しんせき》のいない、すがたが見えなくなってもだれも心配しないような、そういう人物でなければなりません。また、われわれに近く、直接われわれの支配下にある人物でなければなりません」

カバルスは、コテージのほうに視線を投げた。

「あなたの秘書かね？」コンラッドは、おどろきを隠《かく》せなかった。「もちろん理想的だ。しかし――いいのかね？」

「このような時代には」カバルスは言った。「決断はしばしば苦痛をともないます。犠牲《ぎせい》を払《はら》うことに耐《た》えなければなりません。それによって、われわれは強くなるのです」

「そのとおりだな」コンラッドは、予期せぬ悲しみを感じていた。いかに大義のためとはいえ、甥《おい》を始末しなければならないとは――。胸がうずいた。いったん決心してしまうと、後悔《こうかい》という贅沢《ぜいたく》を味わうゆとりさえ生まれるようだった。

2
幽霊《ゆうれい》に会う

　テオは、幽霊《ゆうれい》など信じていない。そのテオが、ある朝、二度も幽霊を見た。

　最初に見たのは、マーシュでだった。マーシュは、首都マリアンシュタットの低地帯。港に近く、酒場や船具商や倉庫が立ち並び、沖仲仕《おきなかし》や船乗りや、赤い毛編み帽子《ぼうし》のドーリス人、栗《くり》色に日焼けしたナポリ人などが行きかう地区である。

　テオは、埠頭《ふとう》のあたりに行ったのだった。ミックル――彼は頭の中で、彼女のことを決してアウグスタ女王とは思っていない――に、新しい波止場《はとば》の建設設計図を描《か》いてくれるようたのまれたからだ。彼女は、水路を浚渫《しゅんせつ》し、桟橋《さんばし》を広げることを提案していた。この仕事が時間の浪費《ろうひ》でしかないことをテオは知っている。国庫には、そんな事業に投入するだけの金《かね》はないのだ。率直にそのことを話すと、ミックルは答えた。だれかが、いつか、それをやるのよ、そのとき設計図ができていれば、その人たちが喜ぶじゃないの。

しかし、テオは仕事に集中できなかった。レギアとの戦争が終わって以来、彼はこの国の執政《しっせい》官《かん》の一人だった。しぶしぶ引き受けた職務だったが、ともかく二年にわたって、彼は報告を書き、請願《せいがん》に答え、会議で話し合った。フロリアン、ジャスティンと三人で新しい法令を起草し、予算について議論した。その結果、何か達成したのだろうか、と彼は思う。二回、収穫期《しゅうかくき》がおとずれた。どちらも不作で、農村にも都市にも食べ物がなかった。マリアンシュタットにあるのは政治的争いばかりだった。さまざまな党派——君主制派、立憲派、革命派——が、たがいに敵意を燃やしていた。ほんの一週間前にも街頭で衝突《しょうとつ》があり、銃弾《じゅうだん》が飛びかった。

何もかも、かつて希望したのとは違《ちが》っていた。もう、どうでもいい。すべてを投げ出したい。そして、ミックルといっしょにピクニックに行きたい。絵を描《か》きたい。シャボン玉を飛ばしたい。凧《たこ》をあげたい。バカな真似をしてみんなの物笑いの種になってみたい。

自分が楽しければいいじゃないか、という勝手な気持ちになっていた。ミックルにたのまれた設計図はわきに置いて、自分のために、港を自分の目に映るとおりに描こうとした。タールや海水のにおいがしてくるような絵にしたい。秋の霧《きり》が船のマストにまとわりつくようすをありのままに描きたい。——が、結局、思うようなものは描けず、紙を引き裂《さ》いた。そのとき、最初の幽《ゆう》霊《れい》を見たのだ。

幽霊は、つぎの当たった外套《がいとう》を着て、フィッシュ・マーケット広場のすみで、鉄のポットの中に火をおこして手をあたためていた。めずらしい光景ではなかった。そのような人たちは、この近辺にいくらでもいた。年老いた兵隊など、宿も仕事もない人々で、倉庫を回って番人や掃除人《そうじにん》や、ちょっとした走り使いの仕事をもらってその日その日を生きている、半ば浮浪者《ふろうしゃ》のような人たちだ。テオは立ち止まり、幽霊を凝視《ぎょうし》した。懐《なつ》かしい顔。少年時代から知っている顔。警官のポーンだった。

自分の名が呼ばれるのを聞いて、男はぎくりとした。数秒たって、ようやくテオとわかったようだった。

「ポーン、懐かしいなあ。ここで何をしてるんだい？」彼に会えたのはうれしかったが、こんな状態の彼を見るのはうれしくなかった。「あんたのやるような仕事じゃないじゃないか。いまごろは警察署長にでもなってると思っていたのに」

ポーンのもっさりとした顔に、悲しそうな微笑《びしょう》が浮《う》かんだ。「だいぶ違うね。じっさいには、おれは首になったのさ」

「ぼくを見逃《みのが》してくれたあとでかい？」ドルニングの町で、アントン親方が射殺され、テオが無我夢中で町を逃《に》げまわっていたとき、ポーンはテオを逮捕《たいほ》できたはずだった。ところが彼は、テオを逃がしてくれた。「それはおかしいよ。もし、あんたがぼくを見逃してくれなかったら――その後のいろんなことも起きなかったし、もしかすると、カバルスがこの国の王になっていたかもしれないんだよ」

「ドルニングの一部の連中は、そうなったって平気なのさ」ポーンは言った。「もちろん、大勢の人たちは、あんたのやったことを喜んでいた。町で生まれた若者がよくやってくれた、と誇《ほこ》らしそうだった。あんたはあの戦争の真のヒーローだったし、いまじゃ執政官《しっせいかん》の一人、いずれは女王陛下の旦那《だんな》さまだ。しかし、あんたがフロリアンの同類であることを快く思わないやつらも大勢いる。そういう連中は、早くあんたが没落《ぼつらく》すればいいと思っている。おれがあんたを助けたことを知ってからは、おれにも白い目を向けた。そんなこんなで、職を失う羽目になったのさ」

「ぼくのせいであんたがひどい目にあってるなんて、夢にも思わなかった。ぜんぜん知らなかった。わるかったね」

「謝る必要なんてないよ。何とか暮らしていってるんだから」

「もちろんだよ」テオは、にっこり笑った。「あんたがちゃんと暮らしていることは、だれが見てもわかる。でも、それでも、ぼくといっしょに来てくれよ」

テオは、ポーンを近くの酒場に連れていった。献立表《こんだて》は貧弱だったが、どのテーブルも混《こ》んでいた。客の多くは、港に停泊《ていはく》している商船の乗組員だった。ポーンは、出された料理をがつがつ食べた。テオは、ポーンが食べ終わるまで待ってから、故郷の話を聞き出そうとしたが、老いた警官は、ドルニングについて語るのはあまり気が進まないようだった。「しばらく、あそこの話をだれからも聞いてないんだよ」と言う。

「アントンの印刷所はどうなったの？」

「それは知っている。ある布地商人のものになっている」

ふいに、胸がずきんとした。テオは、一度もドルニングにもどっていない。戦争が終わってからも、仕事に追いまくられてそれどころではなかった。ああ、自分の帰るべき家はなくなってしまったのだ、と思った。その気持ちを抑《おさ》えて、「こまっている、とぼくに知らせてくれればよかったのに。まっすぐぼくのところに来ればよかったんだよ。何とかしてあげられたと思う」

「いやいや。あんたに迷惑《めいわく》をかけたくなかったんだ。おれのことを覚えているかどうかもわからなかったし」

「友だちを忘れるわけないだろ？」テオは、ノートから引き裂《さ》いた紙にさらさらとメモを書き、それをポーンに手わたした。「これを内閣府へ持っていくんだ。あんたのために、まともな仕事を見つけてくれるはずだ」

ポーンの顔が明るくなった。「ありがとう。あんた、親切な人だな。——ん、どうしたんだい？」

テオは、まさにそのとき、二人目の幽霊《ゆうれい》を見たのだ。酒場の入り口の人々の群れの中にいる、ずんぐりむっくりした男。カンバス製の服に、船員用の平たい帽子《ぼうし》をかぶっている。

一瞬《いっしゅん》、心臓が止まり、血が凍《こお》ったかと思われた。ドルニングのことわざで、こういう感じを、だれかが自分の墓の上を歩いた、と言ったものだ。テオはテーブルを飛び出し、群集を掻《か》き分けて進んだが、ドアに到着《とうちゃく》したときには男は消えていた。通りに駆《か》け出し、あちこち見まわした。ずんぐりした船員は影《かげ》も形もない。そのへんの路地に入りこんでしまったのだろう。

ポーンがすぐ追いついた。「どうしたんだい、急に飛び出したりして？」

「知ってる顔を見たような気がしたんだ。また会えるとは思ってなかった」

「まあ、ほっとくんだな」ポーンは言った。「人違《ひとちが》いかもしれないし」

「それはどうかな」テオは言った。かつて自分を殺そうとした男を見間違《みまちが》えることなど、ありそうもない。

酒場のドアのところで、ポーンとテオは別れた。一人はポケットに推薦状《すいせんじょう》を持ち、他方は頭に数々の疑問を持って。

老いた警官は内閣府に向かったが、テオは酒場に残って、店の主人や客たちから、あの男について、できるかぎりの情報を聞き出そうとした。が、彼らは何も知らなかった。不満で心も落ち着かないまま、しばらく迷路のような路地裏を歩きまわったが、何の収穫《しゅうかく》もなかった。ともかく、この出会いについて、すぐフロリアンに知らせなくてはならない、と思った。

急ぎ足で歩いて大アウグスティン広場に来た。フロリアンの本拠地はこの広場に面している。亡《な》きモンモラン男爵《だんしゃく》のタウンハウス（町屋敷《やしき》）だ。かつては優雅《ゆうが》さを誇《ほこ》った建物だが、いま、その内部は多くのオフィスに分割されて、四六時中、人の動きで騒《さわ》がしい。

以前メインサロンであった広い部屋に入ると、テーブルにザラがいた。フロリアンが〈赤毛の女神〉と呼ぶ若い女だ。彼女は戦争のあいだじゅう、フロリアンの副司令官だった。いまは女神というよりも、女豹《めひょう》という感じだ。フロリアンへの奉仕《ほうし》だけに心を燃やし、怪《あや》しいやつが近づいたらすぐ飛びかかるぞ、と言わんばかりに目をぎらつかせている。

フロリアンはいるかい、とテオがたずねると、ザラは、「ジャスティンがいっしょだわ。待ったほうがいい。ジャスティンは、邪魔《じゃま》されるのが好きじゃないから」

「好きであろうがなかろうが、邪魔しなくちゃならないんだ。フロリアンに知らせなければならないことがあるんでね」

「じゃ、好きにして」ザラは肩《かた》をすくめた。

彼女はずっとフロリアンを愛してきた――幸せそうな愛し方ではなく、怒《いか》りをふくんだ、まるで自分の意思《いし》に反しているかのような愛し方だった。この愛のせいで彼女がやわらかくなったようすもない。相変わらず、ぶっきらぼうな態度だった。

最低限のプライバシーを確保するために、フロリアンは、この広間の奥《おく》の大きな物置部屋の中に自分の隠《かく》れ場所をつくっていた。そこに入れるのは、ごく身近な者たちだけだった。キャンプベッド（折りたたみ式ベッド）、書類の散乱したテーブル、水差しと洗面器の置かれたナイトテーブル。わずかな日用品、さらにわずかな小さな贅沢品《ぜいたくひん》たち。壁《かべ》の掛《か》け釘《くぎ》にかかっているのは一挺《ちょう》のサーベルと古い軍隊用外套《がいとう》。ふつうの兵士たちの着るこの色あせた青い外套は、その所有者と同じくらい有名になっている。コミック新聞「カスパール爺《じい》さん」の発行者ケラーは、かつてテオに言ったものだ。フロリアンの部下たちは、たとえその中にフロリアンが入っていなくても、その外套《がいとう》に付きしたがうことだろうぜ、と。

いま、フロリアンは、トレイに載《の》った朝食を食べ終えたところである。椅子《いす》にもたれ、長い足を突《つ》き出して、靴《くつ》をはかず、上着のボタンをかけていない。

「やあ、何の用事だね？」フロリアンはテオが来たのを喜んでいるようだった。ジャスティンのほうは顔をしかめていた。

「会議は明日の予定だが、たまたま三人そろった。いま、やってしまおうよ。話したまえ。何を考えているんだ？」とフロリアンが言うと、

「まだ、こっちの話がすんでないよ、フロリアン」とジャスティンが抗議《こうぎ》した。額《ひたい》から頰《ほお》にかけて走る長い傷痕《きずあと》は、怒《いか》りに満ちて赤らんでいる。が、この傷をのぞくと、淡《あわ》い黄色い髪《かみ》とすみれ色の瞳《ひとみ》を持つジャスティンは、まるで若い天使のように見える。「これは、きみとおれとで決着をつけるべき問題だ」

「いや、これは国家の問題だよ、ジャスティン。個人的な問題ではない」フロリアンは、二年のあいだに十歳《さい》以上年をとったかのように見える。ととのった目鼻立ちは変わらないが、まるで石に彫《ほ》ったような固い印象だ。頰に散らばるあばたは深さを増し、ブドウ弾《だん》を食らった痕《あと》を思わせる。まだ髪を長くゆったりと伸《の》ばしているが、それに灰色の縞《しま》が混じりはじめている。「テオも、これについては意見があるはずだ」

「意見はあるだろう」ジャスティンは言った。「しかし、それは彼自身のものではない。彼が述

べるのは王家の意見なんだ」

「ぼくは、いつだって自分の意見を話している」テオは言った。「きみも知っているはずだ」

「おれが知っているのは、きみが女王と結婚《けっこん》する男だということだ。きみは、それ以外の者として行動することはあり得ないんだ」ジャスティンは、テオをさげすむような目つきでじろりと見、今度はフロリアンに向かって、「おれは全体のプランをつくりあげた。首都の守備隊つまりマリアナ連隊は、まったく頼《たよ》りにならない。あそこの士官たちは信用できない。われわれに必要なのは、われわれ自身の国民防衛隊だ。注意深く選ばれた、信頼《しんらい》の置ける、市民の軍隊だ。彼らはおれの指揮下にあるべきだ」

ジャスティンは、つまり、彼自身の個人的軍隊を要求しているのだ、とテオは思った。この問題は、以前に何度も持ちあがっていた。テオはそれに反対してきた。いまも反対だ。そのことを発言しようとしたとき、フロリアンが口を開いた。

「その件はあとにしよう。いまは、同じ話の蒸し返しを聞きたい気分じゃないんだよ」ジャスティンは、むっとして頬を赤らめた。しかしフロリアンには、ストッキングをはいただけの足を突き出していても、勲章《くんしょう》をいっぱいつけた陸軍元帥《げんすい》よりも、ずっと多くの威厳《いげん》が備わっていた。

「わたしは、なぜテオが来たのかを知りたい。さあ、きみ、話してくれ。何か心配ごとがありそうじゃないか」

テオは、酒場で起きたことを手短に説明した。フロリアンは熱心に耳をかたむけていたが、聞き終えてから、しばらく口を閉ざしていた。ジャスティンが最初に話した。

「それだけの話なら、とくに警戒《けいかい》する必要はないんじゃないかな。スケイトという男がこの町に来ているとして、それがどうだというんだ。きみを殺そうとしているとしても、それは、きみと彼とのあいだで決着をつけるべきことだ。おれには何の関係もない」

「そんなことはない」フロリアンが言った。「きみにもわたしにも関係のあることだよ。スケイトがただの犯罪者なら、警察にまかせておけばいい。しかし、彼はカバルスの手先だ。彼は何をしようとしているのか？　彼は自分の意思でここに来るはずはない。もし彼の背後にカバルスがいるのなら――」

「戦争が終わって以来、カバルスの消息はない」ジャスティンが口をはさんだ。「コンスタンティンは彼を国外追放処分にした。カバルスは消えた。地獄《じごく》へ行ったのかどこへ行ったのかは知らないが」

「カバルスはもはやレギアにいない、とコンスタンティン王は言っている。彼の言葉をうたがう理由はない。しかし、それならカバルスはどこにいるのだ？　カバルスはぜひとも見つけて、ここに連れてこなければならない。彼には、償《つぐな》ってもらわなければならないことがたくさんある。公開裁判にかけてそれをしてもらわなければならない。スケイトを捕《つか》まえれば、カバルスの居場所がわかるかもしれない」とフロリアンは言った。

「カバルスはとっくに絞首刑《こうしゅけい》にされるべきだった」ジャスティンが言った。「ところが、そうならなかった。女王の愛玩犬《あいがんけん》のおかげだ。彼はカバルスを殺すべきだった。彼にはそのチャンスがあった。それをするだけの度胸がなかったんだ」

「ぼくは、自分が正しいと信じたことをやったんだ」テオは答えた。「そうだ。ぼくは彼の命乞《いのちご》いをした。ぼくは自分の良心にかけて、だれの死をも欲《ほっ》しなかったんだ。そして女王は同意した。あれは、ぼくの気持ちでもあるが、彼女の気持ちでもあったんだ」

「そうやってすぐ女王のスカートの陰《かげ》に隠《かく》れるわけか」ジャスティンは言った。「良心だって？ありのままに呼べよ、臆病《おくびょう》と」

「好きなように呼べ」テオの頰《ほお》がほてった。

ジャスティンの言葉は、古い記憶《きおく》をよみがえらせた。武器庫を襲撃《しゅうげき》したニールキーピングのあの朝、ジャスティンは血みどろの顔でさけんでいた。テオは、ジャスティンに襲《おそ》いかかっている士官を撃《う》ち倒《たお》すことができたはずだった。それなのに、ためらった。ほんの一瞬《いっしゅん》だった。しかしその一瞬のうちに、士官はジャスティンの顔を切り裂《さ》いた。それ以来、ジャスティンの傷痕《きずあと》はテオを沈黙《ちんもく》のうちに非難しつづけていた。それ以来のテオの行動のどれだけ多くが、ジャスティンの許しを得るためのものだったのか、テオには見当もつかなかった。テオが知っているのは、ただ、自分が決して自分を許していないということだけだった。

「テオが臆病者であるわけがない」フロリアンは言った。「きみも、そんなことは言うべきじゃないよ」

「ふーん、彼の肩《かた》を持つんだな」ジャスティンは荒々《あらあら》しく言った。「きみはいまや、彼と同じくらい君主制派だ。われわれの戦いの目的は何だったのか？　君主制を倒《たお》すためだった。それなのに、いまきみはそれを支持している。友愛と平等を求めて戦ったのに、女王はまだ王座にいる。革命は可能だった。なされるべきだった。民衆はあのころ、まだ武器を持っていた。われわれは国全体を奪《うば》い取るべきだった。それなのに、きみはしりごみした。無慈悲《むじひ》に打って出るべきとき、二の足を踏《ふ》んだ。きみは、きみのために死んだすべての男と女を裏切ったんだ。言っておくが、フロリアン――」

「行きたまえ」フロリアンは静かに言った。「出ていくんだ、ジャスティン。あとで悔《く》やむような言葉を吐《は》く前に、出ていってくれ」

「きみと王家の連中は、いまや同じ穴のムジナだ。きみと、女王と、この未来の王族とは」

一瞬《いっしゅん》、テオは、ジャスティンがフロリアンの喉《のど》に飛びつくかと思った。が、フロリアンが、灰色の目をまばたきもさせずにジャスティンを見すえていた。ジャスティンはためらった。それからくるりと踵《きびす》を返して、部屋を出ていった。テオはあとを追おうとした。

「ほっておけ」フロリアンは言った。「きみが話しても、よけいこんがらかるだけだ。自分で考えさせればいい。彼、前にも、あんなふうになったことがあるんだ」

「彼は危険だよ、フロリアン。自分が裏切られたと思ったら、何をするか知れたものじゃない」

「いまのところ」フロリアンは言った。「彼は、わたしを撃《う》ち殺したいぐらいに思っている。いつか実行に移すかもしれない」

「いや、彼には、きみをそんなに憎《にく》むことはできないはずだ」

「憎むから、ではない。愛しているからだ。もし、あの若い鷲《わし》が、わたしが以前のわたしではないと思ったなら、彼は非常に幸せな気分でわたしを殺すだろう。それがわたし自身の幸せでもあると信じてね。そうなんだ、きみ。ジャスティンはわたしを憎んではいない。彼の憎しみは彼自身に向けられているんだ。――父親が絞首台《こうしゅだい》に送られたあとで、ジャスティンは街をさまよっていた。わたしはそのとき、ジャスティンを見つけたんだ。まだほんの少年だった。どこかで手に入れたナイフを大事そうに持っていた。わたしは彼を保護し、いつかかならず復讐《ふくしゅう》できるからと約束してやった。彼はその約束を胸に刻んで生きてきたのだ。

　彼の両親は、ある貴族の領地の小作人だった。しかし、小作料を払《はら》えずに追い出された。彼の母親は道端《みちばた》で死んだ。彼女が身ごもっていた赤ん坊《ぼう》も死んだ。あとになって彼の父親は、土地貴族にたいする蜂起《ほうき》の指導者となった。蜂起は失敗し、父親は地下にもぐった。

　父親は隠《かく》れ家にいた。兵士たちにはぜったいに見つからないような場所だった。しかし、兵士たちはジャスティンを見つけた。彼らは少年を拷問《ごうもん》し、ついに父親の居場所をしゃべらせた。たちまち父親は捕《と》らえられ、その場で絞首刑《こうしゅけい》にされた。兵士たちはジャスティンに、その処刑《しょけい》のありさまを見させたのだ。

　その日に、わたしは彼を見つけたのだ。彼は半狂乱《はんきょうらん》だった。あれは自分のせいだ、自分が父親を裏切ったのだと言っていた。だれも、そのような劫罰《ごうばつ》には耐《た》えられるものではない、ましてや子どもだからね。しかし彼は、自分をきたえてこの苦しみに耐えぬこうと決心した。

わたしは最初、彼は、貴族であれ兵士であれ警官であれ、目にとまった最初の敵の喉《のど》を切り裂《さ》くつもりなのだろうと思っていた。しかし大違《おおちが》いだった。ナイフは自分自身のためのものだったのだ。——きみ、このことをだれにも言わないよね」フロリアンは付け加えた。「きみに話したと知ったら、彼は決してわたしを許すまい。きみが知っていると知ったら、決してきみを許すまい」

テオはうなずいた。なぜジャスティンがしばしば自分の記憶《きおく》をつくり変えるのかが、初めてわかった。ジャスティンは、彼自身の幽霊《ゆうれい》なのだ。

3 ケラーの家

「きみ、もう帰りたまえ」フロリアンは言った。「わたしも手を尽《つ》くして、スケイトの旦那《だんな》を捕《つか》まえるつもりだ。きみも目を見開いていてくれ。彼はきみを探してはいない、少なくとも、いまはね。もしそうなら、もっと前に、きみの前にあらわれたはずだ。彼は何かほかのことをたくらんでいる。それにしても、気をつけたまえ」

「フロリアン」テオは、ドアのところでためらった。「教えてほしいんだ。ジャスティンの言ったとおりなのかい？」

「わたしが彼を裏切ったことかね？」フロリアンは、おなじみの皮肉《ひにく》っぽい微笑《びしょう》を浮《う》かべた。

「そうだよ、彼の見方によればね。そして、きみはどうなのだ？　きみは、わたしが君主制派になってしまったと思うのかい？」

「いや、そうは思わない。ぼくはただ、なぜ、きみがそのチャンスがあるときに君主制を倒《たお》さなかったのか、不思議なだけだ」

フロリアンは片眉《まゆ》を上げた。「きみはあのとき、もっと血を流すことをわたしに求めただろうか――われわれの目標はかなりの部分、アウグスタ女王自身の意志で実現されたというのに？」

「そうだね」テオは言った。「すでにあまりに多くの血が流れたあとだったのだからね」

「ジャスティンはそう考えていない」フロリアンは言った。「もし彼が、自分に同意する人々がじゅうぶんいると思えば――」

「彼がきみにたいして戦いを起こすなんて、信じられないよ。そうなれば内戦だ。ジャスティンだって、そこまではやらないよ」

フロリアンは肩《かた》をすくめた。「わたしの雛《ひな》は成長した。もう自分自身の翼《つばさ》を持っている。その翼を試してみたいのだよ」フロリアンは頭をかかえた。とつぜん、ひどく疲《つか》れているように見えた。「帰りたまえ。きみにできることはもう何もない」

テオはフロリアンと別れた。スケイトを見かけたことよりも、フロリアンの言葉のほうが心に重くのしかかっていた。

タウンハウスの中庭と庭園は、すでに人々であふれていた。首都のさまざまな地区のさまざまな党派の指導者たちもいれば、地方の農民委員会のメンバーもいた。彼らの多くは、まだフロリアン軍の赤い腕章《わんしょう》をしていた。それぞれ、政府への要請《ようせい》やら何やらの用件でやってきているのだ。

テオは、すぐには家に帰らなかった。ゆっくりと、回り道をするようなやり方で、マーシュ地区の方向に近寄っていった。ひょっとしたら、スケイトにふたたび出くわすかもしれないじゃないか、と自分に言い聞かせていた。

彼は、実のところ、自分の考えをはっきり見きわめたかったのだ。遠いフライボルグの日々、ジャスティンはフロリアンを崇拝《すうはい》していた。だれもがそうだった。「仲間たち」と、フロリアンは彼らを呼んでいた。彼らは彼にしたがった。彼のためになら、命を捨てるのもいとわなかった。そして、すでに命を捨てた人々もいる。詩人ストック、ルーサー、そして数多くのほかの人たち……。テオ自身、フロリアンのために自分を変えたのだった。血みどろの手をしたケストレル大《たい》佐《さ》に、ポーンがヒーローと呼んだ怪物的《かいぶってき》な存在に。テオはそれをくり返す気はない。戦争のことは忘れたかった。しかし、ジャスティンはまだ戦争をつづけているらしい。

ついに家に帰った。テオは、フィッシュ・マーケット広場に近い、ケラーの家の屋根裏に下宿していた。ほかのどこかで、もっといい部屋を借りることもできただろう。が、「カスパール爺《じい》さん」の編集室としても使われているこの古いガタガタの家には、彼の日用品や、スケッチブックやカンバスの山やイーゼルなどを置いておく余裕《よゆう》があり、絵を描《か》くためのよい光線にも恵《めぐ》まれていた――とはいえ、彼には絵を描く時間などほとんどなかったのだが。そのうえ彼は、親しい人たちにかこまれているほうが居心地がよかった。この家に住むのは、いわば間《ま》に合わせの家族だった。しかしそれにもかかわらず、家族ではあった。

ケラーの家で、うれしいことが待っていた。居間に、二人の水ネズミと一人のもと強盗《ごうとう》志願がいたのだ。

「水ネズミ」というのは、もと〈拾い屋〉の姉弟《きょうだい》にケラーのつけた呼び名だ。ケラーは、この二人を引き取っていろいろなことを教えている。弟のウィーゼルは、雑草のようにぐんぐん背が伸《の》びていた。年老いた家政婦マダム・バーサは、ひっきりなしに彼の衣類の丈《たけ》を延ばしてやらなければならなかった。ウィーゼルはかつて、泥棒《どろぼう》になるという黄金色の夢をいだいていたが、いまでは、ただの新聞記者になることに心を決めていた。姉のスパロウはケラーに恋《こい》しているようだったが、ウィーゼルはそれ以上だった。

彼は、ケラーを崇拝《すうはい》していた。ケラーが着古したものを身につけて、ケラーの真似をして喜んでいた。いちばん気に入っているのは、ケラーの古い帽子《ぼうし》だった。ウィーゼルはこれをめったに取らなかった。屋内でも屋外でもずっとかぶっていた。ウィーゼルの頭には大きすぎるので、内側のバンドに「カスパール爺《じい》さん」の古い紙を詰《つ》め、帽子の両方のすみをピンで留め、まわりをスカーフで結んだ。ただ、すっとんきょうな帽子屋だけが思いつく、ただウィーゼルだけがつくることのできる帽子だった。

スパロウは、マダム・バーサのおかげで花開いていた。スパロウの顔は、以前のキツネのようなとがった感じをかなり失っていた。いまでは粗《あら》い麻布《あさぬの》の服でなく、ドレスを着ていた。おしゃれのためではない。ドレスを着たほうがケラーに喜ばれると思ったからだ。

同じ家で暮らすようになってから、テオは、この二人に印刷の仕事について教えていた。スパロウは弟と同様、すでに活字を組むことや校正紙を訂正《ていせい》することを学んでいた。ケラーが始終病気していたので、そういうとき、彼女は「カスパール爺さん」をほとんど一人でまとめた。仕事に慣れてくるにつれて、彼女は計算能力にすぐれ、植字工や印刷工にたいして口やかましい編集人になっていった。「カスパール爺さん」の編集室がこれほどきれいに整頓《せいとん》されていたことも、これまでにないことだった。

もと強盗志願とは、ウェストマークの女王のことだ。彼女は、スパロウほどは変わっていない。かつては、自分の素性《すじょう》をまったく知らない、生意気な町の浮浪児《ふろうじ》だった。まだときどき、古い乗馬用ズボンをはいて、細い腰《こし》をベルトで巻いている。巷《ちまた》の呼び売り商人やくず拾いたちからは歓《かん》迎《げい》されるだろうが、宮廷《きゅうてい》の役人や町のお偉方《えらがた》からは非難されそうな身なりである。彼女はまた、あの〈物乞《ものご》い女王〉だった。チェスプレイヤーの頭脳と騎兵軍曹《きへいぐんそう》の弁舌でもってウェストマークの兵士たちを指揮し、彼らを団結させたあのときのイメージは、なお人々の記憶《きおく》に新しかった。彼女の親衛隊の一員として戦った兵士たちは、女王を敬愛した。

一方テオは、浮浪児であるミックルを愛したのだった。自分はいったいミックルのどちらの人格と付き合っているのか、テオはよくわからなくなった。もしかすると彼女には、自分のまだ知らない十いくつもの人格がひそんでいるのではないだろうか。

二人の若い女性は、暖炉《だんろ》の前の床《ゆか》にすわって頭を寄せ合い、くすくす笑ったりひそひそ声で話したりしている。かつては似たり寄ったりの生活をしていた二人だから、何となくウマが合うのだろう。ウィーゼルは、二人の会話から締《し》め出されて、離《はな》れたところから盗《ぬす》み聞きしていた。

テオのすがたを見ると、ミックルはさっと立ちあがり、近寄った。青い目をくるくるさせて、いたずらっぽくほほえんでいる。

「わたし、一時間盗んだの」

「一時間だけ？」テオは口をとがらせた。「たいした盗みじゃないな」

ミックルがジュリアナ宮殿《きゅうでん》を抜《ぬ》け出してフィッシュ・マーケット広場にやってくると、テオの心はいつもはずんだ。しかし、これは女王の秘密の外出だった。もしもマリアンシュタットのお偉方《えらがた》に知られたら、乗馬ズボンをはくよりも怪《け》しからんこととして、轟々《ごうごう》たる非難を浴びることだろう。

「今日は、これ以上は無理だった。これより長くなったら宮殿は大騒動《おおそうどう》になるわ。そのうえ母がまだ病気なの。トレンス博士の言うには、今日の午後に、ちょっと母に会えるらしいの。――わたし、あなたがここにいるだろうと思って来たのよ。留守にして時間を無駄《むだ》にしてしまったあなたが、一時間は少ないなんて文句を言うのは、おかしいわよ」

「わたし、なぜあなたがテオを宮殿に住まわせないのか、ほんとにわからない」スパロウはミックルに言った。スパロウにとって、ケラーと別れて暮らすなんて、とても考えられないことだった。「あなたは女王さま。そのように命令できるはずなのに」

「国家の政策に反するのよ」ミックルは言った。「フロリアンは同意するかもしれない。でもジャスティンは同意しない。執政官《しっせいかん》は平民を代表するものであり、テオが王室とそんなに密接になるのはよくない、というのが彼の言い分なの。だから、彼はわたしたちを結婚《けっこん》させないの。ジャスティンは、君主制は一種の伝染病だと考えているの」

「ナンセンスだわ」スパロウは言った。

「ありがたいことに、世の中の多くのことはナンセンスなのさ」ケラーが言った。さっき部屋に入ってきて、いまの会話を小耳にはさんだのだ。「おかげで、わたしも日々の糧《かて》を得られるってわけさ」

「カスパール爺《じい》さん」の発行者は、まだ若い男だ。痩《や》せて、髪《かみ》はぼさぼさ。朝のほとんどをベッドの中で過ごし、まだ部屋着を着ている。「さあ、水ネズミたち。この幸せなカップルを二人だけにしてやって、きみたちは何か仕事をするんだね」

「おれは――」ウィーゼルは言った。「おれは観察してるんだよ」

今朝のニュース集めの巡回《じゅんかい》では、火事にも、記事になりそうな事故にも、ぶつからなかった。その失点を取りもどすために、何か新聞記者としての訓練になることをやらなければならない。ちょうどいい。姉とテオとウェストマークの女王を観察することで、恋《こい》する人々の行動を研究してみよう、と思っていたのだ。

「わたしは水ネズミじゃないわ」スパロウは抗議《こうぎ》した。「わたしは違《ちが》う」

「いやいや」ケラーは言った。「きみがほかの何であれ、きみは、心の中では水ネズミでありつづけるんだ。そこに、きみの魅力《みりょく》のエッセンスがあるんだから」

スパロウは、ケラーがある種の賛辞を送ってくれたのだとわかった。うれしかった。しかし、頬《ほお》を染めて、むっとしたふりをした。ウィーゼルは嘆《なげ》かわしそうに首を振《ふ》った。スパロウって、ひどくバカな態度をとることもあるんだな……。

「外へ出たまえ」ケラーは言った。「二人とも」

「いや、彼らにも聞いてもらったほうがいい」テオが言った。「われわれ全員に関係する話なんだ」

テオは、フロリアンにしたのと同じように、スケイトを見かけた話をした。

一瞬《いっしゅん》、顔が青ざめたが、ミックルはすぐ平静さを取りもどした。「スケイト――あのけがらわしい殺し屋！　あなた、ほんとに彼を見たの？　ほかのだれかだったってことは、ないのね？」

「ポーンにも同じことを聞かれた」テオは言った。「いや、間違《まちが》いない。あの丸い顔とあのピンク色に縁《ふち》どられた目を忘れるものか。身なりをどんなに変えても、ぼくにはすぐわかるんだ」

ミックルは暖炉《だんろ》の前を歩きまわりながら、「そうね。少なくともわたしたち、彼がマリアンシュタットにいることを知っている。これは、彼がどこにいるかぜんぜん知らないよりもよいことだわ。あなたは彼を見た。それで、彼のほうはあなたを見たの？」

「見ていないと思う。でも、たしかなことは言えないな」

「いずれフロリアンが見つけてくれると思う。彼ならそれができるはず」ミックルは言った。「彼にまかせましょうよ。宮廷《きゅうてい》の調査員はぜんぜん役に立たないの。自分たちがわたしに聞かせてよいと判断したことしか、知らせてくれないんだもの」

ウィーゼルがすみっこから出てきて、テオのかたわらに行った。まかせてくれと言わんばかりに大きく胸をふくらませ、まるで鳥かごでも飲みこんだみたいになった。ウィーゼルはケラーを崇拝《すうはい》しているが、テオのことも、ほとんど同じぐらい敬愛しているのである。

「その男――おれも探すよ。うまくいけば捕《つか》まえてやる」

目をきらきらさせて言う水ネズミに、テオはにっこり笑いかけた。「執政官《しっせいかん》として正式に命令させてもらう。きみ、すなわち市民ウィーゼルは、この件にかかわってはならない。以上だ」

ウィーゼルはチェッチェッと舌打ちをして、痩《や》せた肩《かた》をすくめた。「あんたがそう言うなら、しょうがないね」

4 灯台の島

市民ウィーゼルのニュース集めの巡回《じゅんかい》は、毎朝、雨の日も晴れの日も行なわれていた。「カスパール爺《じい》さん」の編集室を出て、マリアンシュタットのさまざまな地区を歩きまわった。前もってどこに行くかは決めなかった。彼は、仕事に関しては芸術家的である。そのときそのときの心の動きにしたがっていた。

テオからは、公式の命令として、スケイトの件にかかわってはならないと言われている。禁止されていることほど魅力《みりょく》を感じるのがウィーゼルの性分である。しかし、今度の場合、命令にしたがわないのは敬愛の気持ちのあらわれだった。ウィーゼルは、テオの役に立ちたかった。彼はもう、ほかのだれよりも先にその男を見つけたときの栄光を想像して、うっとりしていた。

その朝、ウィーゼルは、論理と直感にみちびかれて、港の方角へと向かった。おだやかに、陽気に、自信に満ちて、ゆっくりと歩みを進めた。港に何か大事な情報がありそうだという気がしてならなかったのだ。フィッシュ・マーケット広場を横切っていて、ふと足を止めた。近くの壁《かべ》に文字が見えた。「カバルス万歳《ばんざい》！」と書いてあった。

「なんだ、これは？」ウィーゼルはそう言って、ポケットから木炭のかけらをとりだした。

ウィーゼルは、一度もカバルスを見たことはない。しかし、カバルスが、かつてケラーをカロリア牢獄《ろうごく》に投獄《とうごく》し、死刑《しけい》にするつもりであったことは知っている。だから、壁に書かれたメッセージは、とうてい受け入れられるものではなかった。

彼は、木炭でもって文字のいくつかを読めなくし、いくつかを別の字に書きかえた。その結果、メッセージはまったく違《ちが》う意味になった。しかも、ケラーでさえも家の中では許さないようなきたない言葉で表現されている。ウィーゼルは、にんまりと笑った。自分の手仕事に満足だったし、ケラーが教えてくれた読み書きの能力をここで役立てられたのも、うれしかった。

そのあと、目的地に着いた。ここから探索《たんさく》を始めようと頭の中で選んでおいた場所。それは、テオがずんぐりした殺し屋を見かけた、あの酒場だ。ウィーゼルは、酒場の主人を捕《つか》まえていろいろ聞き出そうとしたが、主人はいっこうに話に乗ってこず、早く出ていけと言わんばかりの態度だった。

ウィーゼルは心臓が強くできている。少しもへこたれず、話の流れをカタツムリの殻《から》のようにぐるぐる回転させながらしゃべりつづけ、やがて、ずんぐりした船員風の男のことをたずねた。

酒場の主人はひどくいらだって、まともに答えようともせず、あげくのはて、ウィーゼルをドアの外へ押《お》し出した。

ウィーゼルは大いに感謝していた。これでひとつの事実がわかった。酒場の主人は嘘《うそ》をついている……。ウィーゼルにとって、嘘は鏡と同じだった。それは、さかさまになった真実を映し出している。偽《いつわ》りのものを見ることで、真実のものを見いだすことができるのだ。彼は、ひそかにその酒場を監視することにした。

ほかの手を打つことも忘れなかった。干し草の山の中で針を見つけるようなものだが、そのためのウィーゼルのやり方は、実際的で直接的だった。干し草を捨ててしまえばあとに残るのは針、ということになる。本物の船員がだれだれであるかを知ることによって、最後に偽者《にせもの》が残るはずだ。この仕事、ウィーゼル以外の人間だったらだれでも気絶してしまうほどの難事業だろう。しかし、ケラーのもとで働くようになってから、ウィーゼルは一種の蜘蛛《くも》の巣をつむぎ出していた。波止場《はとば》作業員や沖仲仕《おきなかし》や港をうろつく風来坊《ふうらいぼう》から成る情報網《もう》だ。彼はまた、大勢の船長とも仲良くなっていた。

ウィーゼルはその一人に出くわした。その男は、とある倉庫の前、麻袋《あさぶくろ》を積み重ねた上に腰《こし》を下ろし、折りたたみナイフの先でもって歯をせせっている。――ウィーゼルは、そのようすをうっとりした目でながめた。一度これをやってみたいのだった。

男の名はヤコブ。自分のことをヤコブ船長と呼んでいる。船長といえばりっぱに聞こえるが、彼の船は、港に停泊《ていはく》している数多くの船の中でいちばん小さいものでしかない。船の名も、いかにものろくさそうで、「トータス（亀《かめ》）号」という。

これは、世間をあざむくための名前だった。トータス号は長い航海に向いているだけでなく、いざとなれば、この港のどの船をも上まわる速度を出すことができるのだ。ヤコブは、裾《すそ》の長い黒いコートを着て、きれいに剃《そ》った顎《あご》のところまでボタンを留めている。白髪《しらが》まじりの髪《かみ》をきちんと束《たば》ねて後ろに垂らし、まるで公証人のような鹿爪《しかつめ》らしい風体《ふうてい》だが、実のところ、彼は有名な密輸業者だった。

ヤコブ船長は、歯の手入れを終えてナイフと顎とをピシャッと閉じると、視線をウィーゼルに向けた。

「よう、ウィーゼル坊《ぼう》や」ヤコブは言った。「また、よからぬことをたくらんでるな」

非難ではなく、友だちとしてのあいさつだった。

「あんたもそうだろ」ウィーゼルは言った。彼もヤコブ船長も、法律というものを軽蔑《けいべつ》している点は同じだった。だから、正直な気持ちで付き合えた。ウィーゼルは、スケイトのことを打ち明けた。

ヤコブは首を振《ふ》った。そんな男は思い出せない。――無理もなかった。彼は仕事で遠くに行っていて、帰港したばかりだったのだ。

「それにしても」ヤコブはつづけた。「その男、この港の船のどれにも乗っていそうもないぞ。波止場には新しい船はない。数週にわたって客船も入っていない。アンカル国の船は二隻《せき》ばかり見かけたがね。黒い帆《ほ》を張った不格好《ぶかっこう》なしろものだ。あんまりこのへんじゃ見かけないのだが。われわれもあいつらには近寄らないし、あいつらもわれわれには近寄らない。ま、それはともかく、おれの考えでは、その男は船じゃなくて、陸路でやってきたんじゃないかな。もう、この近辺にはいないかもしれない」

「でも、いちおう探してみてくれる？」

「そうだな。探すかもしれないし、探さないかもしれない。何か、ちょいとした見返りはないのかな？」

「おれ、一度、政府のためになることをしたことがあるんだ」ウィーゼルは言った。「そしたら金の時計をもらった。あんたも、そのくらいのものはもらえるはずだ」さりげなく付け加えた。

「おれ、女王に話しておくよ」

「金時計ね」ヤコブは鼻を鳴らした。「そんなもの、おれは簞笥《たんす》にいっぱい持ってるよ。それに、政府を助けるのはおれの主義に反する。しかし——まあいい。気にするな。おまえは悪いやつじゃない。新聞屋の道になんぞ入らなければ、りっぱな密輸業者になったはずだ。よし、おまえのためにひと肌《はだ》ぬごう。もし、その野郎《やろう》が港のどこかにすがたをあらわしたら、遅《おそ》かれ早かれおれの耳に入るから——」

「耳に入りしだい、たのむよ」とウィーゼルは言った。

そのあと、ウィーゼルはほかの情報網《もう》を点検し、酒場の客たちをもう一度ながめて、自分に祝辞を言った。すばらしいスタートだ。まもなくスケイトが捕《つか》まるのは間違《まちが》いない。

彼は、口笛を吹《ふ》きながら帰宅した。今日はどんなニュースを集めたかね、とケラーにたずねられたとき、ウィーゼルは肩《かた》をすくめ、何の収穫《しゅうかく》もなかったよと言わんばかりに、よごれた両手を開いてみせた。

最初は自信に満ちていた。その週が過ぎると、ウィーゼルの気分はいらだちに変わり、やがて失望に変わった。ウィーゼル以外のだれかなら、それはすぐ絶望に取って代わられただろう。ヤコブは何も知らせてこなかったし、例の情報網からの知らせもなかった。嘘《うそ》つきの酒場の主人は、正直そのもののような顔をして仕事に励《はげ》んでいた。

おれの推理が間違っていたのかもしれない、とウィーゼルは思った。船員にばかり目をつけていたが、スケイトはそのあと衣装を変えたかもしれない。ヤコブが言ったとおり、スケイトはすでにマリアンシュタットを離《はな》れているのかもしれない。干し草の山の中に、針なんぞ入っていないかもしれないのだ……。

が、針はあった。ウィーゼル自身がそれを見つけた。ヤコブやその他の協力者を通してではなく、策略や洞察力《どうさつりょく》のせいではなく、まったくの偶然《ぐうぜん》によって。

ほかの手段がいい結果を生まないので、ウィーゼルは酒場に狙《ねら》いを定めた。ここを見張っていれば、何か答えが出るだろう。一日のほとんどを、酒場の周辺にひそんで過ごした。ここを離れるのは、協力者たちと出会うごく短い時間だけだった。

ある午後遅《おそ》く、急ぎ足で監視《かんし》の場所にもどってきたとき、ウィーゼルは、あやうく一人の男とぶつかりそうになった。ずんぐりした男。灰色の外套《がいとう》につば広帽子《ぼうし》、何かの包みをかかえている。ウィーゼルは、うなじの毛が逆立つのを感じた。ちらりと視線を投げると、まるまるとした顔、ピンク色に縁《ふち》どられた目が見えた。こいつだ、こいつがテオを殺そうとしたやつだ、と心の中でさけぶ声がした。スケイトは、じっさいに服装を変えていた。いちばん見破られにくい変装をしていた。だれも目に留めないような、ごくごく地味な身なりをしていたのだ。

街角を回って、警官が一人やってきた。警官に声をかけてスケイトを逮捕《たいほ》してもらうのが、いちばんかんたんだっただろう。が、法律や警察についての自分の意見と、自身の能力についての自分の意見とを考え合わせたうえで、ウィーゼルは唯一《ゆいいつ》のコースを選んだ。スケイトのあとをつけたのである。

男は波止場《はとば》に向かっていた。ウィーゼルは、なるべく接近してついていった。日が暮れかけていた。束《つか》の間、見失ったが、またすぐ突堤《とってい》の上を小走りしているのが見えた。スケイトは、突堤の石の階段を這《は》うようにして下りた。岸辺に浮《う》いているボートのひとつに飛び乗り、流れの中に漕《こ》ぎ出した。

ウィーゼルも石段をすばやく這い下りた。岸辺にもやっているボートの中でただひとつ、鎖《くさり》でつながれていないのがあった。傷だらけのおんぼろボートで、水の中に少しかたむいている。流失しないでいるのは擦《す》り切れかけたロープのおかげらしいが、なぜ沈没《ちんぼつ》しないのかはひとつの謎《なぞ》だ。ともあれ、少なくとも、不ぞろいながら二本のオールはある。

ウィーゼルは乗りこみ、ロープを解き放って潮の中に漕ぎいった。少し前方を、スケイトが、安定した漕ぎ方でベスペラ川の河口方面に向かっている。どこへ行くつもりなんだろう、とウィーゼルは首をひねった。先にあるのは、葦《あし》やガマばかりが生えている砂嘴《さし》の集まり――フィンガーズ――だ。人間の興味を引くものなんか何もない。ウィーゼルはフィンガーズをよく知っている。そこは彼のふるさとなのだ。

やがて、スケイトがコースを少し変え、河口域に向かった。ははーん、とウィーゼルは思った。フィンガーズの先に小さな島がある。周囲は磯浜《いそはま》で、砂礫《されき》を盛りあげたような島だが、その島の中ほどに廃墟《はいきょ》となった灯台が立っている。ウィーゼルの覚えているかぎり、灯台は放棄《ほうき》され、使われていない。スケイトはまっすぐその島に向かっているのだ。

ウィーゼルは、安堵《あんど》のため息をついた。浸水《しんすい》しているぼろボートは、ただのろのろよたよたと進むだけだが、もう速度のことは心配していなかった。スケイトがどの地点に上陸するつもりかがわかった。舟《ふね》をつなげる場所はひとつしかないのだ。

ウィーゼルの読みは正確だった。彼が荒《あら》い磯浜でボートをあやつっているとき、スケイトはもう自分のボートをつないで、岸に上がっていた。ウィーゼルがボートを着けて飛び降りたとき、スケイトはもう灯台の中に入っていた。

特別の計画もなしに、湧《わ》いてくる直感に身をまかせて、ウィーゼルは砂礫《されき》の広がりを小走りに走った。ボートから持ち出した片方のオールをしっかりにぎっていた。のぼってきた月の光の下で、壊《こわ》れた灯台の塔《とう》は、まるで巨大《きょだい》な鷲《わし》が流木でつくった巣のようだった。灯台の壁《かべ》に一ヵ所、石が剝《は》がれ落ちて穴の開いているところがあった。そこからのぞきこむと、スケイトがろうそくをともしていた。つづいて、ろうそくを地面に置き、かかえていた包みをほどいて紙を広げた。

ウィーゼルは、あんぐり口をあけた。いくつもの短剣《たんけん》かピストルか、それとも生首《なまくび》でも出てくるんじゃないかと思ったのに――。包みの中にあったのは、パンの厚切れひとつとニワトリの丸焼き半分と、ボトル一本だった。なんだ、殺し屋もピクニックをやるのか。

スケイトは、持参の食べ物を食べ終わると、いくぶんお上品そうに袖《そで》で口をぬぐい、それから壁にもたれて、陶製《とうせい》パイプを詰《つ》め、満足そうに吸いはじめた。

ウィーゼルは身動きひとつしなかった。スケイトは延々とパイプをくゆらしつづけ、いつ終わるとも知れなかった。ウィーゼルは少し退屈《たいくつ》し、いらだってきた。包みの中身はがっかりだったが、スケイトが、一人楽しく夕食をとるためにわざわざここまでやってくるはずはない。何かきっとわけがあるはずだ……。好奇心《こうきしん》が勝ちを占《し》めた。行動に移る前に、まずスケイトが何をくわだてているのか知りたくなった。それで、ウィーゼルは待ちつづけた。

しばらくして、スケイトはポケットから時計を引き出した。大事な約束でもあるかのように時刻を見ている。それから立って、背伸《せの》びをし、ろうそくのともしびの輪の中から歩み出て、ふっと見えなくなった。

ウィーゼルは一瞬《いっしゅん》、スケイトが何か奇術《きじゅつ》を使ったのかと思った。そうではなかった。スケイトはただ、螺旋状《らせんじょう》の階段を塔のてっぺんに向かってのぼっていっただけなのだ。ウィーゼルは影《かげ》の中に身をひそめたまま、目を上げた。塔の上には木の枝が積みあげられているらしい。そのかたわらに、やがて、ずんぐりした人影《ひとかげ》があらわれた。

スケイトは何かを手にしていた。ウィーゼルはこれまで気づかなかったのだが、小型望遠鏡だった。スケイトはこれを伸《の》ばして、沖《おき》のほうを見はじめた。何を見ているのか、ひどく辛抱強《しんぼうづよ》くながめている。こちらは望遠鏡がないので、ウィーゼルは懸命《けんめい》に目をこらして暗い海を見つめた。あっ、と目をこすった。沖のほうに、ちらりと光るものが見えたような気がしたのだ。また、あらわれた。小さいけれど、はっきりと光った。

スケイトのすがたが塔の上から消えた。その直後、空に向けて炎《ほのお》が燃えあがった。灯台のてっぺんが火に包まれていた。これだけ燃えるところを見ると、木材に油か樹脂《じゅし》がかけてあったのだろう。炎はますます勢いを増し、島全体を照らし出した。スケイトはきっと、何度もここに通ってきて、準備をしたのだ。マッチをつければ燃えあがり、何マイルも離《はな》れたところからも見える、巨大な燭台《しょくだい》を、炎のシグナルを。

小柄《こがら》な男は、塔の一階のドアから出てきて、早足で水ぎわに向かった。ウィーゼルは影の中から飛び出し、さけびながらあとを追った。スケイトは足を止め、くるりと振《ふ》り向いた。

「止まれ!」ウィーゼルはオールを水平にして、槍《やり》のように構えた。「止まれ! おまえを逮捕《たいほ》する!」

ピンク色に縁《ふち》どられた目がかっと見開かれ、ウィーゼルを見た。だぶだぶの服、こっけいな帽子《ぼうし》で、オールを突《つ》き出しているちびっ子を、じっと見つめた。

スケイトは、あることを、彼がふだんはめったにしないことを、した。彼がそれをするのを見た者たちはみな、そのことを他人に話す前に命を断たれてしまった。——つまり、スケイトはげらげら笑い出したのだ。

5 襲《おそ》われた宮殿《きゅうでん》

テオは、波止場《はとば》に面したある物置小屋の近くで待っていた。スパロウがまだ来ない。ケラーもあらわれない。テオは、無感覚になりかけた足を敷石《しきいし》の上でしきりに踏《ふ》み鳴らした。かたわらでケラーの雌馬《めすうま》が悲しそうにいなないた。もう厩舎《きゅうしゃ》に帰りたいのだ。

少し前、河口の島にある古い灯台が燃えあがった。この界隈《かいわい》の人々のほとんどは寝《ね》ていたが、かなりの人たちが起き出して、夜の散歩者や船員たちといっしょになって炎《ほのお》をながめた。スパロウは、たぶんそういう人々の中にいるのだろう。ケラーがなぜ遅《おく》れているのかは、テオにはまったくわからなかった。

この夕刻、ウィーゼルは考えられないようなことをやらかした。夕食の時刻に帰ってこなかったのである。いったいどうしたのか。心配になったケラーとテオとスパロウは、行方知れずの水ネズミを探すことにした。三人は手分けをした。ケラーは学生街の酒場を見てまわる。スパロウはマーシュ地区。港湾地区を引き受けたテオは、広く長いこの地区をより早く探索《たんさく》するために、ケラーの馬を借りたのだった。二時間後にここで落ち合うことにしていた。その時刻はとっくに過ぎているのに、ケラーとスパロウはあらわれる気配もない。テオはここを離《はな》れなかった。二人がやってきたとき彼がいないと、今度は、ウィーゼルではなくて、おたがい同士を夜っぴて探しまわることになりかねない。

そのとき、鐘《かね》の音が聞こえた。最初は、オールド・ジュリアナ宮殿《きゅうでん》の鐘楼《しょうろう》からのゴーンゴーンゴーンという連打だった。これは警報だ。何か差し迫《せま》った危険を知らせているのだ。ほかの場所の鐘も加わって、いっせいに、けたたましいさけびを上げはじめた。音がひびき合いこだまし合って空気中に凍《こお》りつくなか、パンパンパーンと、マスケット銃《じゅう》（一八世紀初めから一九世紀中ごろまで使われた歩兵銃《ほへいじゅう》）の発射音が大アウグスティン広場の方角から聞こえてきた。

テオは馬に飛び乗った。もしかしてスパロウのすがたが見えないかと、もう一度、波止場《はとば》を走ってみたが、無駄《むだ》だった。これ以上は待てない。馬の向きを変え、広場めざして駆《か》け出した、そのとき、すごい勢いで馬を走らせてきた男とぶつかりそうになった。顔を見ると、ベックだった。戦争中はテオの副司令官で、いまはある政治グループの指導者だ。テオに向かってしきりに何かさけんでいるが、騒音《そうおん》に掻《か》き消されて少しも聞き取れない。ケラーの雌馬《めすうま》はしりごみしたが、ベックはさらに近寄って、おたがいの膝《ひざ》がくっつくまでになった。馬たちも体がぶつかり合い、おびえた雌馬はベックの馬の首を嚙《か》んだ。

「マリアナ連隊が宮殿を攻撃《こうげき》している」ベックがさけんだ。「どこにジャスティンがいるかはわからない。フロリアンとは連絡《れんらく》がとれない。広場は遮断《しゃだん》されている」

ベックの話す言葉の意味が頭に入らなかった。ただ、ミックルが危険にさらされているということ、それだけがわかった。最初のショックのあと、テオの心の一部がふたたび機能しはじめた。冷静に、彼自身からは離れて、動きはじめた。ベックに命令している自分の声が聞こえた。――マーシュ地区に戦闘《せんとう》司令所をつくれ。武器を集められるだけ集めてみんなに分配しろ。ある程度の兵力を確保したら、ただちに、大アウグスティン広場にいるぼくのところに来い。

「あんた、広場には行けないよ。あそこは大混乱だ――」

「言われたとおりやるんだ」

ベックは馬首をめぐらせて、走り去った。気がつくと、人々の声がひときわ高まっていた。古い灯台の火事を見に行っていた人々が埠頭《ふとう》を通って帰ってきていたが、彼らが、新しく加わった人々もふくめて立ち止まり、ベスペラ川のほうを見て指さし、騒《さわ》いでいる。川の真ん中に奇妙《きみょう》なものがあった。テオには、港の霧《きり》の中で巨大《きょだい》な猛禽《もうきん》が音を立てずに羽ばたいているように見えたが、すぐに、長く黒い船体と黒い帆《ほ》なのだとわかった。

テオは鞍《くら》の上で凍りつき、しだいにすがたを見せはじめた船を、食い入るように見つめた。と、とつぜん、船――フリゲート艦《かん》――の舷側《げんそく》が火を噴《ふ》いた。多数の砲《ほう》が突《つ》き出て、埠頭に立ち並ぶ建物めがけて砲撃《ほうげき》しはじめたのだ。

群集がいっせいに悲鳴をあげ、ケラーの雌馬《めすうま》はいななき、棒立ちになった。赤く熱した砲弾《ほうだん》を受けて、倉庫のいくつかはもう燃えあがっていた。群集はパニック状態になって波止場《はとば》から逃《に》げようとし、テオは馬もろともその人波に押《お》し流された。

フリゲート艦《かん》の兵士たちは、ふたたび砲弾《ほうだん》を詰《つ》めた。次の一斉砲撃《いっせいほうげき》は、多くの建物の屋根を引き裂《さ》き、窓を打ちくだいた。人の波はテオと馬とを巻きこんだまま、フィッシュ・マーケット広場へと殺到《さっとう》した。テオは、何とか群集の外に出ようとして馬腹を蹴《け》り、人間の渦《うず》を突破《とっぱ》しようとしたが、結局のところ、ますます巻きこまれて、広場に面したある家の壁《かべ》に押《お》しつけられるかたちとなった。そのとき、ものすごい騒音《そうおん》の中で、自分の名を呼ぶ声を聞いたような気がした。

次の瞬間《しゅんかん》、その家の軒《のき》に砲弾が命中した。大きな爆発音《ばくはつおん》とともに、煉瓦《れんが》や石の破片がシャワーのように降りそそいだ。両腕《うで》を上げて頭をかばおうとしたが、それより早く、すさまじい衝《しょう》撃《げき》に襲《おそ》われて落馬した。落ちながら、さっきの声をふたたび聞いた。そして、何もわからなくなった。

兵士たちが来たとき、ミックルは目覚めていた。

彼女はそのときまで、日が暮れてからの多くの時間を、宮殿《きゅうでん》の文書保存室で過ごしていた。埋《う》められた宝物——より正確に言えば、少なくとも宝物であればいいなと思うものを、探していたのだ。それが埋められていることには確信があった。もし、存在するのであれば、埋められているに違《ちが》いないと思っていた。

もう何ヵ月も、こうして探していた。本物の宝物を見つけるほうがかんたんだと思ったときもあった。宮殿の地面をあちこち掘《ほ》ってみれば、すばらしいものが出てくるはずだった。たくさんの棚《たな》にしまってある古い文書をひとつひとつ調べていくよりは、そのほうがずっと楽だ。文献《ぶんけん》学者たちにたのめば大喜びで援助《えんじょ》してくれるだろう。しかし、この調査は彼女だけの秘密だった。ミックルは、これについてテオにさえ何も言っていなかった。

その夜、宝物は彼女の手に落ちたのだった。

それは偶然《ぐうぜん》ではなかった。彼女はただ、見当違いの場所ばかりのぞきこんでいたのだった。じゅうぶん遠いところを、あるいはじゅうぶん近いところを探していなかったのだ。それはそこにいつもあったのに、見落としていたのだ。あまりに明々白々だったので、彼女は不意に、声をあげて笑い出した。

次の瞬間、不意にしかめ面《つら》に変わった。

たぶん、これは宝物だ。が、もしかするとそうではないかもしれない。これが引き起こす結果は、これを発見することほど単純でないかもしれない――。ミックルのするどい知性は彼女にそう告げていた。ミックルはくちびるを噛《か》んだ。この発見は、彼女の心を高揚《こうよう》させたが、同時に彼女の心を苦しめることでもあった。いったいどうしたらいいのか、彼女は戸惑《とまど》っていた。

それが消えてなくなればいい、という気がしないでもなかった。しかし、もう知ってしまった。

いまさら忘れることなど、できはしない……。いくら考えても堂々めぐりだ。さしあたり、ただひとつの実際的なことは、床《とこ》につくことだった。彼女はそれをした。

床についても、眠《ねむ》りはおとずれなかった。落ち着かない心でさまざまなことを考えていると、とつぜん、中庭でさけび声が聞こえた。つづいて、はげしい銃撃音《じゅうげきおん》。大声で命令を伝える声。ジュリアナの鐘《かね》が鳴りはじめ、いつまでも狂《くる》ったように鳴りひびき、こだまし合った。ミックルはベッドから飛び出して、窓のカーテンを開けた。何が起きているのかは見えなかった。マリアンシュタットじゅうの鐘が鳴りはじめていた。控《ひか》えの間《ま》から、メリメリッと木材の割れる音が聞こえた。

ミックルは寝室《しんしつ》のドアに近寄ったが、着く前に、ドアがバッと開いた。マリアナ連隊の士官が突《つ》っ立っていた。彼の背後には、四、五人の兵士がマスケット銃《じゅう》を構えてこちらをにらんでいる。廊下にいるはずのジュリアナ警備兵たちのすがたはない。

「いったい何が起きているの?」ミックルは、ドア口にすっくと立った。髪《かみ》を目から払《はら》いのけて正面から士官を見つめ、「あなた、ツェラー大佐《たいさ》ね? あきれたわ、大佐。礼儀《れいぎ》というものを知らないの?」

ミックルの態度に圧倒《あっとう》されて、ツェラーは一瞬《いっしゅん》、固くなった。「市民アウグスタ。総統政府の命令によってあなたを逮捕《たいほ》します」

「逮捕? 総統政府? ツェラー、いったい何の話なのよ」

「処分が決定されるまで、あなたはカロリア牢獄《ろうごく》に監禁《かんきん》されます。ご同行願います」

「冗談《じょうだん》じゃない」ミックルは言い返した。「あなたこそ、地獄《じごく》にでもどこにでも、その総統政府とやらと同行しちゃいなさい」

「市民アウグスタ。わたしの義務をより困難なものにしないでください。もし逮捕に抵抗《ていこう》すれば、わたしはあなたにたいし、いかなる処置をとってもよいことになっているのです」

「だれの権限において？　あなた自身の権限？」

「カバルス総統の権限において、です」

いままで、ミックルはおびえるというよりも腹を立てていた。高級軍人たちはいつだって権力を追い求めていた。陰謀《いんぼう》は宮廷《きゅうてい》の役人たちにとって、ジェスチャー・ゲームや仮装舞踏会《ぶとうかい》と同様の娯楽《ごらく》だった。しかし――カバルスとは？　これはもはや、不満をいだくひとにぎりの軍人や貴族によるお粗末《そまつ》なくわだてなどというものではない。ミックルは両手をぐっとにぎりしめて、震《ふる》えるのを防いだ。

「カバルスは国外追放されている」きつい声で言った。「彼には何の権限もないわ」

「カバルス総統は、まもなく到着《とうちゃく》されるはずです」ツェラーは言った。「あなたとあなたの執政《しっせい》官《かん》たちは、そのとき合法性を議論すればいい。執政官たちを逮捕することも命令されています。彼らは、カロリア牢獄であなたといっしょになるでしょう」

ミックルは思わず息を呑《の》んだ。テオが捕《つか》まった、フロリアンもジャスティンも捕まった。――

そんなこと、とても信じられない。自分の考えをまとめる時間が必要だった。「カロリーヌ皇太《こうたい》后《ごう》はどこなの？」

「市民カロリーヌは牢獄《ろうごく》に連行されているところです」

「すぐ宮殿《きゅうでん》に連れもどしなさい。皇太后は具合がよくないのです」

「専属の医師が付き添《そ》っています。あなたはただ、総統政府の命令にしたがっていればよいのです」

「ああそうなの。それじゃ聞くけれど、総統政府は、わたしが服を着ることを許してくれるんでしょうね」

「許します」と言ってからツェラーは少し動揺《どうよう》し、「ただし監視《かんし》のもとに、です」

「バカなこと言わないでよ」ミックルは、ツェラーの鼻先でドアをバタリと閉め、鍵《かぎ》を回した。控《ひか》えの間《ま》のツェラーのさけびには耳を貸さず、ベッドのわきに駆《か》けもどり、乗馬ズボンとシャツをつかんだ。大佐《たいさ》は錠《じょう》をガタガタいわせ、急いでくれとわめいていた。

「もちろん急ぐわよ」小声で言いながら手早く着替《きが》え、窓を押《お》し開けた。ミックルは、宮殿の屋根の上のことを、宮殿の廊下《ろうか》や会議室と同じぐらいによく知っている。ジュリアナから抜《ぬ》け出したくなったとき、何度となく横桟《よこさん》や雨樋《あまどい》を使っているのだ。

いま、彼女は一瞬《いっしゅん》ためらい、思いをめぐらせた。もしテオがカロリアにいるのなら、ここで捕《つか》まって彼といっしょになるのも一案だ。――いや、だめだ。わたしたち、別々に閉じこめられるに決まっている。自分も囚《とら》われの身であるのなら、彼の力になれるわけがない。

ツェラーは、ドアをドンドンたたきはじめていた。ミックルは歯を食いしばると、窓の横桟に上がり、そこから屋根によじのぼった。新宮殿と旧宮殿のあいだのアーケード付近から、マスケット銃《じゅう》をはげしく撃《う》ち合う音が聞こえていた。ミックルは雨樋に沿って、たくみにすばやく動いて、銃声《じゅうせい》のする方向へと向かった。


不意をつかれた宮殿警備隊は、押され気味だった。マリアナ連隊が容赦《ようしゃ》なく攻《せ》め立てていた。ミックルは、宮殿警護隊の位置にできるだけ近い場所まで行くと、排水管《はいすい》をつたってすべり降りた。

マスケット銃の弾丸《だんがん》がピュンピュン飛びかう中を突《つ》っ走って宮殿の壁《かべ》にたどりついたが、そこで、若い男とぶつかった。砂色の髪《かみ》で、カールした騎兵《きへい》隊式の口ひげを生やしている。ウィッツ将軍だった。制服のボタンもまだ留めてないしベルトも締《し》めていない。靴《くつ》さえはいていない。ミックルは、戦争のさなかにおいても、ウェストマーク軍の参謀《さんぼう》総長がこれほどだらしないすがたをしているのを一度も見たことがなかった。

「陛下――ご無事でしたか！」ウィッツの顔は、おどろきと喜びでぱっとかがやいた。「いやいや――ご無事どころではありませんな。陛下、どうか身をお隠《かく》しください。どこでもけっこうですから」

「宮殿《きゅうでん》の外に出なさい」ミックルは命令した。「ここで踏《ふ》みとどまろうとしては、だめ。街路に出て戦えば、こっちにも見込《みこ》みがあると思う」

「申しあげます。それは不可能です」ウィッツは言った。「われわれは包囲されています。まもなく火薬と銃弾《じゅうだん》が尽《つ》きます。武器庫は敵の手に落ちました。われわれが食い止めているあいだに、どうか、陛下、脱出《だっしゅつ》なさってください」

「わたしの言うとおりにするの」ミックルは命令した。「厩舎《きゅうしゃ》の裏の門から外に出なさい」

「申しあげます。陛下、残念ながら時間がありません」

銃撃《じゅうげき》は、はげしさを増していた。攻撃《こうげき》側の前列の兵士たちは、じりじりと迫《せま》ってきた。宮殿の庭園を通ってやってきた新しい小隊も加わって、敵の勢いは強まっていた。そのとき、ウィッツがそばにいた曹長《そうちょう》に声をかけた。

次の瞬間《しゅんかん》、ミックルの体は自由を失った。片方からウィッツの腕《うで》が、他方から曹長の腕が、彼女を捕《つか》まえていたのだ。半ば引きずられ半ば持ちあげられて運ばれ、彼らが何をするつもりなのかわかったときには、もうオールド・ジュリアナ宮殿の裏手の壁《かべ》に着いていた。ミックルは蹴《け》って暴れて、悪態をついたが、ウィッツはぜったいに手をゆるめなかった。

「のぼってください、陛下」ウィッツはあえぎながら言った。「壁を乗り越《こ》えて逃《に》げるのです」

「わたしを下ろすんだ、これは命令だぞ――」ミックルは軍隊言葉を自由に使えた。いま、それをたくみにしゃべってみせたが、ウィッツとその共犯者はいっこうに感心するようすもなく、押《お》し黙《だま》ったまま、彼女を壁のてっぺんに載《の》せる仕事をつづけた。

ウィッツ将軍はこれまで、女王陛下の命令に絶対服従だった。彼は、ただの大尉《たいい》であったときから、ひたむきに、黙々《もくもく》と、胸が痛くなるほどに女王に恋《こい》していた。軍隊の規律など超越《ちょうえつ》した恋だった。ただただ自分の命を女王のために捧《ささ》げることだけが、彼の望みだった。これまでも多くの機会にそれを試みていた。今度もその機会だった。これが奪《うば》われるようなことはあってはならない、と心に決めていた。

ウィッツは、軍人らしくない安堵《あんど》の微笑《びしょう》をもらすことを自分に許した。ようやく、ミックルを壁の上から外に向かって押しやることができたからだ。だが、その同じ瞬間、自分の足がふらついたのには気づかなかった。自分の背後でマスケット銃《じゅう》の銃声《じゅうせい》がしたのも聞こえなかった。仰向《あおむ》けに倒《たお》れたとき初めて、彼は、自分は死ぬのだと思った。そのことは何とも思わなかった。ただ、すばらしい高揚感《こうようかん》にひたされていた。この日は、彼の人生のもっとも幸せな日だった。

ミックルは、ウィッツがよろめき倒れるのを見た。彼の目が死の色で満たされていくのを見た。ミックルは大声でさけび、壁の上で体のバランスを取りもどそうとした。が、すでにそのとき、体はぐらりとかたむき、下の街路へと転げ落ちたのだった。

彼女はさっと立ちあがった。片腕に痛みが走った。落ちたとき、ひねったのだ。目は涙《なみだ》であふれていたが、あの献身的《けんしんてき》なウィッツの顔はまだ見えていた。まっすぐ走り出した。方角のことは考えなかった。

暗闇《くらやみ》の中で、とある建物の側面にぶつかった。向きを変えていちばん近い路地に駆《か》けこみ、そこを抜《ぬ》けると、今度は曲がりくねった街路に沿って走った。何度目かの曲がり角で、何かと正面衝突《しょうとつ》した。黒い影《かげ》。人間だった。そいつはウッとうなって、悪態をついた。

ミックルはよろよろと後ずさりした。ひとつの手で喉《のど》くびをつかまれ、悲鳴をあげようとしたが、くぐもったうめき声しか出なかった。口をもうひとつの手でふさがれていたのだ。

第二部　総統政府

6 大公のキス

カバルスは、ズーキ大佐《たいさ》の船に乗り、手厚いもてなしを受けながらウェストマークへと旅立っていった。いろいろしゃくに障《さわ》ることの多かった客人は、これでケリがついた。今度は、疫病《やくびょう》神《がみ》のような国王を片づける番だ。そう勢いこんでみるのだが、コンラッド大公は、どうも積極的な気分になれない。あまり細かいことにまでかかわりたくないという気持ちが先に立ってしまう。しかし、やらねばならないのだ。田舎《いなか》の領地で、彼はパンクラッツといっしょに計画をもう一度検討した。すべては練りあげられている。ただそれを行動に移せばよいのだ。

それでもコンラッドはぐずぐずしていた。家畜《かちく》のようすを見てまわったり、穀物置き場や干草置き場をおとずれたりした。これまで一度もしたことのないこと——牛の乳しぼり——をやったりもした。領地内のこうした日常の仕事は心を静め、喜びをあたえてくれた。もし国王になることを義務づけられていなかったなら、わたしは農場主として、おだやかに幸せに暮らせただろうに。そうだ。すべてに決着がつき、王国が適切なコースを歩むようになったなら、もっとこの領地で過ごすようにしよう。ぜったいそうしよう。家畜たちを新しい飼育方法で育てよう。新しい建物を建てよう。ミニチュアの水車のある、人工の池もつくろう。

ようやく希望が生まれ心がはずんできたところで、コンラッドは田舎を離《はな》れ、ブレスリン宮《きゅう》殿《でん》にもどった。時間が切迫《せっぱく》していた。もうカバルスはマリアンシュタットに到着《とうちゃく》しているだろう。そのことを甥《おい》に知られたくはなかった。カバルスが成功することは間違《まちが》いない。しかし、もし彼が失敗したとしても、このコンラッド自身の計画は何ひとつ変わるものではない。この行為《こうい》は、王国のためになさねばならぬことなのだ。それは聖なる義務にほかならない。――しかし、聖なる義務ではあっても、おぞましく、心の痛みをともなう行為はあるものだ、とコンラッドは思い知ったのだった。

宮殿の居室で、コンスタンティンに会った。コンスタンティンは、あまりうれしそうな顔はしなかった。ふだんなら、コンラッドはそんなことを気にもしなかっただろう。が、いま、そのことが、コンラッドの胸を不安でざわざわさせた。

「コニー」大公は言った。「わたしは、すぐまた、田舎の領地にもどるつもりなんだ。いろいろやり残したことがあってね。きみも興味を持つんじゃないかと思うんだが……」

「牛やニワトリのことを言っているんですか」コンスタンティンは言った。「わたしはどうも好きになれません。とりわけニワトリはね。あいつら、こっちのことを横目で見て、やたらとやかましく騒《さわ》ぎ立てるでしょう」

「それなら、鶏《とり》小屋には近寄らなくてもいいさ」コンラッドは言った。「わたしはただ、田舎《いなか》で何日か過ごしたらどうかと思うんだ。きみもわたしも、ひどく根《こん》を詰《つ》めて働いてきた。神経が相当参っている。新鮮《しんせん》な空気に触《ふ》れれば気分転換《てんかん》になると思うよ」

「叔父《おじ》さんが何を考えているかは、わかりますよ」

コンラッドは、ぎくりとした。顔が青ざめた。

「そう」コンスタンティンはつづけた。「田舎に着いたとたん、あなたはまたウェストマークへの禁輸の件を持ち出すつもりでしょう。でも、それについてのわたしの考えは、ご存じのはずです」

コンラッドは、こっそりと安堵《あんど》のため息をついた。「政治の話はいっさいしない。約束する」

コンスタンティンは、テーブルの上の書類の山を見つめながら、しばらく考えた。「たまには息ぬきもいいだろうな。よし、決めた。叔父さん、すぐ行きましょう」

二人に付きしたがったのは、わずかな従者と家臣だけだった。二人は、コンラッドが言ったとおり、ただただ田園の生活を楽しんだ。気ままにのんびりと暮らす二人の農夫、という風情《ふぜい》だった。宮殿《きゅうでん》からの使いも来ず、国家の諸問題にかかずらうこともなく、コンスタンティンは仕事をサボっているような気分になり、それがますます、外を歩きまわりたいという気持ちを掻《か》き立てた。

コンスタンティンの疑念が消えてしまったわけではなかった。大公はこれまで、何事についても、一度だって約束を守ったことがない。だから、コンスタンティンは、叔父がいつなんどき政治的問題を持ち出すか知れたものではない、と思っていた。おどろいたことに、コンラッドは今度ばかりはそうしなかった。叔父と甥《おい》は、しばしば、秋の田園地帯を長時間散歩した。一日を費やして狩《か》りをし、あまり成果はなかった。領地の裏山を流れる小川で釣《つ》り糸を垂れ、一匹《ぴき》も釣れなかった。大公は、ウェストマークの問題を持ち出さないどころか、農場の排水《はいすい》工事やら肥《こ》やしやらについて延々としゃべりつづけた。

しだいに、コンスタンティンは、この休日を重く感じはじめた。退屈《たいくつ》になってきた。幸せな農夫であることに飽《あ》き飽きしてきた。そろそろ宮殿に帰り、国王の暮らしを始めたい、と叔父に言った。

「まあ、好きなようにしたまえ」と大公は言った。「あの岩は別の機会に見ることもできるしね」

コンスタンティンの耳が、ぴんと突《つ》っ立った。蝶《ちょう》と、鳥の剝製《はくせい》のほか、彼は鉱物の熱心なコレクターなのだ。「岩って、どんな岩なんです？」

「そのこと、話さなかったかな？　地元の人間がしゃべっていたんだが、水晶《すいしょう》が露頭《ろとう》しているんだ。薄《うす》い黄色だ、たしか赤い縞《しま》が入っているらしい」

「しかし――それはすばらしい」国王はさけんだ。「ゲルバライトの鉱床《こうしょう》のようだな。実にめずらしい。この地域にそれがあるとはおどろきだなあ。それは、どこなんです?」

「峡谷《きょうこく》を入っていった滝《たき》の近くだ」

「すばらしい。ひと目見てみたいな」

「じゃ、馬番を二、三人連れていきなさい」コンラッドは言った。「しかし、きみが断崖絶壁《だんがいぜっぺき》をよじのぼったり下ったりするのは、感心しないな。むしろ、だれかに行かせるべきだ」

「自分で採集できますとも。自分で行って自分で見つけ出すのが鉱石採集の醍醐味《だいごみ》なんです。夕方までにはもどってきますよ」

いや、それはまずい、と言うコンラッドの抗議《こうぎ》は、ただ国王の決意をいっそう固いものにしただけだった。馬を用意させると、ハンマーと小さなカナテコと袋《ふくろ》をたずさえて、コンスタンティンはいそいそと出発した。

しばらく行ってから、王は、叔父《おじ》の言っていたことにも一理はあったかな、と思いはじめた。土地はしだいに高度とけわしさを増し、進みにくくなってきた。ついには、あまりの急峻《きゅうしゅん》さに馬が使えなくなった。馬をつないでおいて、あとは徒歩でのぼらなければならなくなった。

が、やがて、灌木《かんぼく》の茂《しげ》みを抜《ぬ》けて、とうとうそれらしい場所に来た。峡谷のへりに近いところに、平たく堆積《たいせき》した砂礫《されき》が張り出している。見下ろすと、谷川が大滝に向かって岩を噛《か》み、飛沫《しぶき》を上げて流れている。コンラッドの指示によれば、露頭《ろとう》は崖《がけ》の縁《ふち》に沿ってあるらしい。コンスタンティンは、あたりの地面を注意深く見て歩いた。興味を引くものは何もなかった。

王は失望した。また彼は、しばらく前から、だれかが自分のあとをつけていることに気づいていた。叔父のやつ、わたしのことが心配で、地元の人間にこっそりあとをつけさせたのだな、と思った。ふつうの場合なら、コンスタンティンは、こんなふうに子ども扱《あつか》いされることに腹を立てただろう。しかし、今日ばかりはうれしかった。その男は、このへんの地理にくわしいだろう。露頭を探し出す時間をずいぶんはぶいてくれるだろう。

コンスタンティンは振《ふ》り向いて、灌木の茂みに向かってさけんだ。「出てきたまえ。そこにいるのは、わかっているんだ。例のゲルバライトの露頭はどこなんだ？　黄色と赤の水晶《すいしょう》は？　このへんでどう呼ぶかは知らないが――」

茂みの中から一人の男が出てきた。先端《せんたん》が鉄でできている杖《つえ》を持ち、旅行用外套《がいとう》を着ていた。広い縁の帽子《ぼうし》。そのせいで顔がかげっていたが、ずんぐりした、がに股《また》の体型にはどこか見覚えがあった。コンスタンティンは懸命《けんめい》に記憶《きおく》をまさぐったが、思い出せなかった。ともかく、この近辺の男でないことはたしかだ。

「きみは何者？　何の用だ？」

男は立ち止まった。「陛下――」

「うん。いや、わたしは自分が何者かは知っている」コンスタンティンは言った。「わたしが聞いたのはそんなことではない」

男は自分の杖を両手でにぎり、さっと振《ふ》り上げたかと思うと、全身の力をこめて国王の頭に振り下ろした。

まったくの不意打ちだった。心は何も考えられなかったが、肉体は本能的に反応した。フェンシングの教師にさんざん教えこまれていたので、コンスタンティンは、この打撃《だげき》をフルーレ（剣）でではなく、自分の腕《うで》で払《はら》いのけた。痛みにショックを受け、飛びすさりながら、ベルトにはさんだハンマーかカナテコをつかもうとした。

男はふたたび攻撃《こうげき》した。コンスタンティンは、うなりをあげて襲《おそ》ってくる杖《つえ》を避《さ》け、相手にむしゃぶりついた。渾身《こんしん》の力をこめて男を押《お》し倒《たお》そうとした。杖は砂礫《されき》の上に転がって音を立てた。国王と、彼を殺そうとする男とは、岩だらけ裂《さ》け目だらけの地面の上を取っ組み合い、殴《なぐ》り合って、しだいに断崖《だんがい》の縁《ふち》に近づいていった。コンスタンティンは、しっかりした足場を見つけた。片足を思い切り突《つ》き出し、相手を蹴《け》り倒《たお》した。

しかし、男は国王から離《はな》れなかった。ほっそりしたコンスタンティンよりもはるかに体重があり、体格のよいその男は、懸命《けんめい》にしがみついていた。蹴り合い、掻《か》きむしり合いながら、二人は絶壁《ぜっぺき》の縁を越《こ》え、下で歯をむき出している岩の連なりに向けて墜落《ついらく》していった。

コンラッド大公は落ち着かなかった。夜になって、コテージの中でただ一人待っていると、むしょうにいらいらしてきた。しばらく腰《こし》を下ろしていたかと思うと、暖炉《だんろ》のかたわらにたたずみ、次には部屋を歩きまわった。また腰を下ろした。夕食が食べたくなった。もうパンクラッツがあらわれてもいいころだ。報酬《ほうしゅう》をもらい、安全にひそかにレギア国外に出るための書類を受け取るために、やってくることになっているのだ。

ああ、これからのひと幕が、わたしにはいちばんおぞましい部分だ、とコンラッドは思った。金貨もない。書類もない。〈宰相《さいしょう》のマスチフ〉を待っているのは、一発の銃弾《じゅうだん》なのだ。すでにコンラッドは、一挺《ちょう》のピストルに火薬を詰《つ》め弾丸《だんがん》をこめて、それをサイドテーブルの上に置いている。

大公とカバルスは、ずっと以前に、忠実なパンクラッツを犠牲《ぎせい》にしようと決めていた。コンスタンティンは、峡谷《きょうこく》で嘆《なげ》かわしい事故の犠牲者として発見されるだろう。パンクラッツは永遠に何事も口にすることはないだろう。地下室の片すみに、彼が眠《ねむ》りにつくべき静かな場所が用意されている。だれの目にも触《ふ》れない、ひそやかな墓場だ。どんな士官もどんな従僕《じゅうぼく》も、この悲しむべきひと幕に参加させることはできない。秘密がもれる恐《おそ》れがある。だから、この仕事はコンラッドがやるしかなかった。実におぞましい、と彼は嫌悪《けんお》感に身を震《ふる》わせた。一瞬《いっしゅん》、コニーはなぜわたしの忠告にしたがってくれなかったのか、とさえ思ったほどだった。

炎《ほのお》が低くなり、室内がひんやりしてきた。大公は、暖炉に近寄って燃えさしを掻き立てた。そのとき、ドアの外に足音が聞こえた。つづいてノックの音。コンラッドは、テーブルの前に位置を占《し》めた。ピストルはすぐ取れるところに置いてある。

「入りたまえ」コンラッドの両手が少し震えた。

ドアが開いた。コンラッドは息を呑《の》み、目を見開いた。入ってきた男は、満面傷だらけ。顔の半分は腫《は》れあがっている。服はびりびりに引き裂《さ》かれて、泥《どろ》と血にまみれている。

「やあ、叔父《おじ》さん」とコンスタンティンは言った。「ひどい目にあいました。崖《がけ》から落ちたんですよ」

大公はググッとうなった。あまりにも動転して、ピストルのことを思いつくどころではなかった。

「じっさいには殺されかかったんです」コンスタンティンは言った。「バンクウィッツだったか、パンクラッツだったか。ともかく、そんなふうな名前の男に」

「しかし――しかし、コニー」大公はやっと言った。「何という恐《おそ》ろしいことだ」

「そう、何というか――」王の声には突《つ》き刺《さ》すようなひびきがふくまれていた。「おかしな話ですが、その男がわたしの命を救ったんです。もちろん、彼にそのつもりはなかったんですがね。わたしと彼は、いっしょに峡谷《きょうこく》の中に転落した。わたしは彼の体の上に落ちた。さもないと、わたしは彼同様に死んでいたでしょう」

「パンクラッツ――死んだ？」コンラッドは、ほっとしたように言った。

「すぐには死にませんでしたよ」コンスタンティンは言った。「彼はむしろ、体の内部がひどく損傷を受けていた。自分がすでに半ば死んでいることは認識しなかったようです。彼はわたしに、許してくれと言いました。自分はただ命令にしたがっていただけなのだと。彼はわたしに、自分を谷間から運び出してくれとたのみました。わたしにそれができるはずもなかったし、そうする前に、彼は死んでしまったのですが。いずれにせよ、彼は告白しました。カバルスに関すること、そしてあなたに関することのすべてを、です」

心がようやくまともに機能しはじめていた。コンラッドはピストルに手を伸《の》ばした。コンスタンティンがひとっ飛びでやってきて、ピストルを奪《うば》い取った。「何ですか、叔父さん。わたしをあんな目にあわせたうえに、また撃《う》つなんてことはしないでしょうね？　それともこれは、パンクラッツのためですか？　もちろん、そうですよね。彼は、この部分は知らなかったわけだ。かわいそうに。彼はどっちみち生きてはいられなかったんだ」

コンスタンティンは、ピストルから弾丸《だんがん》を抜《ぬ》きとると、ピストルをほうり投げた。大公は人生で初めて、自分の甥《おい》に恐れを感じた。コンスタンティンの顔にこのような表情が浮《う》かぶのを、見たことがなかった。目はぎらぎらと光って、怒《いか》りや復讐《ふくしゅう》を超《こ》えた感情をたたえていた。態度全体が変わっていた。

「コニー――いや、陛下」コンラッドが甥にその称号《しょうごう》で呼びかけるのも、初めてだった。

「執事《しつじ》に言って、地元の守備隊から一中隊ここに来るよう、伝えてあります」コンスタンティンは言った。「猟場番人《りょうばばん》や従僕《じゅうぼく》たちが外にいます。もちろん武装して。わたしから指令があるまでそこにとどまるよう命令してあります。――叔父さんと二人でしばらく話し合いたい、いろいろ決着をつけたいと思ったんです」

コンスタンティンはつづけた。「叔父さんを国外追放にするわけにはいきません。たとえあなたがウェストマークに行き、カバルスといっしょに行動する、ということがなくても、わたしはあなたを信用できません。あなたはいつだって、わたしを片づけようと思っていた。危なくて目が離《はな》せません。あなたはいつだって、わたしを片づけようと思っていた。どうしてなのか。あなたの視点からものを見るならば、わたしには理解できます。それを思えば、あなたを許すことさえできます。でも、あなたを生かしておくことはできないのです」

コンラッドの血色のよい顔は、蒼白《そうはく》になった。「きみはまさか――」

「裁判や公開処刑《しょけい》のことを言っているのではありません」コンスタンティンは言った。「わたしはああいう手続きは、吐《は》き気をもよおすほど嫌《きら》いです。公式の行為《こうい》らしくしなくてはならず、わたしの指揮によって証言が行なわれ、報告が提出され、理由が徹底的《てっていてき》に説明される。いやなことです。あなたという個人とかかわりのないこと。人間の問題ではなく、政策の問題なのです。おわかりですよね？」

「そのとおりだ」

「とはいえ、あなたに自決させるわけにはいきません」コンスタンティンは言った。「こうしたいと思います。熟練した兵隊たちによる銃殺《じゅうさつ》です。苦しむことなく一瞬《いっしゅん》にして終わります。あなたのこの領地内でそれを行なうのです」

コンラッドはいつも、死のことを恐《おそ》れていた。甥《おい》の言葉を聞いたとき、胸が悪くなり、何か不始末でもしでかすのではないかと思った。ところが逆に、大きな安堵《あんど》感を覚えた。まるで、これまでかかえていた重荷や心配のすべてが消え去ったかのようだった。

「実に適切なやり方だ」コンラッドは言った。「ひとつお願いしたいのだが、わたしの遺体はこの庭園に埋葬《まいそう》してもらいたい」

「もちろん、けっこうです」

「感謝します、陛下」

「すわってください」コンスタンティンは言った。「休んで、心を落ち着けてください。まだ少し時間があります。何かほしいものは？」

「何もいらない」

とつぜんの衝動《しょうどう》にかられて、コンラッドは甥の手をとり、それにキスした。臣下が君主にたいしてとる公式の儀礼《ぎれい》行為だ。キスしながらコンラッドは思った。――コンスタンティンの治世は自分が恐れたほどひどいものになるだろうか。案外そうでもないかもしれない。あるいは、あとになってコンスタンティンは、叔父の言葉が正しかったと思うようになるかもしれない。いや、そんなことはいっさい思わないかもしれない。その場合、コンスタンティンは高いツケを払《はら》うことになるのだが。まあ、どちらでもいい。バカ者であるにせよないにせよ、コンスタンティンはいまや、ほんとうに国王になってしまったのだ。

7

総統政府

フィッシュ・マーケット広場からあとは、何も覚えていなかった。目を開けると、だれかのベッドの上に横たわっていた。それが自分のベッドだと気がついたのは、少したってからだった。部屋がくるくる回るのがようやく止まり、なじみのある品々がぼんやりと見えてきた。すみに置かれたイーゼル、積みあげられたカンバス。もうひとつ、なじみあるものが視野に入りこんできた。みごとな黒い口ひげだ。

「すると、若者くん。あんたは、またわれわれの仲間入りをすることにしたんだな」

この同じ声が、広場でテオに向かってさけんでいたのだった。口ひげは、ぽっちゃりした赤ら顔にくっついていた。まさにラス・ボンバス伯爵《はくしゃく》の顔であった。そのかたわらで、もうひとつ、心配そうな顔がのぞきこんでいる。ぱっと燃え立つような真っ赤な髪《かみ》。まごうことなきマスケットだった。

テオは戸惑《とまど》った。どちらも現実のこととは思えなかった。港でのとつぜんの攻撃《こうげき》も、いまここに伯爵とその小柄《こがら》な従者がいることも。ぼくは夢を見ているのではないだろうか。

「頭をひどくやられている」ラス・ボンバスが言っていた。「体じゅうに派手な傷がある。しかし治らないものじゃない。あの混雑の中でよく踏《ふ》みつけられなかったもんだ。ともかく、われわれはあんたを広場から運び出すのが精いっぱいだった。

マリアンシュタットには何度もやってきているが、今回は、とくにおだやかな滞在《たいざい》を期待してたんだ。田舎《いなか》の巡　業《じゅんぎょう》があまり満足のいく成果をもたらさなかったのでね。友人たちに会って数日間、なごやかな時を過ごしたかったのさ。ところが、来てみたらマリアンシュタットじゅうが蜂《はち》の巣をつついたような騒《さわ》ぎだ。我輩《わがはい》は、マスケットがわれわれの幌《ほろ》馬車をあの大混乱の中から脱出《だっしゅつ》させられないのじゃないか、と心配だった。しかし、フリスカが、あのすばらしい生き物が、みごとに突破《とっぱ》してくれた。彼女は現在、ケラーの厩舎《きゅうしゃ》でのんびり休息をとっている。われわれの幌馬車は小屋に隠《かく》してある」

ようやくテオは、どちらも現実のことなのだと思った。ラス・ボンバスは、じっさい、でっぷりと太って人のよさを丸出しにして、ここにいる。そしてあの攻撃は悪夢ではなかった。自分はいま、ほんとうにケラーの家にいる。間違《まちが》いない。そのことをさらに証明するかのように、新聞記者がドア口に立っていた。

テオは体を起こした。「ぼくは、ベックを大アウグスティン広場に行かせたんだ。ぼくも彼のところに行かなくては――」

「だめだ。だれも、どこへも行ってはいけない」ケラーは言った。「連中は、きみにたいする逮《たい》捕状《ほじょう》を出している。カスパール爺《じい》さんにも独房《どくぼう》が用意されている。わたしはそこに入るつもりなどないがね」

「連中？」テオは聞いた。「連中ってどういう連中なんだ？　ケラー、何が起きているのか話してくれるかい？」

「アンカル首長国のフリゲート艦《かん》が二隻《せき》やってきて、アンカル人の傭兵《ようへい》部隊を上陸させた。それと同時に、マリアナ連隊が宮殿《きゅうでん》を占拠《せんきょ》した。すべてのことは、非常にみごとに計画されていた。将校どもは、今回ばかりはきわめて能率的に行動した。そして市民テオよ。きみは職を奪《うば》われた。その点だけは喜んでいいんじゃないかな。きみはもともと、執政官《しっせいかん》になるのをしぶっていたんだから」

「じゃ、ミックルはどこなんだ？」テオはさけんだ。「ジャスティンは？　フロリアンは？　彼らは何らかの防衛策を講じられなかったのだろうか？」

「ともかく、できるだけ早く見つけ出すよ」ケラーが言った。「きみはここにいれば、さしあたりは安全だ。新しい支配者どもは昨夜、われわれ双方《そうほう》を逮捕しにここへやってきた。わたしは、家に帰ってはいけないと仲間たちに忠告された。しかし、当然すぐに帰宅した。きみがわたしより先に帰っているかもしれない、きみを逃《に》がさなければいけない、と思ったのだ。

わたしが帰ってくる前に、やつらはもう家を捜索《そうさく》していた。きみとわたしを見つけられなかったものだから、やつらは、われわれがどこかほかの場所に逃亡《とうぼう》したのだと思った。――賞賛すべきマダム・バーサが、彼らにそういう考えを吹《ふ》きこんでくれたのだ。捜索に来た将校たちは、ひんまがった軍隊式推理しかできない連中だ。われわれがこの家にもどってくるだろうとは夢にも思わない。それゆえ、よほどのことがないかぎり、二度とここを捜索しない。だからこそ、われわれはここに隠《かく》れるのだよ」

「ぼくはここにはいられない」テオが言った。「何とかして、出かけなくてはならない」

「それで、どこへ行くのだね？」新聞記者が言い返した。「状況《じょうきょう》がもっとはっきりするまで待つんだ。マダム・バーサが出かけている。何らかのニュースを聞きこんでくるだろう。ほかの報告もとどいている。きわめて信頼《しんらい》しうる筋――わが水ネズミたちからのものだ」

気がつくと、スパロウとウィーゼルがケラーの後ろにいた。ケラーを押《お》しのけようとするかのように体をじたばたさせていたが、次の瞬間《しゅんかん》、ウィーゼルがものすごい勢いで部屋に飛びこみ、あやうく、ずんぐりむっくりのマスケットを突《つ》き倒《たお》すところだった。

「言っただろう！　おれがやつを見つけるって！」ウィーゼルはさけんだ。得意満面だ。「おれは灯台のところまで、やつを付けた。やつがアンカルの船に合図を送るのを、やめさせることはできなかった。でも――おれは、やつを逮捕したんだ！」

「きみが？」テオはウィーゼルを見つめた。「きみがスケイトを捕《つか》まえたの？」

「もちろん、やつはそれをあんまり好まなかった。やつはピストルを引きぬいた。島にはおれとやつの二人だけ。一対一の対決だった。灯台はおれたちの背後で燃えさかっていた。大犯罪者に素手で立ち向かう復讐者《ふくしゅうしゃ》――」

「いいかげんにしてよ」スパロウが言った。「オーバーなんだから！」

ウィーゼルは、姉に哀《あわ》れむような視線を投げた。かわいそうなやつ。スパロウには、ジャーナリストらしい文章感覚がまるでないのだ。ウィーゼルは、もっと話に尾《お》ひれをつけて豊かなものにしたかったのだが、どうやらスパロウが本気で喉《のど》を締《し》めあげかねないようすなので、あきらめた。話を簡潔にすることにした。

「それでおれは、彼の頭をオールで殴《なぐ》った」

「バカなことをやったわね」スパロウは言った。「おまえ、言ったじゃない。彼が気を失ってしまったので、ボートに運びこめなかったって」

「それはそのとおりさ」ウィーゼルは言った。「でも、おれにほかのやり方があったと思うかい？　やつはおれを撃《う》ったかもしれないだろ？　彼が意識を取りもどすまで待とうかとも思ったけれど、おれは時間を無駄《むだ》にしたくなかったんだ」

「つまり、できるだけ早く逃《に》げ出したかったわけね」

「違《ちが》う」ウィーゼルは言い返した。「警察か軍隊かに知らせたかったんだ。おれは新聞記者だ。警官じゃない。取調べだのなんだのは、おれの仕事ではない。それでおれはやつを縛《しば》りあげ、そこに置き去りにした。やつのボートに乗って、帰ってきた。たとえやつが縄《なわ》を解いたとしても、逃げ出すことはできない。おれのボートを使おうとしても、だめだ。オールを捨ててしまったからね。あの悪党はあの島に閉じこめられちゃったのさ」ウィーゼルは、勝ち誇《ほこ》ったように付け加えた。「そのうちに、やつは死んで、白骨になって――」

「あの男のことはかなりよく知っているつもりだが、まあ我輩《わがはい》の見るところ」ラス・ボンバスが口をはさんだ。「やつはすでに逃げ出しているな。あの罰当《ばち》たりな虫けらは、何だってやってのけるのだ。やつが自分の両手をオールがわりにしてボートで逃げたとしても、我輩はおどろかないぞ」

「きみの勇敢《ゆうかん》な行為《こうい》には、われわれみんな感心している」ケラーがウィーゼルに言った。「いまは、その何ものも恐《おそ》れない冒険《ぼうけん》精神を発揮して、テオに何か食べるものを見つけてくれないか」

ウィーゼルはしぶしぶうなずいて、出ていった。スパロウはテオに近づいて、「あの子の話したのは、だいたいほんとのことよ。ただ、ひどく自分がおびえていたことは話していない。わたし、灯台の島から帰ってきた彼を見つけたのよ。彼は、砲撃《ほうげき》のあと、マーシュ地区をさまよい歩いていた。ががた震《ふる》えて、ほとんど立っていられないほどだった。あの子、いまはだいじょうぶ。でももし、あの子が自分なりの計画を実行しようとしたら、やらせてはいけない」

聞きながら、テオはジャケットを着終えていた。そのままドアに向かおうとするのを、ケラーが押《お》しとどめた。

「きみはどこにも行ってはいけない。いまはだめだ。何が起きたかをまだ理解していないようだね」

「理解すべきことはすべて理解しているよ。ぼくはミックルがどうなったかを探りに行くんだ」

「それはわれわれがやるよ。できるようになりしだいにね」ケラーは言った。「いま行けば、逮《たい》捕《ほ》されに行くようなものだ。君主制は廃《はい》止《し》された。きみはそのことが頭に入らないのかね？　きみはお尋《たず》ね者だ。総統政府はきみを捕《つか》まえしだい、射殺するだろう」

「総統政府？」

「彼らはそう自称《じしょう》している。陸軍軍人や貴族たち——こういう連中がいま政府を動かしているのだ。彼らは、多数の地主や商人の支持を得ている。みな、〈物乞《ものご》い女王〉の最後を見て笑いが止まらない連中だ」

「トップに立つ人間がいるはずだ」テオは言った。「だれだ？」

「カバルスだ」

「どうしてそれをすぐ話してくれなかったんだい？」テオが声を高めた。「自分たちが逃《のが》れる話ばかりして、時間を無《む》駄《だ》にしてしまったじゃないか。カバルスはかつて宰《さい》相《しょう》であったとき、ミックルを殺そうとした。彼が二度目のチャンスを逃すとでも思うのかい？」

「彼が何をしようとするかは、われわれにはわからない」ケラーは答えた。「われわれは、彼がマリアンシュタットにいるかどうかさえ知らない。あのフリゲート艦《かん》の一隻《せき》に乗って、やってきたかもしれないし、まだ来るとちゅうなのかもしれない。ニュースの発行者として、多くの情報を持っていないことは認めるよ」

「じゃ、早く情報を集めてくれよ」テオは命令口調で言った。「きみができないのなら、ぼくがやる。必要なら、ジュリアナ宮殿《きゅうでん》に出かけていって――」

「バカなことを言うんじゃないよ」ラス・ボンバス伯爵《はくしゃく》がするどく口をはさんだ。「そんな軽はずみなことをしたら、われわれ全員が苦境に追いこまれるんだ」それから口調をやわらげ、「つまり、我輩《わがはい》が言いたいのはだね、若者くん。あんたは、ミックルのことだけ考えていてはいけないということだ。われわれにとっては、あんたはまだ執政官《しっせいかん》だ。政府の高官だ。この国の唯一《ゆいいつ》の合法政府のね」

「そして、われわれの知るかぎり、われわれの持つ唯一の政府高官なんだ」ケラーが付け加えた。「わたしは伯爵と同意見だ。恋人《こいびと》を探しに危険もかえりみず飛び出していくのはまことに高潔でロマンチックだ。見上げたものだと思う。しかし、きみには、さまざまな厳粛《げんしゅく》な事実と直面してもらわなければならない。計画を練りあげてもらわなければならない。残念ながら、ミックルだけが危険な目にあっているのではないのだ。フロリアンも、ザラも、ジャスティンもそうだ。ほかにも、どれだけ多くの人たちが、とほうもない危険にさらされていることだろう？」

テオは、簡易ベッドにどたりと横たわった。頭がずきずきした。さっき生まれた力強さの感覚は、消え去っていた。ラス・ボンバスとケラーは、いますぐ取り組まなければならない問題について、熱心に語りはじめていた。二人の言葉を聞こうと、テオは懸命《けんめい》に努力した。しかし、耳に入らなかった。ひとつの質問だけが彼の頭の中を駆《か》けめぐっていた。――ミックルは生きているのか？

8 シャンブルズ地区

テオを苦しめているその質問に、ミックルは容易に答えることができただろう。そう、ミックルは生きて、蹴《け》っていた。彼女が生きているのは、ウィッツ将軍が死んだからだった。彼女が蹴っているのは——そして引っかいたり、ぶん殴《なぐ》ったりしているのは——喉《のど》を締《し》めあげられるのがいやだったからだ。悲鳴をあげてはいなかった。口をぐっと押《お》さえている手のせいで、声を使うことができなかったのだ。代わりに、彼女は歯を使った。

男はギャッとさけんで、ミックルを突《つ》き放した。彼女は、男の商売道具を傷つけたのだ。彼はスリだった。ほんとうの名はわからないが、彼自身をふくめだれもが知っているかぎり、リトルハンズ（「小さな手」の意）と呼ばれている。小柄《こがら》な男だ。荒々《あらあら》しさによってではなく、すばやさによってすばらしい評判を得ている。彼は今回、ついうっかりと過ちを犯したのだった。

一人ぼっちの若者を見かけた以上、このまま見過ごすことはできなかった。このほっそりした若者は、おそらく召使《めしつか》いか見習い職人だ。勤めていた家から値打ちのあるものを盗《ぬす》み出して持ち歩いているに違《ちが》いない。素人《しろうと》だ、いい獲物《えもの》だ、とにらんでアタックしたのが失敗だった。リトルハンズは誤算のツケをしたたかに払《はら》わされていた。鳩《はと》と思ったのが鷲《わし》だった。小魚と思ったのが鰐《わに》だった。若い男と思ったのが若い女だということもすぐわかったが、嚙《か》みつく、殴《なぐ》る、蹴《け》っとばす、何とも手に負えない娘《むすめ》だった。

リトルハンズは交渉《こうしょう》する用意があった。

ミックルの要求は、直接的で単純だった。「ここからわたしを出して」

スリは、もごもごと意味不明の答えを言った。口の中が指でいっぱいだった。どの指も、ミックルの歯に嚙まれて傷ついていた。痛みをやわらげようとして彼はそれらを吸っていたのだ。

「わたしがいられる場所を見つけてよ。安全な場所を」ミックルは男の襟首《えりくび》をつかんだ。彼女に襲《おそ》いかかった男――いまや彼女の囚人《しゅうじん》となった男――が完全に理解しないといけないと思って、彼女は自分の要求を、流暢《りゅうちょう》な泥棒《どろぼう》言葉でくり返した。

リトルハンズは、自分についてきなよ、と身振《みぶ》りでしめした。

「インチキは、なしよ」ミックルは、もしインチキなことをやったらどんな目にあうかを　リトルハンズに説明した。

スリは、よくわかったというふうにうなずき、傷だらけの指をかばいながら、街路を歩きはじめた。ミックルは、ぴたりとあとについていく。彼がどこに向かっているか、すぐわかった。シャンブルズだ。

マリアンシュタットの北の端《はし》にあるシャンブルズは、破滅《はめつ》・荒廃《こうはい》という意味をもつその名のとおり、すさまじい街だ。安酒場、賭博場《とばくじょう》、古物市場《こぶついちば》がひしめく、曲がりくねった街路。がらくた同然のものをごちゃごちゃと載《の》せたテーブルがいたるところに並んで、客を待っている。どろどろした地面に板を敷《し》いて歩道にしているところが多い。じっさいの舗装《ほそう》道路はごく少なく、そのほとんどは穴ぼこだらけだ。

シャンブルズには独特のにおいがただよっている。油っぽい料理や、きたない洗濯物《せんたくもの》や、ごみの山などのにおいが混じり合ったにおいだ。ミックルは、この地区に着くよりずっと前に、こうしたにおいのすべてを嗅《か》ぎ分けることができた。浮浪児《ふろうじ》だったころ、彼女は、ほかの多くの町の、多くのこのような場所で暮らしたことがある。結局のところ、ミックルは、こうした場末《ばすえ》の街で過ごした時間のほうが、ジュリアナ宮殿《きゅうでん》で過ごした時間よりずっと多いのだ。彼女は、水にもどされた魚のような感じがした。

リトルハンズは、ぬかるんだ路地を歩きつづけた。路地の先は、古い城壁《じょうへき》のある地域だった。この壁《かべ》は以前、マリアンシュタットの北の境界線であり、同時にオールド・ジュリアナを防衛する砦《とりで》の一部だった。しかし、衛兵所、武器庫、戦闘《せんとう》用覆道《ふくどう》などは、一般《いっぱん》の住宅に転用された。もともと古い建物だったから、人が住みはじめたときすでに、おんぼろがたがただった。

そのような家のひとつに、リトルハンズはミックルをみちびきいれた。古道具屋か、質屋《しちや》か、あるいはその両方を兼《か》ねているのか。何ものとも判別のつかない品物が、ごちゃごちゃと、たわみかけた棚《たな》に積みあげられていたり、あるいは天井《てんじょう》からぶらさがったりしている。短くなったろうそくの灯の中で、三つの人影《ひとかげ》がテーブルのまわりにうずくまっている。テーブルには、朝食か昼食か夕食の残りらしいものが載《の》っかっている。リトルハンズは男たちの一人に近寄って、なにやらボソボソとささやいた。それがすむと、いそいそと出ていった。自分をさんざんな目にあわせた娘《むすめ》と別れられるのが、うれしくてたまらないようだった。

男が手招きしたので、ミックルは勇敢《ゆうかん》に足を踏《ふ》み出した。男は筋肉隆々《りゅうりゅう》、首は肩《かた》にめりこんでいる。頭にはほとんど毛がなく、卵みたいにつるりとしている。のっそりと立ちあがり、ろうそくをミックルの顔に近づけた。炎越《ほのおご》しに、ミックルは、肉づきのよい額《ひたい》と、針のようにするどい一対《つい》の青い目を見た。

彼が最初に話しかけたのは、彼女にたいしてではなかった。痩《や》せた、頭の長い、ひどく細身の上着に喉《のど》もとまでレースで飾《かざ》りたてた、一見紳士《しんし》風の男にたいしてだった。「出ていけ」

「わかったぜ、インゴ」痩せたしゃれ男は、自分が切っていたトランプの札を集めて、店の外へ出ていった。ミックルがあとで知るように、彼は〈ハートのエース〉と呼ばれている男なのだった。

インゴと呼びかけられた男は、もう一人の男に向き直った。「マンチャンス、おまえ、この娘をだれだと思う?」

のっぽで痩せたマンチャンスは、椅子《いす》からひょろひょろと立ちあがると、とがった顎《あご》に手を当てて、じっとミックルを見た。「わが国の〈物乞《ものご》い女王〉さまだ」

インゴはうなずいた。「ほかに何か思い出さないか？」

「ハンノの小娘だ」

この名を聞いて、ミックルは胸がずきんとした。自分の真の身の上を知るずっと以前、街を放《ほう》浪《ろう》して過ごした年月のほとんどの期間、ハンノはミックルの友だちで、保護者で、教師だった。食事をあたえてくれて、病気のときは夜も寝《ね》ずに看病してくれた人だ。いまでもミックルは、ハンノのことを思い出すと心が痛むのだ。

「しかし、もう小娘とは言えないな」インゴはろうそくを下ろし、二つの大きな手をミックルの肩に置いた。「あんたはおれを覚えていない。前に会ったとき、まだ小さかったからな。ハンノとおれは、少しばかり仕事をいっしょにやった。あのころはよかったよ。彼はウェストマークで最高の盗賊《とうぞく》だった。残念なことに――」インゴは、さっと、綱《つな》で首を絞《し》められる真似をして見せた。

「おれは年を取りすぎて、もうああいう仕事は無理だ」彼は付け加えた。「質屋《しちや》破りのほうが向いている。しかし、このマンチャンスは、むかしのハンノと同じくらい腕《うで》がいい。おれたちは、あんたがまだ王女でマリアンシュタットに帰ってきたとき、あんたを見て、ああ、あの小娘だとわかった。おれたちはずっと、あんたのことを気にしてたんだよ」

ミックルはようやく、自分は仲間のあいだにいるのだと感じた。リトルハンズの態度や〈ハートのエース〉の服従ぶりからして、インゴはただの質屋《しちゃ》破りではなさそうだ。しかし、まあ、このことはあとで考えよう。ミックルは急いで、インゴに、自分がシャンブルズに来るまでの一部始終を話した。

「今度の出来事については、おれもある程度は聞いている」インゴは言った。「とつぜん襲《おそ》われた中を、よく抜《ぬ》け出せたものだ。もしおれの意見を求めるなら、こう言おう。自分のやってのけたことを喜べ、とね」

「カバルスが政府を奪《うば》ったことを喜べ、と言うの？」ミックルは言い返した。「わたしは、自分が女王か女王じゃないかなんてことは気にしない。でも、あの悪党が国を動かすのを黙《だま》って見てはいられないの」

インゴは顔をしかめた。「おれたちに関するかぎり、世の中、何の変化もありはしないのさ。おれたちは王制のもとで泥棒《どろぼう》だった。執政官《しっせいかん》政府のもとでも泥棒だった。そして、今度の総統政府とやらのもとでも泥棒だろう。政府によって、どんな変わりがあると言うのかね？　どのみち、おれたちは同じように高く吊《つ》るされて、同じようにおっ死《ち》ぬのさ。どんな法律であれ、おれたちはいつも法律ってやつに追われてるんだ。そんなことは、あんただって知ってるだろう」

「知ってるわよ」ミックルは言った。「でも、それはいま重要な問題じゃない。インゴ、わたし、あなたの助けが必要なの」

「まかせてくれって、嬢《じょう》ちゃん。あんたの王座のためにじゃなく、あんた自身のために力を貸すよ」インゴは、店の奥《おく》のほうを指さした。「あんたはここにいればいい。下の階に部屋がたくさんあるんだ。むかしは衛兵詰《つ》め所や兵隊の食堂だった。隠《かく》れる場所には事欠かない。事態がもう少し落ち着いたら、どうするのがいちばんいいか考えよう。それまでは、あんたは、だれにも見つからないようにしていなくては。ここにいれば、だいじょうぶだ」

「だれにも見つからないのじゃ、こまるのよ」ミックルは言った。「わたしは、見つかりたいの。ある人にわたしを見つけてほしいの。わたしもその人を見つけなければならない――というか、彼がどうなっているかを知らなければならない」

「あんたの執政官だね？」インゴはにやりとした。「忘れてたよ、あんた、彼と婚約《こんやく》してたんだ」

「そう。でも、わたしは、ほかのみんながどうなったかも知らなければならない。母、トレンス博士、フロリアン――彼らはみな、カロリア牢獄《ろうごく》に入れられているのかもしれない。あるいは、みな――死んでいるのかも」

ミックルは初めて、自分がひどく疲労困憊《ひろうこんぱい》しているのを感じた。不意に横を向き、顔を両手でおおった。

「あるいは、みな、安全で元気にしているかもしれない」インゴが言った。「あんたは逃《に》げ出したんだろ？　彼らだって逃げたかもしれないじゃないか。調べてみなくては。マンチャンスに探ってもらおう。最悪のことを考えるのはそれからでいい。まず、手掛《てが》かりになるような情報を聞かせてくれ。あんたの母親は宮殿《きゅうでん》にいたわけだが、テオはどこにいた？　ほかの人たちは？」

「家にいたはず。わたしと同様、ベッドからほうり出されたんだと思う」

「事実として知っているわけではないんだな。よし、あんたの恋人《こいびと》から始めよう」

「もし彼が生きていたら」ミックルはマンチャンスに言った。「伝言をしてくれる？」

「彼がどこにいるのかにもよるがね」

「彼と話ができなくても」ミックルはつづけた。「あなたが彼を見、彼があなたを見たら、してもらいことがあるの」

「マンチャンスは鼻がいい」インゴは言った。「すぐ彼を見つけ出してくれるよ」


マダム・バーサは、斥候《せっこう》になりきっていた。この善良な女性は、自分の家が危険にさらされたことを個人的侮辱《ぶじょく》のように思っていた。家はまだ監視《かんし》されている。しかしその朝、彼女は家を出て、いかにもいつもの買い物に行くような顔をして、平然と街路を歩きまわった。

しかし、大いに努力したにもかかわらず、テオがぜひとも早く知りたがっている情報は、ほとんど得られなかった。ミックルに何が起きたかを、ということのほか、彼は、冷たい事実のあれこれを知りたがった。ジュリアナ宮殿を占拠《せんきょ》している兵士は何人ぐらいか、大砲《たいほう》の配置はどうなっているか、アンカル人傭兵《ようへい》の兵力はどのぐらいなのか――。

そういったことについては、マダム・バーサは何も探り出せなかった。ただ、夕暮れの外出禁止時刻ぎりぎりまで粘《ねば》っての探索《たんさく》の結果、二つのものを手に入れることができた。

ひとつは、ケラーの同業者の一人ウェブリングが発行している新聞だ。いま発行されているのはこの新聞だけのようだった。ケラーはそれを、さっと流し読みした。

「やれやれ、これはすばらしいぞ」新聞記者は言った。「ウェブリングは、カバルスの援軍《えんぐん》に早変わりだ。傑出《けっしゅつ》した政治家……過去の非難はすべて嘘《うそ》であることがわかった。総統カバルスは、すべての心ある市民の熱烈《ねつれつ》なる歓迎《かんげい》を確信して、この国を正しい方向にみちびくであろう――ときたもんだ」ケラーは鼻を鳴らした。「ウェブリングがそうとうインチキな男だってことは知っていた。しかし、ここまでえげつない真似をするとはね」

二つ目は、ジャスティンに関する情報だった。マダム・バーサが拾い集めた情報のかけらの数々から判断するに、どうもジャスティンは、マリアンシュタットから脱出《だっしゅつ》したらしい。

「脱出した？」テオはさけんだ。「そんなふうに言われてるんですか？　ぼくなら別の言い方をする。彼は防衛戦ひとつやろうとせず、だれも助けようとしなかった。われわれの知るかぎり、ジャスティンは味方を裏切り、フロリアンを命の危険にさらした」

「結論を急ぐんじゃない」ラス・ボンバスが言った。「ジャスティンにはジャスティンなりの計画があるのかもしれない。もしかすると、ひょっこり、すがたをあらわすかもしれない」

「もし彼が出てきたら」テオは言い返した。「もしぼくがジャスティンを見かけたら――」言いかけて口をつぐんだ。こんな怒《いか》りは意味がない。いまは、ジャスティンのことなど気にしているときではない。

「いずれにせよ、きみは明日まで何もできないんだ」ケラーが口をはさんだ。「よく寝《ね》て、英気をやしなうんだ」

ラス・ボンバスも同意見だった。

もっともな助言だったが、テオにはしたがえなかった。簡易ベッドの上に横たわり、眠《ねむ》ろうと努力すればするほど目がさえた。ぼくは失敗した、と苦々しく思い返した。士官たちの反乱計画にずっと前に気がつくべきだった。スケイトの行方をつかんでいるべきだった。ミックルがいちばんこまったとき、そばにいてやれる、そういう方法を見つけておくべきだった。――彼は、そういうことを何ひとつやらなかったのだ。だれも彼を責めてはいなかった。しかし、責めてほしかった。そうすれば、自分で自分を責めることの負担が軽くなるだろうと思った。


テオは目を閉じて、少しとろとろした。が、とつぜん、目を開いた。体は動かさなかった。だれかが部屋に入ってきていた。音はしない。しかし、だれかがいる。ドアが開くのは聞いていない。ただ、閉めてあるはずの窓から、すーっと風が吹《ふ》きこむのを感じた。

起きあがろうとして身を引きしめた。が、とつぜん、のしかかられた。二本の手で喉《のど》を締《し》めつけられ、さけぶこともできなかった。

「女王の使いだ」しゃがれた声がささやいた。「静かにしろ、いいな？」

テオはうなずいた。喉の締めつけはゆるんだ。テオは、ベッドから転がるようにして降りて、ろうそくをつけた。背の高い痩《や》せた男が彼を見つめていた。窓枠《わく》に引っ掛《か》け鉤《かぎ》がかかっているのが見えた。男はこれを使って忍《しの》びこんだのだ。

「彼女は元気だ。きみの仲間たちを呼んでくれ」

それだけ聞けばじゅうぶんだった。テオは階段を駆《か》け下り、ラス・ボンバスとマスケットとケラーを起こし、三人を屋根裏部屋に連れてきた。ラス・ボンバスはテントのような寝間着《ねまき》を着て、侵入者《しんにゅうしゃ》をうたがわしげに見つめた。

マンチャンスは窓に向けて顎《あご》をしゃくり、「あそこから降りてもらいたい」

「ごめんこうむる」ラス・ボンバスは言った。「いまの我輩《わがはい》の衣装では、そしていまの我輩の体重では、できない相談だ」

「彼に言ってるんだ」マンチャンスはテオを指さした。「まず彼に来てもらい、あんたたち三人はあとにしよう」

「ちょっと待って」マンチャンスの言われるまま窓に近づこうとするテオを、ラス・ボンバスが引きとめた。「われわれはこの男を知らない。どこの何者かもわからない。わかっているのは、彼が他人の家に忍びこむ名人だということだけだ。彼はだれのために働いているのか？　なぜ彼を信じるのか？　これは罠《わな》かもしれない。街路は軍隊がパトロールしているし、いまは外出禁止時間内だ。それなのに彼はここにいる」

「おれたちには、外出禁止時間内が仕事の時間なのさ」マンチャンスは言った。「心配ご無用。回し者なんかじゃないよ」

しかし、伯爵《はくしゃく》の質問はなかなかするどく、テオも思わず足を止めた。「あんたは、どうやってここを知ったのだね？」

「知ったわけじゃない」マンチャンスは言った。「推測したんだ。少しばかり嗅《か》ぎまわったのさ。おれは、あんたが牢屋《ろうや》にいないこと、あんたが逮捕《たいほ》されなかったことを見つけ出した。そして、あの出来事の前、あんたがここに住んでいたことは、だれでも知っている。だから、ここにやってきたのさ。もしあんたがここにいなくても、家のだれかがあんたの居場所を知っているかもしれないからね」

「きみはミックルの使いだと言った。その証拠《しょうこ》はあるのかい？」

口で答える代わりに、マンチャンスは手を使って、いくつかの動作をしてみせた。

テオの胸がおどった。ラス・ボンバスに向かって、「だいじょうぶだ。ぼくは彼といっしょに行くよ」

「夜中に忍《しの》びこんだ男が指をちょこちょこ動かしたぐらいで、危ない橋をわたるのかい？」ラス・ボンバスは眉《まゆ》をしかめた。「我輩なら、もっとましな証拠を要求するがね」

「ミックルとぼくは、二人だけの会話の方法を持ってるんだ」テオは答えた。「ぼくたちはずっと前に、二人してそれをつくりあげたんだ。あんたたちと巡業《じゅんぎょう》していたときにね。指や手の動きで意思を伝え合うんだ。ミックルとぼく以外のだれも、この秘密の言葉を知らない。この人にそれを教えた人物は、ミックル以外にいないんだよ」

「じゃ、彼女はあんたに何を告げたんだね？」

「ぼくの知りたいこと、すべてさ」

さっき、マンチャンスはその〈だんまり言葉〉を不器用にやってみせた。テオとミックルなら、長い経験があるからもっとすばやく、もっと上手にやってのけただろう。でも、見間違《みまちが》えようはなかった。テオは、ミックルの沈黙《ちんもく》の伝言を一瞬《いっしゅん》にして理解したのだった。伝言は言っていた。

――「愛してるわ。早く来て」

9 カロリーヌとトレンス

トレンス博士は、捕《と》らえられてはいなかった。自由の身だった。しかし、自由の身であることは、彼にとって何の意味もなかった。自由など、投げ捨ててしまってもよかった。そうしなかったのは、ただ、約束があるからだった。その約束を果たすまでは、敵に捕らえられるわけにはいかなかった。

ツェラー大佐《たいさ》がミックルを逮捕《たいほ》しに来た夜、軍人たちは、トレンスの部屋にも押《お》し入り、彼をベッドから引きずり出した。トレンスは、ジュリアナ宮殿《きゅうでん》で、医師としてまた宰相《さいしょう》として長い年月を過ごしてきたが、決してお上品で軟弱《なんじゃく》な宮廷人《きゅうていじん》にはなっていなかった。平民として生まれたトレンスは、頑丈《がんじょう》な農民の体格に恵《めぐ》まれていた。髪《かみ》こそ白くなっていたが、まだまだ筋骨《きんこつ》たくましく、元気いっぱいだった。彼の手は、しなやかで器用だったが、同時にひどく大きかった。最初彼が感じた衝動《しょうどう》は、この大きな手をこぶしに変えて、侵入《しんにゅう》してきた軍人どもに殴《なぐ》りかかることだった。

トレンスはまさにそれを始めた。士官たちは、彼を生け捕《ど》りにせよとの命令を受けていた。しかし、大暴れする医師にたいして身を守るのが精いっぱいだった。弱弱しい老人を捕《つか》まえに来たつもりなのに、実は、老いたるライオンだったのだ。命令に背《そむ》いて撃《う》ち殺すしかないのではないか。そう思われる微妙《びみょう》な瞬間《しゅんかん》もあった。

が、すぐにわかった。彼を鎮《しず》めるには、ほんのいくつかの言葉でじゅうぶんだったのだ。

医師の片腕《うで》をつかんでいた隊長が、カロリーヌ皇太后《こうたいごう》が待っています、と彼に言った。たちまち、トレンスは闘《たたか》いを放棄《ほうき》した。ほんの一時間ほど前、彼がカロリーヌの部屋を離《はな》れたとき、熱が少し下がって、カロリーヌは静かに眠《ねむ》っていた。とつぜん悪くなったのではないか。それが心配で、彼は闘いをやめたのだ。

衣服を身につけたが、どんなものを着ているかは気にも留めなかった。士官が公式の逮捕状を読みあげていたが、聞いてはいなかった。新しい総統政府とやらが、アウグスタ女王の身柄《みがら》を拘《こう》束《そく》するとかいうことだけは耳に入った。それが合法的な処置であるかどうか、いまの時点ではトレンスにはどうでもよかった。彼はただ、カロリーヌが自分を必要としているという、そのことだけで頭がいっぱいだった。

彼女もまた逮捕されているということは、彼には思いもおよばなかった。彼女はまだ自分の部屋にいるのだろうと思っていた。カロリーヌがすでに宮廷内の中庭に連れていかれていると聞いたとき、医師の怒《いか》りはふたたび爆発《ばくはつ》した。

「何ということをするんだ！　皇太后《こうたいごう》は病気なんだぞ。即刻《そっこく》、連れもどされるべきだ」

士官たちは何も言わなかった。一人がいっしょに来るようにと身振《みぶ》りでしめしたが、医師は動かなかった。

「医療《いりょう》かばんが必要だ。持ってくるぞ」

トレンスは許可を待たずに、となりの部屋に行った。しかし、彼が、緊急《きんきゅう》事態に備えていつも手元に置いている小さなかばんを持ってもどってきたとき、士官はそれを奪《うば》い取った。

「検査させてもらいます」

「手を放せ」トレンスは言い返した。「わたしは医者だ。きみは、わたしがピストルでも持っていると思うのかね？」

「これは何です？」

ケースを探っていた士官は、ランセット（両刃《りょうば》のメス）を一セット引っぱり出して、わきにほうり投げた。

「わたしが人を殺す気になったら、そんなものは必要としないよ」

医療かばんを取りもどしたトレンスは、士官たちに引き立てられて、ニュー・ジュリアナ宮《きゅう》殿《でん》の長い廊下《ろうか》を通りぬけ、階段をくだった。

広い中庭は、騒然《そうぜん》としていた。兵士たちがあちこちで隊列を組んでいる。騎兵《きへい》が壊《こわ》れた門をひづめの音高く駆《か》けぬけている。補給品を積んだ荷車が続々と入ってくる。馬たちの横腹から発散される湯気や兵士たちの白い吐息《といき》が混じり合い、夜気《やき》の中に薄《うす》い靄《もや》となって垂れこめている。オールド・ジュリアナ宮殿の古い翼棟《よくとう》の方角から銃撃音《じゅうげきおん》が聞こえたが、トレンスは気にも留めなかった。ただ、カロリーヌのことだけを案じていた。彼女はどこにいるのかと、あたりに目を走らせていた。

ややあって、群集の中に彼女のすがたが見えた。けばけばしいアンカル国の軍服を着た二人の兵士に両わきを支えられて、立っている。部屋着を着て、肩《かた》に毛布を掛《か》けている。帽子《ぼうし》はかぶらず、髪《かみ》が乱れている。自分では立っていられないようすだった。

トレンスは思わず駆け寄った。アンカル兵の一人が銃《じゅう》を突《つ》きつけてきたが、押《お》しのけた。医療かばんを下に落とし、カロリーヌを腕《うで》に抱《だ》こうとした。

兵士たちは、わけのわからぬ言葉でわめきたてた。白い飾《かざ》り帯をつけた士官が駆けてきた。彼はどうやら、部隊の副官らしい。

トレンスは、彼に食ってかかった。「何ということをするんだ！　皇太后を部屋に帰せ。これは卑《いや》しむべき行為《こうい》だぞ」

士官は、トレンスが何者かわかったようだった。「あなたは前の宰相《さいしょう》ですね？」

「わたしは皇太后の主治医だ」

「ではドクター、彼女の世話はあなたにまかせます。カロリア牢獄《ろうごく》でも彼女に付き添《そ》っていることを許可します」

「女官たちはどこにいるのだね？」トレンスは聞いた。「看病するには手助けが必要だ」

「彼女たちは、わたしが帰しました」騒音《そうおん》の中で、カロリーヌの声がようやく聞きとれた。「あの人たちをこの騒《さわ》ぎに巻きこみたくなかったの」

しばらく待つようにと言われた。トレンスは、カロリーヌに寄り添《そ》っていた。寒さと雑踏《ざっとう》から守ろうとしたのだ。カロリーヌは、娘《むすめ》がどうなったかをたずねつづけた。彼女は軍人たちから、アウグスタはみんなと同様、カロリアに連れていかれるだろうと聞かされていた。しかし、トレンスが混乱のさなかに小耳にはさんだ断片的情報によると、どうもアウグスタ女王は宮殿《きゅうでん》から市内へと脱出《だっしゅつ》したらしい。ほんとうか、ほんとうでないかは、わからない。でも、きっとそうに違《ちが》いないと、トレンスはカロリーヌに請《う》け合った。

トレンスは最終的に、アウグスタはほんとうに脱走《だっそう》したのだと信じるようになった。一人の大《たい》佐《さ》と何人かの士官たちが、一個中隊の兵士を引き連れて大あわてで駆《か》け出していくのが見えた。街路を捜索《そうさく》させるという話だった。しばらくして、例の副官がもどってきて、トレンスとカロリーヌに荷車に乗るようにと言った。警備のための六名の歩兵といっしょに、宮殿の門を通りぬけた。

何の覆《おお》いもない荷車の上で、カロリーヌは震《ふる》えながら横たわっていた。そのかたわらにトレンスはうずくまった。カロリア牢獄《ろうごく》は目と鼻の先だ。歩いてもすぐ行き着く距離《きょり》である。彼らをそこまで徒歩で行かせなかったのは、あの副官が少しばかり親切な気持ちになったからか、でなければ、またトレンスにがみがみ言われるのがいやだったから、というだけのことだ。

ともあれ、トレンスは、カロリア牢獄に行く気持ちなど毛頭なかった。

彼は最初、何もないよりは、少なくとも雨露《あめつゆ》のしのげる牢獄のほうがましだと思っていた。しかし、牢獄に行けば、カロリーヌの運命がカバルスの手ににぎられてしまう。そのことが次第に心配になり、やがて、耐《た》えられないほどに彼をさいなんだ。それだけは避《さ》けなくては、と思うようになった。カロリーヌも、その思いを理解した。トレンスが彼女にささやいたとき、彼女は大きくうなずいた。

トレンスは立ちあがった。チャンスを待とうとした。が、そんなゆとりはなかった。カロリア牢獄はもうすぐそばだった。彼は前かがみになって、両手で御者《ぎょしゃ》の首をつかんだ。おどろいた御者は振《ふ》り向いた。まだ若く、だぶだぶの軍服を着ていた。トレンスはもごもご許しを乞《こ》う言葉をつぶやいたが、そのときすでに、彼の太くたくましい指たちは、兵士の首のもろい骨や神経を締《し》めつけていた。兵士はほんの一瞬《いっしゅん》、苦悶《くもん》した。

警備の兵士たちが気づく前に、トレンスは御者を席から突《つ》き落とし、手綱《たづな》をつかみとった。馬をピシャリと打って、早駆けさせた。荷車は、丸石を敷《し》きつめた道路をガラガラと突っ走り、黒々とうずくまるカロリア牢獄の前をまたたく間に通り過ぎた。警備兵たちは発砲《はっぽう》しはじめた。

トレンスは馬をせきたてて、街路や狭《せま》い横丁を駆けぬけ、ついにマリアンシュタット市街地の外に出た。郊外《こうがい》を過ぎると、舗装《ほそう》されていない道路になり、それはすぐに、轍《わだち》の跡《あと》だらけの田舎道《いなかみち》になった。

田園地帯に出ると、トレンスは、息切れした馬を気ままな歩調で進ませた。夜明けに近かった。ある小道にさしかかると、そこに車を乗り入れた。小道の先に農家があった。その中庭で車を止めた。母屋《おもや》の窓のひとつから明かりがもれていた。トレンスはカロリーヌを抱《だ》きあげて、母屋に運んだ。納屋《なや》だの馬小屋などが建ちならんでいるあたりで、犬がワンワン吠《ほ》えはじめた。

トレンスは、母屋のドアを何度も蹴《け》とばして開けた。農家の主《あるじ》とその妻と、三人の子どもたちが土間で朝食を食べていた。トレンスは、またドアをポンと蹴とばして閉めた。さもなければ、憤激《ふんげき》した犬が飛びこんできたことだろう。

「ベッドを用意してほしい。布団《ふとん》もだ。あったかい飲み物もたのむ。わたしは医者。この人はわたしの患者《かんじゃ》だ」

農民夫婦はちぢみあがった。トレンスの表情には、どんな質問をも受けつけないようなきびしさがあった。

夫婦はトレンスの言ったとおりにした。子どもの一人は、言われるままに、荷車まで走ってトレンスの医療《いりょう》かばんを取ってきた。農夫の妻は、カロリーヌを藁布団《わらぶとん》の上に横たえるよう、トレンスに身振《みぶ》りで告げた。夫のほうは近寄ろうともしなかったが、妻のほうは、おずおずとカロリーヌに近づき、心配そうにのぞきこんだ。手助けしてもいいかと言いたそうに、トレンスの顔を見た。トレンスはうなずき、二人は力を合わせて、カロリーヌをできるかぎり居心地よくしてやった。

　トレンスは、藁布団のわきに膝《ひざ》をついた。カロリーヌはそっと手を伸《の》ばし、彼の手をとった。

「あなた、いまのうちに身を隠《かく》してちょうだい。わたしのことはかまわないで。あなたの負担になるだけですもの」

「負担だなんて、とんでもない。おそばにいられるだけで、わたしは――」

「わたし、あなたにアウグスタを見つけていただきたいの」

「かならず見つけます。約束します」

「これを持っていって」カロリーヌは、指から指輪をはずしていた。ダイヤモンドをちりばめた金の指輪だった。「これは、王からの結婚《けっこん》の贈《おく》り物でした。結婚して以来、ずっと指にはめていたものです。でも、いま、これをあなたに差しあげます」

　それはいけませんとトレンスは首を振《ふ》ったが、カロリーヌは言葉をつづけた。「思い出の品としてではないの。わたしたち、おたがいの心の中に、もっともっとすてきな思い出を持っていますものね。わたし、あなたにこれを売ってほしいの。あなたはお金が必要になるはず。これを売った代金よりもずっとたくさん必要になると思うけど、でも少しは足しになるでしょう。ともかく、あなたには生きつづけて、わたしの娘《むすめ》を見つけ出してほしいの。あの子を助けてやってください。あなたがいつもわたしを助けてくださったように」

「その件は、あなたがよくなられたときに話し合いましょう。二人して見つけましょうよ」

「あなたは、一度だって、わたしに嘘《うそ》をついたことがないのに」カロリーヌの微笑《びしょう》がとつぜん、恋人《こいびと》に見せるような魅惑的《みわくてき》な微笑に変わった。「いまになって嘘をつくなんて、いけない人」

彼女の顔が、束《つか》の間、少女のように若やいで見えた。この人はただ意志の力だけで命を保っているのだ、とトレンスは気づいた。

「ジュリアナの庭園のことを考えているの」カロリーヌは言った。「いろいろな花が咲き乱れて、すばらしかったわね。オレンジの温室もすてきだった。そしてあなた、わたしの愛《いと》しい友だち。ねえ、言ってちょうだい、わたしたちって、幸せだったのじゃない？」

「そうですとも」トレンスはカロリーヌの手を持ちあげて、自分のくちびるに当てた。「そうだとも。間違《まちが》いなく、わたしたちは幸せだった」

カロリーヌがふたたび口を開くことはなかった。トレンスは、彼女のそばを片時も離《はな》れず、見守りつづけていた。

その日、朝のうちに彼女は死んだ。トレンスは、畑のはずれの生垣《いけがき》の近くに彼女を埋葬《まいそう》した。農夫が手を貸そうと申し出たが、トレンスは断わり、一人で墓を掘《ほ》った。そのあと、農家の母屋《おもや》で、脱走《だっそう》以来初めて、ぐっすりと眠《ねむ》った。ありがたいことに夢は見なかった。

翌日、彼は、自分の服を農夫にあたえ、交換《こうかん》に、いかにも農民らしい粗末《そまつ》な衣服をもらい受けた。荷車の手綱《たづな》をとって、農民一家に別れを告げ、道路にもどった。彼は、馬を疾走《しっそう》させて農村地帯の奥《おく》深くに入りこみ、捜索《そうさく》の手を逃《のが》れることもできただろう。彼は自由の身だった。ただ、彼には約束があった。亡《な》きカロリーヌとの約束があった。

彼は、荷車をマリアンシュタットに向けて走らせた。

首都に入るどの門にも、兵士が配置されていた。彼らは、反対派の脱走を防ぐために、町に入る者よりも町を離れる者にたいして、より厳重なチェックを行なっていた。トレンスは、かんたんな質問をされただけだった。彼は、子どものころになじんでいたひどい田舎《いなか》言葉で答え、問題なく通過を許された。

彼は、医学生時代におとずれたきり、その後一度も足を踏《ふ》み入れたことのない地区に馬を走らせた。そこへ着くと、道ばたでぶらぶらしている男を捕《つか》まえて、ちょいと売りてえ品物があるんだが、このへんで信用のおける店を知らねえかね、とたずねた。彼は、古い城壁《じょうへき》の近くに建ちならんでいる店のひとつを教えられた。

中に入ると、カウンターの向こうに、太く短い首をした男がすわっていた。トレンスは近寄り、ハンカチにくるんでいた例の指輪を出して見せた。男は、指先で何度もひっくり返しながら、じっとそれを見つめていた。

「どうやってこれを手に入れたんだね？」

「あんたには関係ないことだ」

「いや、この場合はそういうわけにはいかねえ。ちょっと待ってくれ」

かたわらで聞いていた痩《や》せた男が、すーっとドアのところに歩いていき、逃《に》げ道をふさぐかのようにたたずんだ。トレンスが抗議《こうぎ》する前に、質店《しちてん》の店主は指輪を持ったまま、裏部屋にすがたを消した。

しまった、と思った。トレンスは何の武器も持っていなかった。質屋《しちや》が自分をペテンにかけるかもしれないとは思っていた。まさか、堂々と奪《うば》い取るとは夢にも思わなかった。あとを追いかけようとしたとき、店主がふたたびあらわれた。

店主といっしょに、おんぼろぼろの浮浪児《ふろうじ》がやってきた。それは足を止め、トレンスを凝視《ぎょうし》し、それから、びっくり仰天《ぎょうてん》した医師の腕《うで》の中に飛びこんできた。

10 質屋宮殿《しちやきゅうでん》

トレンスが話して聞かせたニュースにも、ミックルは泣かなかった。彼女は涙《なみだ》を、心の奥《おく》の自分だけの部屋にしまっておいた。

涙を流しているゆとりはなかった。シャンブルズでテオと再会した瞬間《しゅんかん》から、彼女は、自分の政府を再組織することに取りかかっていた。インゴの地下室は、彼女の会議室であり、国会であり、宮廷《きゅうてい》だった。外国に亡命している政府ではなくて、質屋《しちや》に隠《かく》れている政府だった。

インゴとマンチャンスは彼女の情報担当大臣だった。二人は、街の遊び人、洗濯婦《せんたくふ》、物乞《ものご》い、マッチ売り娘《むすめ》といった種々雑多の人たちを取り仕切り、集められるかぎりの情報を集めさせて、それをミックルに伝えてくれるのだった。

ラス・ボンバスは彼女の偽造《ぎぞう》担当大臣だった。彼とマスケットは、テオのすぐあとで彼女のもとにやってきた。ミックルはすぐさま、伯爵《はくしゃく》の能力をフル活用しはじめた。スリのリトルハンズが、総統政府が発行しはじめた軍人用の通行証やら身分証明書やらを手練《しゅれん》の早業《はやわざ》で盗《ぬす》み取ってくる。それを見て、ラス・ボンバスが本物そっくりのものをつくり出すというわけだった。

〈物乞《ものご》い女王〉はまた、フィッシュ・マーケット広場の人々とも同盟を形成していた。ケラーは質屋宮殿《しちやきゅうでん》に来るように招かれたものの、慇懃《いんぎん》に断わっていた。彼の家は、ふたたび捜索《そうさく》されることはなかった。軍人たちは、ケラーは永遠にどこかに行ってしまった、ここにもどってくるほどバカではない、と思いこんでいた。ケラーは、この家を離《はな》れず、ミックルの〝政府〟にたいしても〝独立国家〟であることを選んだ。ただし、大使としてウィーゼルとスパロウを派遣《はけん》することには同意した。

そんなわけで、ミックルはトレンスに、活発なミニチュア王国を見せることができたのだ。みすぼらしいが決意に満ちた、勤勉で活動的な国民と同盟者が、もしカバルスと総統政府に見つかったら確実に命を奪《うば》われるはずの、ありとあらゆる非合法活動に精を出している、そういう王国であった。トレンスは感嘆《かんたん》するばかりだった。

「わたしたち、まだフロリアンがどうなったかは、わからないの」ミックルは言った。「でも、少なくともわたしたち、あなたを見つけられた。というか、あなたがわたしたちを見つけてくれた。インゴのおかげね。彼が、わたしの母の指輪に独特の印章が彫《ほ》られているのを見て、王室のものだと気づき、わたしに知らせてくれたの」

「わたしは母上に、あなたを助けると約束したのです」トレンスは言った。「その約束をちゃんと守れるかどうか不安ですな。あなた方の活動ぶりを見ていると、わたしの出る幕はなさそうだ」

「とんでもない。やっていただけることはたくさんありますよ」テオが口をはさんだ。「あなたはミックルの最良の助言者だったし、いまでもそうです」

「もし、きみがわたしの助言を求めるなら、ぜひ言いたいことがある」トレンスは答えた。「アウグスタはウェストマークにとどまっていてはいけない。彼女は国を離れなければならない。なるだけ遠くへ、なるだけ早く行くべきだ。レギアへ行くのだ。コンスタンティン王は彼女に好感を持っている。追い返したりはしないだろう」

「ぼくもそう思います」テオは言った。「この国にいるかぎり、彼女の命は四六時中危険にさらされています」

「賢明《けんめい》な考えね」ミックルは言った。「コニーとわたしは気が合っている。彼はわたしを保護してくれるでしょう。それは、たしかだわ。でも、問題がひとつある」

「問題なんかあるもんかね」ラス・ボンバスが言った。「何としても、我輩《わがはい》たちがあんたをレギアに送りとどけるよ。そりゃ、多少の面倒《めんどう》はあるかもしれんが、どうにかなるさ」

「残念ながら、どうにもならないのよ」ミックルは言った。

「ねえ、娘《むすめ》っ子くん」ラス・ボンバスは言い返した。「あんたは我輩の能力を過小評価しているな。我輩は長い人生の歩みの中で、――その何というか、自分の住まいを変えることにかけては、きわめて豊かな経験を持っているんだ」

「わたし、そういうことを言ってるんじゃない」ミックルは言った。「ただ、わたしは行かないって言っているの」

彼女の決意は固かった。テオもトレンスも、彼女の心をひるがえすことはできなかった。ラス・ボンバスも最高の熱弁を振《ふ》るったが、彼女の心を動かせなかった。テオは懇願《こんがん》し、強要し、道理を説いた。ミックルはただ、彼らに向かってにここと笑っているだけだった。ラス・ボンバスが引き止めてくれなかったら、テオは彼女に食ってかかったことだろう。

「しばらくは、ほっておくんだ」ラス・ボンバスはテオにささやいた。「時間をあたえて、じっくり考えさせるんだ。どのみち、二つの可能性のうち、ひとつのことだけしか起こりゃしない。彼女が結局あんたに同意するか、それとも」と、気の毒そうにテオを見つめて、「あんたが結局彼女に同意するかだ」


インゴの情報網《もう》によって用心深く行なわれたフロリアン探索《たんさく》活動の結果、もう一人のはぐれ者が見つかった。質店《しちてん》の地下室に案内されてきたのは、赤毛の女神ザラだった。

彼女は買い物かごをかかえていた。頭にかぶったショールが、顔をかげらせ、額《ひたい》に巻かれた包帯を隠《かく》していた。彼女は、テオとミックルに、どうやって脱出《だっしゅつ》したかを聞いたりはしなかった。彼女が心配しているのは、いつものようにフロリアンのことだけなのだ。

「逮捕《たいほ》されそうになったとき、わたしたち、発砲《はっぽう》したの」ザラは言った。「撃《う》ち合いながら庭園を抜《ぬ》けて脱出した。やつら、生死にかかわらず、フロリアンを捕《と》らえただろうと思う。でも、わたしは彼を、学生地区のひとつの家に運んだの。あなたたちをそこへ連れていけるわ。彼、あなたたちに会いたがっている」

「じゃ、彼は安全なんだね」テオはさけんだ。「ザラ、きみはほんとうに女神だ。きみは彼の命を救ったんだ」

「そうね」ザラは口を結んで、ふっと悲しそうに笑った。「そう、彼の命――というか、彼の命の残りかすを救ったのよ」

医師の荷車に乗った一行は、質店を出て、大学地区に向かった。トレンスは、とくにたのまれたわけでもないがいっしょに来ていた。負傷しているというフロリアンを彼が手当てするのは当然のことと思われたのだ。ミックルもやはり、たのまれたわけではないのに来ていた。テオは彼女に、インゴの家に残っているよう口が酸《す》っぱくなるほど言ったのだが、彼女は、なぜそんなことを言われるのかわからない、という顔つきだった。

「フロリアンはわたしの執政官《しっせいかん》の一人でしょう？　わたしが会いに行くのは当然のことだわ」

にもかかわらず、テオは道中、ハラハラドキドキの連続だった。アンカル人騎兵《きへい》の一隊がそばを駆《か》けぬけていったときは、全身、冷や汗《あせ》にまみれた。おんぼろすがたのミックルは、いかにも浮浪児《ふろうじ》らしい厚かましさで、騎兵《きへい》たちに好奇《こうき》のまなざしを向けたのだ。ようやく学生地区の古ぼけた家に着いたとき、ミックルはテオに向かってにやりと笑い、肩《かた》をすくめてみせた。かんたんだったじゃないの、と言われなかったのが、せめてもの救いだった。

ザラは、彼らを屋根裏部屋に連れていった。屋根裏部屋の壁ぎわの簡易ベッドの上に、フロリアンは横たわっていた。ちょっとフロリアンとは思えないほどの変わりようだった。ハンサムだった顔は痩《や》せこけ、土色だった。ざらざらした無精《ぶしょう》ひげが、両頬《ほお》をおおっていた。部屋は寒かった。ザラは彼の上に毛布を掛《か》けていた。毛布の上にあの青い軍隊用外套《がいとう》が掛けてあった。テオはベッドに近寄った。フロリアンが目を開いた。

「やあ、きみ」とテオに言い、それから顔をミックルのほうに向けて、「これはこれは、陛下。あなたの政府のほとんどの顔ぶれがここにいるようですね。すぐにも閣議が開けそうだ。なすべきことは山積しています」

「あんたのいまなすべきことは、黙《だま》っていることだ」トレンスは毛布をめくって、フロリアンの体をしげしげと観察し、眉《まゆ》をひそめた。「あんた、銃弾《じゅうだん》が一発、胸に入っていることを知っているのかね？」

「いともかんたんに入ってきたんです」フロリアンは言った。「同じようにかんたんに出ていくといいんですが」

「そんなうまい具合にはいかんのだよ」トレンスは言った。「できるだけのことはする。いちばんうまくいった場合でも、相当難儀《なんぎ》な処置になるだろう」

「そして、いちばん悪くいった場合には？」

トレンスは答えなかった。ザラはテオをわきに連れていき、ささやいた。わたし、フロリアンの支持者の中に医師を見つけたかったんだけれど……。トレンスはそれを耳にして、ザラをどやしつけた。

「きみ、失礼なことを言うもんじゃない！　わたしの政治的信念を疑問に思うのはいい。でも、わたしの医者としての技量と信念をうたがってはいけない」

「われわれは古い敵同士だ。博士とわたしとは、ね」フロリアンは言った。「これ以上ないほどよい敵同士なんだ。彼はわたしと議論する楽しみのためにわたしを生かしておくだろうよ」

トレンスが持参した医療《いりょう》かばんは、フロリアンの傷の手当てには少しの役にも立たなかった。探り針やランセットが必要だった。近くの医学校に行けば、そういう器具を貸してくれる学生が見つかるだろう。さっそくザラが飛び出していった。

フロリアンはもう一度、テオと話したいという身振《みぶ》りをした。その身振りをするだけでたいへんな努力が要《い》ったらしい。フロリアンは頭をまた枕《まくら》の上に落とした。表情が生気を失い、視線がうつろになった。

テオにうなずいて見せてから、トレンスが言った。「何も約束はできない。きみにはそれを理解してほしい。肺が損傷を受けているかどうか、もし受けているとすればどのくらいひどいものか、また、マスケット銃《じゅう》の弾丸《だんがん》を取りのぞくことができるかどうか、いずれもまだ、はっきりしたことは言えない。しかし、もし彼が生き延びても、もし回復しても、このみじめな部屋に長くいるわけにはいかない。動かせるようになりしだい、ほかのどこかへ連れていかなくては」

トレンスは、手当ての準備にとりかかった。

テオは、ミックルに言った。「彼をインゴのところへ連れていくことはできるし、ザラが別の隠《かく》れ家を見つけることもできるだろう。でもいちばんいいのは、マリアンシュタットから連れ出すことだ」

「もっといいのは、この国から連れ出すことね」ミックルは言った。「あなたと伯爵《はくしゃく》は、わたしに、レギアに行けとさんざん言ったわね。同じことをすればいいじゃないの。もし、だれかがレギアへ行くなら、それはフロリアンよ。わたしは彼を、カバルスの手に落ちる危険にさらすことはできない。彼はこの国にとって大事な人だもの」

「きみはどうなんだい？」テオはミックルの手をとった。「自分はこの国にとって大事な人じゃない、と言うのかい？」

「まあ、テオ。あなた、執政官《しっせいかん》であることを忘れて、わたしの恋人《こいびと》として話しているわ。うれしいけれど、いまはやめてちょうだい。そうすれば、この件についてのわたしの意見を言うわ」

ミックルは、正面からテオを見つめた。「でも、これは、わたしたちのこととはまったく何の関係もないの。そうでしょう？　ウェストマークの女王はウェストマークにとどまる。単純明快なことよ。わたしには、それ以外にとる道はないの。わたしは、わたしにできるあらゆる方法でカバルスと戦う。しかしそれは、フロリアンがわたしたちのだれよりもよく理解している戦いの種類だと思う。彼はそれを何年にもわたってやってきた。わたしは信頼《しんらい》できる軍隊を持っているかしら？　持っていないわね。でもフロリアンは持っている。つまり、彼はいたるところに友人たちを持っている。友人たちの使い方も彼は知っている。彼らは、彼がどこにいるかにかかわらず、彼のために戦う人たちだわ。ウェストマークにいようがレギアにいようが、フロリアンはフロリアンなの。わたしと彼とは立場が違《ちが》う。住む世界が違う。これが冷厳な現実なのよ」

「彼は決して同意しないね」

「いいえ、同意する。彼は、それがもっともな考えだということを理解するわ」ミックルはほほえんだ。「だれかさんより物分かりがいいもの」

テオはそれ以上何も言わなかった。彼もミックルも、もうひとつの冷厳な事実に向かい合うことはしていなかった。二人とも、フロリアンが生き延びることを確信しているかのように語り合っていた。

ザラが、トレンスが求めたものをすべて手に入れて帰ってきた。医師は彼女に、部屋にとどまっていてよい、と言った。彼の許可があろうがあるまいが、ザラはそうしただろう。彼はミックルとテオには同じ許可をあたえず、廊下《ろうか》で待つようにと言った。

二人は、閉まったドアのそばに立った。時がたつにつれて、疲労《ひろう》感に襲《おそ》われ、いっしょに床《ゆか》にすわりこんだ。ミックルは半分まどろみ、頭をテオの肩《かた》にもたせかけた。彼は彼女を抱《だ》いてやり、自分は眠《ねむ》るまいと努力した。なるべく目を閉じないようにしていたが、ふっと閉じるたびに、心はあらぬところへとさまよい、自分がたどりたくないと思う道へと流れていくのだった。ミックルと二人、どこかへ消えてしまいたい、そういう思いがすぐ頭をもたげるのだ。ぼくがそのために戦ったもの、ぼくが信じた理想は潰《つい》えてしまった。残骸《ざんがい》以外の何ものでもなくなった。理想なんてものがほんとうに大事なのか、自分にとって大事なものはミックル以外にないのではないか……。

彼の腕《うで》の中で、ミックルが体を震《ふる》わせた。静かな寝息《ねいき》を立てた。彼女の髪《かみ》が、彼自身の髪とからみ合った。ぼくは彼女を、ここ以外の場所なら世界のどこにでも喜んで連れていくだろう。彼女といっしょに幸せに暮らすのは、その気になれば、すごくかんたんなことなのだ。ただ、自分がそういう生き方に耐《た》えられるかどうかが問題だ。

なに、耐えられるさ。彼は自分にそう言い聞かせた。

トレンスがドアを開けた。テオは急いで立ちあがった。医師は室内に向けて頭を振《ふ》った。

「彼は危険を脱《だっ》した——ま、われわれ全員、とほうもない危険に取りかこまれていることには変わりないんだがね」

フロリアンは、トレンスが希望するほどには急速に回復しなかった。その後何日にもわたって、高熱を発したり、意識を回復したり失ったりした。トレンスとザラは、フロリアンに付きっきりだった。医師からはしきりと質店《しちてん》にもどるように言われたが、ミックルとテオも出ていこうとはしなかった。交代で外に出て、食べ物を求めてきた。それをトレンスとザラはほとんど食べなかったし、フロリアンはじっさい何も口にしなかった。

ひどい夜もあった。フロリアンはさかんに寝返《ねがえ》りを打ち、ブツブツつぶやいた。そうかと思うと、とつぜんぱっと起きあがり、目をぎらぎらさせて命令をさけんだ。ルーサーにストックに、そしてジャスティンに呼びかけた。わめきちらす言葉から判断して、フロリアンは、マリアンシュタットにいるのではなく、ニールキーピングの武器庫を攻撃《こうげき》しているのだった。

ニールキーピングは、テオにつきまとっているのと同様に、フロリアンにもつきまとっている。そのことにテオは初めて気づいたのだった。

週の終わりごろ、フロリアンの熱が下がった。彼はぐっすりと眠った。目覚めたとき、意識は鮮明《せんめい》になっていた。体力はおとろえていたけれど、彼はくわしい情報を求めた。カバルスはどのようにして復帰したのか、総統政府を支持する軍人たちはどんな顔ぶれか、アンカル人傭兵《ようへい》の数はどれぐらいなのか。彼はまた、ジャスティンやベックのことを知りたがった。逮捕《たいほ》された幹部たち、逃走《とうそう》中の幹部たちの情報を求めた。青い軍隊用外套《がいとう》を肩にはおって、彼はいま、ふたたびフロリアン将軍になっていた。

ミックルは、レギアのことについてトレンスと話した。

医師は首を振《ふ》った。「フロリアンよりは、むしろあなたがレギアに行くべきだよ。あなたはリスクというものを理解しなければならない。彼は、国内にいるよりも国外にいるほうが、あなたにとって危険になりうるんだ。国内なら、あなたが彼にたいして何がしかのコントロールを持つことができる。彼が存在するよりも彼が不在であるほうが、強い影響《えいきょうりょく》力が生まれるのだ。遠くの神を崇拝《すうはい》するほうが容易なのだよ。彼の支持者たちは戦うだろう――そう、彼のために、革命のためにね。女王や君主制のためにではなくて。わたしが恐《おそ》れるのは、あなたがあなた自身の大義を弱めてしまうことだ」

「わたしの大義はカバルスを片づけることだわ」ミックルは言った。「あなたは政治家として意見を述べている。わたしは、医師としてのあなたの意見を聞きたいの」

「彼はまだまだ回復したとは言えない」トレンスは言った。「この先何週間も、体力はもどらないだろう。とても旅などできる状態ではない。重傷を負った男が、野を越《こ》え山を越えてレギアまでの長い道のりを行くなんて、不可能だよ」

「陸地を行くのじゃないの。海をわたるのよ。彼はここから船に乗って、海岸沿いに進んで、レギアのブレスリン港に向かうの」

「マリアンシュタットの港は閉鎖《へいさ》されている。かりに閉鎖されていなくても、援助《えんじょ》してくれる人たちがいなければどうしようもない」

「お願い、医学的判断だけ聞かせてね」ミックルは言った。

トレンスはちょっと考えた。「船で行くほうが容易であることはたしかだ。しかし、彼はまだ治療《ちりょう》を必要とする。それができる人間がついているべきだ」

「ザラ」ミックルは言った。「そしてあなた」

トレンスが口を開く前に、ミックルは急いでつづけた。「あなた、自分で彼の治療を買って出たじゃない。あなた、だれも彼の手当てをしないんじゃないかって心配しているんでしょう？　わたしはそれをあなたにお願いしたいの。あなた、わたしを助ける約束をしたんでしょう？　わたしのたのむことをすることが、わたしを助けることになるじゃない」

いや、それは違《ちが》う、と抗議《こうぎ》するトレンスを、ミックルはさえぎった。「ありがとう、博士。あなたの意見、参考になったわ」

「そのとおりだ」二人のやり取りを聞いていたテオが、口をはさんだ。「ただ、フロリアンがそれについてどう言うかだ」

「彼がどう言うかは知っているわ」

「きみはすばらしい腹話術師だ」テオは言った。「でも、きみが読心術師だったとは知らなかったな」

「ときどきは読心術もやるの。でも、今度はそうじゃない。もっとかんたんなこと」ミックルは陽気に言った。「彼に、ずばりとたずねたのよ。彼、同意したわ。彼が同意することは、わかっていたわ」

まったくミックルにはかなわない。同じ瞬間《しゅんかん》に、ぼくをおどろかしたり、喜ばせたり、いらだたせたりできるんだから……。内心、舌を巻きながらテオは言った。「ああそう。でも、きみはひとつ見落としているね。ぼくらは船を持っていない」

「わたしが、船を手に入れる方法も知らずに、こんなことを言い出すと思ったの？」

テオはどう答えていいかわからなかった。答えを思いつく前に、フロリアンの声が聞こえた。テオを呼んでいた。ベッドのところに行くと、フロリアンは、くしゃくしゃの毛布をどけて、やっとの思いで体を起こした。

「きみはまるで、出しぬかれて、いっぱい食わされたみたいな顔をしているね」フロリアンの灰色の目がきらっと光って、かつての皮肉《ひにく》っぽさを垣間《かいま》見せた。「女王がきみに、われわれの計画を話したようだね。そんなわけで、かつての反逆者は若い国王にお願いしてかくまってもらうことになった。コンスタンティンは間違《まちが》いなくわたしをかくまってくれるはずだ。彼はカバルスの友人ではないからね。しかし、もうひとつの問題がある。わたしがレギアに行くかどうかは、その答えにかかっている」

ミックルが言っているほどにはフロリアンは説得されていないのではないか、とテオは思った。

「何だい？」

「わたしは、レギアに行っても必要な期間以上は滞在《たいざい》しない。ザラがわたしの使いになる。彼女はそういう仕事に慣れているからね。連絡《れんらく》が途絶《とだ》えないようにやってくれるはずだ。

わたしはかならずもどってくる。もどってくるとき、わたしは、戦う用意のできた軍隊といっしょにもどる。わたしにはまだ、信頼《しんらい》できる多くの味方がいる。この首に懸賞金《けんしょうきん》がかかっていたころからの仲間だ。農村地帯全域に支持者がいる。いざとなれば、武器をとって、ゲリラ兵として市民兵として戦う人々。あの戦争をわれわれとともに戦った人たちだ。しかし、わたしにはもうひとつ、必要なものがある」

「きみの必要なものは何であれ用意するよ」

「わたしにはマリアンシュタットが必要だ」フロリアンは言った。「この都市は鍵《かぎ》だ。マリアンシュタットを奪取《だっしゅ》できなければ、残りのすべては失敗する。わたしがこの都市を攻撃《こうげき》するにじゅうぶんなだけ接近したとき、都市自体が立ちあがらなければならない。この町は、いかなる代価を払《はら》おうとも、内部から獲得《かくとく》されなければならない。そして、いかなる代価を払おうとも、わたしが到着《とうちゃく》するまで確保されていなければならない」

「武装反乱だね？　できるだろうか？」

「やらなければならないんだ。そのうえ、わたしがもどってくる日まで、絶え間ない抵抗《ていこう》運動がなければならない。カバルスに一瞬《いっしゅん》の平穏《へいおん》をもあたえてはならない。彼を、毎日毎晩、恐怖《きょうふ》におののかせるのだ。彼のしぶとさと彼の意志を弱らせるのだ。そうすれば、人々は、彼が打倒《だとう》されうる存在だということを実感する。そうなったとき、シグナルがあたえられれば、マリアンシュタットはわたしを支持していっせいに蜂起《ほうき》するだろう」

「そうだろうね」とテオは言った。

「ただし、それには指導者がいなければならない。市民のだれもが信頼《しんらい》できる指導者。わたしが信頼でき、女王にも受け入れられる指導者だ。そうなると、もはや選択《せんたく》は明白だ。きみしかいないんだよ」

テオは体をこわばらせて、後ろに下がった。

フロリアンは彼の腕《うで》をつかんだ。「マリアンシュタットをたのむ」

その言葉は、テオを悪夢に突《つ》き落とした。古い幽霊《ゆうれい》たちがうごめきはじめた。フロリアンはそれらをふたたび生き返らせようとしている。中でも、テオが忘れようと努力しているひとつの幽霊、かつてのテオのすがた、テオ自身の幽霊を、よみがえらせようとしている。

「そんなこと、ぼくにたのまないでくれ、フロリアン。いやだ、ぼくはやらない」

11 三人の出発

「そんなこと、ぼくにたのまないでくれ」テオはふたたび言った。「そんなこと、ぼくの仕事じゃない。ぼくにはよくわかっているんだ」

「きみにたのんではいない。ケストレル大佐《たいさ》にたのんでいるんだ」

「ケストレルは死んだよ」テオは言い返した。「彼は戦争中死んだ。たくさんの血のにおいを嗅《か》ぎすぎたんだ。そう、ぼくはジャスティンと同様の大量殺人者だ。いや、もっと悪い。ジャスティンは正面切って自分が殺人者であることを認めていた。そうじゃない、なんてふりは一度もしなかったからね。ともかく、ぼくはあんなことを二度とやる気はない。きみはマリアンシュタットを求める。ぼくはきみがそれを獲得《かくとく》するのを援助《えんじょ》しよう。しかし、指導者としてやるのはごめんだ」

「きみは、権力の座にあるカバルスを見たいのかい？」

「もちろん見たくない」

フロリアンは、うっすらと微笑《びしょう》を浮《う》かべた。「だったら、きみに選択《せんたく》の余地はないはずだ」

「なぜ、ザラではないんだ？　ベックではないんだ？　そのほかにもたくさん、指導者になれる人はいるじゃないか？」

「きみ以上の適任者がいれば、きみを選んだりはしないよ」

テオは何も言わなかった。もう自分の答えを知っていた。しかし、それをあえて口にすることができなかった。

フロリアンが、テオの腕《うで》をつかんでいた手をゆるめた。そして体を横たえ、枕《まくら》の上に頭を載《の》せた。いかにも病気らしく、老《ふ》けて見えた。しかしテオには、そのやつれた顔と重なって、声をあげることもせずに二人の警官を逃走《とうそう》させた男の顔が見えた。フライボルグの居酒屋で、彼の言う言葉のひとつひとつに聞き入っている仲間たちにかこまれているフロリアンが見えた。ニールキーピングで、髪《かみ》を乱し、顔を硝煙《しょうえん》で真っ黒にして馬を乗りまわしているフロリアンが見えた。テオは知っていた。自分はまだこの男の魔法《まほう》にかかっている。この男の存在そのものに魅《み》せられてしまっている。ザラがいつかこんなことを言ってたっけ。フロリアンの仕事はただフロリアンであることだと。ぼくの仕事は、フロリアンにしたがうことなんだ。

「わかったよ」テオは言った。「今度だけだ。それ以上はぜったいだめだ」

フロリアンはおどろいたようすもなく、黙《だま》ってうなずいた。

「自分の決めたことをミックルに話さなくては」テオは簡易ベッドを離《はな》れた。

彼は、自分自身へのおごそかな誓《ちか》いを破ってしまった。しかし、心にひっかかったのは、そのことではなかった。そういうことは、これまでにもしばしばやったことだ。テオは、フロリアンに約束したことを悔《く》いていたのだ。自分はその約束を守るだろう、そして、それを守ろうとする自分を憎《にく》まずにはいられなくなるのだ。

選択の余地はない。引き受けるほかない。そう思うといっそう、心は苦痛にさいなまれた。

ミックルは、いついかなるときでも率直というわけではなかった。船の入手方法を知っていると言ったとき、彼女は真実を告げていた。しかし、その真実とはごくわずかな断片で、彼女はそれを、ゴムのように長く長く引き伸《の》ばして伝えたのだ。彼女が言ったのは、自分が、船と、やる気のある船長を見つける方法についてヒントを得られそうだ、という意味でしかなかった。それをじっさいに行なうのは、そうかんたんなことではなかった。

ミックルの記憶《きおく》の中には、インゴの質店《しちてん》以上にたくさんのがらくたが詰《つ》まっている。整理のしかたは、インゴの店よりすぐれているらしい。彼女は、ふだんは、そのがらくたを引っ掻《か》きまわして必要なものをとりだすのだ。フロリアンの看護にトレンスとザラを残して、ミックルは、テオといっしょに荷車でシャンブルズに帰った。もうそのときには、どこから始めるべきかを知っていた。彼女は、マンチャンスをフィッシュ・マーケット広場のケラーのもとに走らせ、伝言をとどけさせた。――至急ウィーゼルに来てもらいたい。

少年は、一時間とたたないうちにやってきた。女王に呼ばれたことで大喜びしていた。

「あなた、まえ、わたしに、ある友だちのことを話さなかった？」ミックルは言った。「船の船長で、ヤコブと言ったかな？」

「うん、彼は密輸業者だよ」ウィーゼルは誇《ほこ》らしそうに言った。「りっぱな人だ」

「彼、船荷をレギアに運ぶかしら？」

「彼は何でも、どこへでも運ぶよ」ウィーゼルは言った。「でも、港では彼の船を見ていない。どこかに隠《かく》してあるんだと思う」

「あなた、彼を見つけられる？　彼と話ができる？」

「まあね」ウィーゼルはにっこり笑った。靴紐《くつひも》の結び方を知っているかとたずねたのも同然だったのかもしれない。「ひとつ問題がある。彼は、ただでは仕事をしないと思う」

「お礼はするわ。たっぷりとね」ミックルは、インゴが彼女の母親の指輪にちりばめられていた宝石を小さな粒《つぶ》にカットして、ひそかに買い手を探していることを知っていた。「いまは半分、残りはその船荷が安全に運ばれてから支払《しはら》うわ」

「彼、どんな荷物なのか知りたがると思う」

「人間三人よ」

ウィーゼルは、とつぜん不安になり、顔をしかめた。一瞬《いっしゅん》、船に乗せられるその三人にはスパロウと自分がふくまれるのではないか、ケラーがおれたちをレギアに避難《ひなん》させるのではないか、と思ったのだ。彼のあこがれの新聞記者は、ときどき奇妙《きみょう》な考えに取りつかれることがある。

「三人って、だれ？」

「トレンス博士、ザラ、それにもう一人」

ウィーゼルは、ほっとした。首をひょいと上げて、抜《ぬ》け目なさそうにミックルを見つめ、「もう一人って――フロリアンだね？」

「人間三人よ」ミックルはくり返した。「あなたの友人は、それ以上知る必要はない。あなたただってもう必要以上に知っているわ」

ウィーゼルは大きく胸をふくらませた。これは重大な仕事だぞ、と思った。だから、きちんと、儀式《ぎしき》ばって、格調高く返答した。「この任務に参加することは、実に光栄なことだと思います。さっそく彼と交渉《こうしょう》し、よい取り決めを結ぶつもりです」

「市民ウィーゼル」ミックルも格調高く言った。「すべては、あなたの働きにかかっているんですからね」

数日後の夜、一台の農家用荷馬車が、首都から数マイル離《はな》れたサルゲートの村に入ってきた。風と潮の侵食《しんしょく》によってできた小さな入江《いりえ》に面した、狭《せま》い砂浜《すなはま》の村だ。渚《なぎさ》近くに建ちならぶ漁師の小屋はみな、海からの強風に痛めつけられて陸地の方向にかしいでいる。ひとつだけある桟橋《さんばし》のわきに、少し大きめの家々と二、三軒《げん》の小さな店がかたまっている。荷馬車は、その中の一軒の酒場の前で停まった。酒場とは名前だけ、よく見れば、ふつうの住宅の一階のひと部屋でしかない。暖炉《だんろ》のわきに、二脚《きゃく》の大きなテーブルと数脚のスツールを置いて、酒場の体裁をととのえているだけだ。

荷馬車の御者《ぎょしゃ》は、厚いマフラーを巻いていて、顔が半分隠《かく》れている。低い出入り口をくぐって中に入った。部屋は熱く、燃える泥炭《でいたん》と燻製《くんせい》ニシンのにおいがした。店内をながめまわしたが、ウィーゼルが教えてくれた風体《ふうてい》の男は見えない。どうしてよいかわからず、しばし立ちつくした。酸《す》っぱいものが口を満たした。飲みこめなかった。彼はこれまでに、何度となく不安と恐怖《きょうふ》を味わったことがある。しかしこれは、これまでの何ものとも違《ちが》う。彼はいままで、行動に移ることで、自身から恐《おそ》れを追いはらうことができた。しかし、これは自分で追いはらうことができない。これは、自分の血の中に入りこんだ毒なのだ。疑念が、裏切りの不安が、彼の胸をさいなんだ。ただひとつ安心なのは、ミックルが来ていないことだ。彼女は市内の隠れ家にいて安全だ。しかし、彼の説得に彼女が応じたわけではない。さんざん揉《も》めた末に、フロリアンが命令口調で言ったからなのだ。

茫然《ぼうぜん》とたたずむ彼を、すでに多くの目が見つめていた。そのとき、毛編みの帽子《ぼうし》をかぶった男が近寄って、ドアの側柱によりかかった。

「レギア行きの荷物の用事かい？　船荷を三個ってやつかい？」彼はテオに、ついてくるよう身《み》振《ぶ》りでしめした。「ヤコブが待っている」

「どこで？」

「沖《おき》で。沖まではボートで運んでやる」

テオは後ずさりした。「そんなこと、取り決めにはなかったぞ」

「しかたがないんだ。兵隊どもが嗅《か》ぎまわっている。ヤコブは海に出ていくしかなかった。船は防波堤《ぼうはてい》の向こうに停泊《ていはく》している」男は、にやりと笑った。「こんなふうにして荷物を積んだことは前にもあるんだ。心配することはねえ」

彼らは外に出た。もう一人の男が静かに店から出てきて、彼らに合流した。

トレンスとザラは、二人して、荷馬車に積まれた麻袋《あさぶくろ》の山の中から、青い外套《がいとう》を着た男を立ちあがらせた。マリアンシュタットを離《はな》れるまで、フロリアンは麻袋の山の中に埋《う》もれていた。ザラは、そのすぐそばでまどろんでいるふりをし、農民の服を着たトレンスは、ザラのかたわらで寝《ね》そべっていた。彼らは、一日じゅう町の市場《いちば》で農産物を売ったあと、疲《つか》れきって家路をたどる農民一家というわけだった。

ヤコブの部下たちは、砂浜《すなはま》を横切って彼らをみちびいた。ザラは離れてついてきた。トレンスとテオは、二人して両側からフロリアンを支えた。テオはがたがた震《ふる》え、歯を食いしばっていた。

「どうしたんだね、きみ？」

「こういうこと、ぼくには無理だ。フロリアン、前に話したとおりだよ」

「だいじょうぶ。しばらくすれば慣れるよ」

海の風を受けて、テオは頭を低くした。約束のボートは水ぎわにあるだろうと思ったが、何も見えなかった。船乗りたちは、小さな岩場を過ぎて先を急いだ。波打ちぎわが大きく湾曲《わんきょく》して、まるで池のように海水をかこいこんでいる場所に出た。地面はやわらかく、水気をふくんでいて、まるで流砂の中を歩いているようだった。

ボートは、丈《たけ》の高い草の茂《しげ》みの陰《かげ》につないであった。茂みを分けていくと、ザワザワと音がした。ボートに乗れと言われて、テオとトレンスは、フロリアンを押《お》しあげて船尾《せんび》に入りこませた。フロリアンは腰《こし》を下ろし、外套《がいとう》の襟《えり》を引き寄せた。ザラは、へりをまたいで乗りこんだ。

ヤコブの部下たちが飛び乗って、ボートは海面をすべり出した。入江《いりえ》から外海に向けて、彼らは力強く漕《こ》いだ。渚《なぎさ》は見えなくなったが、水平線も見えなかった。テオはただ、ボートの下に大きくうねる波だけを感じていた。フロリアンは黙《だま》ってすわっていた。フロリアンとテオとは、もう、ありとあらゆることを話し合ったのだった。

ヤコブの船を待つ期間、フロリアンは毎日、何時間となくテオに語りかけた。信頼《しんらい》できる人々の名前や、彼らの住まいの場所、隠《かく》れ家の場所を教えた。信頼できる人々とは、フロリアンが初めて革命家になったころの仲間たちだ。そのころ彼らは、フロリアンを擁護《ようご》してくれた。いまふたたび、彼らはフロリアンを援助《えんじょ》しようとしているのだ。テオは、そうしたネットワークがまだ存在すること、そしてそれが、こんなにも迅速《じんそく》に行動に移れることにおどろいた。

フロリアンはまた、テオにシグナルや暗号を教えた。あとでミックルにも知らせるべき情報もあったし、緊急事態《きんきゅうじたい》でも起きないかぎり、テオだけが知っていればいい極秘情報もあった。

「知らないことは、たとえ拷問《ごうもん》にかけられても話しようがないからね」とフロリアンは言った。「きみは、こういう情報のほとんどを頭の中だけにしまっておくんだ。紙に書いたりしてはいけない。だから、きみ、生きつづけなきゃいけない。ほかの人たちが命を粗末《そまつ》にしても、きみは真似をしてはいけない。わかるかね？　それから、ジャスティンと仲直りするんだ。どんな形でもいいから仲直りしたまえ。彼を見つけるんだ。きみは彼を必要とするだろうし、彼もきみを必要とするはずだ」

男たちの一人がオールを引き揚《あ》げて、ランタンをかかげて振《ふ》っていた。テオには何も見えなかった。が、次の瞬間《しゅんかん》、正面前方の、海のうねりの上に大きな黒々とした影《かげ》が見えた。返答のシグナルが、ちかちかと光った。船員たちは満足そうになって、いっそう力をこめて漕ぎはじめた。

ヤコブの船が、のしかかるように接近してきた。先方のランタンの光に照らし出されて、手すりに並んだ顔が見えた。船腹をつたって縄梯子《なわばしご》が下がってきた。ザラがつかんでよじのぼり、トレンスがつづいた。

綱《つな》が一本、投げ下ろされた。フロリアンはそれを、腰のまわりと胸のまわりに結んだ。半ばよじのぼり、半ば引きあげられるようにして、揺《ゆ》れる縄梯子をあがっていった。すべては迅速に行なわれ、テオはさよならを言う間《ま》もなかった。船員たちは岸に向かって漕《こ》ぎはじめた。

静かに雪が降りはじめていた。大きな、やわらかな雪片だった。テオは振《ふ》り返り、目をこらして、あとひと目だけ船を見ようとした。船は波のかなたに消えていた。二人の船員は、仕事の緊《きん》張《ちょう》から解放されて、たがいに冗談《じょうだん》を言いはじめていた。船尾《せんび》にうずくまって、テオはほとんどそれを聞いていなかった。

彼の心にこだましているのは、縄梯子《なわばしご》が引きあげられる直前、フロリアンが呼びかけた最後の言葉だった。その言葉は、風に吹《ふ》かれて運び去られ、雪片のように波間に溶《と》けてしまったが、テオはそれをはっきりと聞いたのだ。

フロリアンは言っていた。「マリアンシュタットをたのむぞ」と。

第三部　抵抗《ていこう》運動

12

絞首台《こうしゅだい》

首都を美しくし、同時に、自分の存在を永遠に民衆に記憶《きおく》させる、――そのためにあれこれの建造物をつくるのは、歴代ウェストマーク国王の共通の趣味《しゅみ》だった。ある国王たちは自分の騎馬《きば》像を建てた。ほかの国王たちは、そんなにいかめしくない、もっと市民に親しまれるもの、プロムナードやら大通りやら庭園やらをつくった。アウグスティン大王はジュリアナ宮殿《きゅうでん》を広げて、有名な鐘《かね》を取りつけた。ミックルの父は、治世の初期の彼がまだ幸せだったころ、大広場に噴水《ふんすい》をつくった。

カバルスも、これまでの支配者たちの例にしたがった。ただし、ひとつ違《ちが》いがあった。彼はまだ、自分の銅像を建てはしなかった。もちろん、いずれはそうするつもりで、その日を待ち望んではいたけれど、まだ当分は、自分の名を冠《かん》したモニュメントやメモリアルをつくるのは早いと思っていた。その代わりに、総統政府の最初の数ヵ月のうちに、彼はマリアンシュタットに、直接、実務的に役立つものを提供した。彼の存在を永遠に記憶させるためのものではなく、ほかの者たちの命のはかなさを見せつけるための構築物であった。

彼は絞首台《こうしゅだい》を建てたのだ。

すばらしい作品だった。目的を果たしたあとしばしば解体されるほかの絞首台と違って、この永続的構造物は頑丈《がんじょう》な材木でつくられ、がっちり組み合わされ固定されていた。木製の階段をのぼると、板でできた広いデッキになる。低い手すりがそれを取り巻いている。人間をぶらさげるための支柱と横木は黒く塗《ぬ》られている。無慈悲《むじひ》にして単純な仕上がりである。

絞首台は、古い要塞《ようさい》であるカロリア牢獄《ろうごく》の前に置かれている。冬が終わろうとするころのある朝、大勢の見物人がそこに集まりはじめた。アンカル人歩兵の一隊が、銃剣《じゅうけん》を突《つ》きつけて、民衆があまりに近くまで詰《つ》めかけるのを防いでいた。公開処刑《しょけい》は、ほとんどめずらしいものではなかったが、アウグスタ女王が即位《そくい》してからは行なわれていなかった。新しい刑罰《けいばつ》装置の働きぶりが一般《いっぱん》大衆に公開されるのは、今回が初めてだった。それに、うわさによれば、処刑されるのは、ありきたりの悪党ではないらしい。見物して損はなさそうだった。

見物人の中に、一人の大工《だいく》がいた。道具袋《ぶくろ》をかかえて、前掛《まえか》けの上にカンバス地の上着を着ている。この出来事にあまり関心はないようだった。漠然《ばくぜん》とした好奇心《こうきしん》だけからここに来たかのように見えた。にもかかわらず、彼は、少しずつ群集のあいだを移動して、ついには最前列にまで来てしまった。

カロリア牢獄《ろうごく》の門は開いていた。前後左右を警備されて、囚人《しゅうじん》が引き出された。中年の、筋骨《きんこつ》たくましい男だった。シャツすがたで、はだしで、顔は傷だらけだった。足を引きずって、ようやく歩いていた。処刑人《しょけいにん》とその助手は、階段の上で囚人を受け取った。囚人は、絞首台《こうしゅだい》の上から見物人たちの顔をしきりに見まわしていたが、大工《だいく》の顔を見つけると、そこで視線を止めた。大工も食い入るような目つきで囚人を見上げていた。

この大工は、じっさいに大工仕事をやったことは一度もない。テオはこのところ、大工だけでなく、沖仲仕《おきなかし》や行商人や古着売りとして、マリアンシュタットの市内を、だれに見咎《みとが》められることもなく動きまわっていた。処刑されようとしている男は、総統政府に反対する勢力の幹部――グループ指揮官だ。テオには、レッド・コッケード（「赤い花形帽章《ぼうしょう》」の意）という名前でだけ知られている。

一人の士官が、男の罪状を読みあげはじめた。

テオは、すでにその内容を知っていた。彼自身がレッド・コッケードに、荷馬車一台分のワイン・ボトルを、マーシュ地区のある家に運ぶよう命令したのだ。ボトルは、何層にも重ねて敷《し》いた藁《わら》の中に、そっと置かれていた。

そして藁の下に、一ダースのマスケット銃《じゅう》が隠《かく》されていた。

レッド・コッケードが目的地にもうすぐのところまで来たとき、三人のアンカル兵が彼の車を停止させた。兵士は非番で、町を見物して歩いていたのだ。彼らは、ボトルを何本か寄こせと言った。レッド・コッケードはブツブツ文句を言いながら、言うとおりにした。アンカル兵たちは、願ってもない幸運に喜んで、つけあがり、荷馬車ごともらいたいと言い出した。

レッド・コッケードは、荷馬車とその積み荷をあきらめて、自分だけ逃《に》げ出すこともできただろう。しかし、それでは、貴重なマスケット銃を犠牲《ぎせい》にしてしまうことになる。彼はがんばることにした。断固として断わった。

兵士たちはカッカしてきた。はげしい言葉のやりとりがあった。レッド・コッケードは大男だった。内側に大きな怒《いか》りをひそめていた。彼は致命的《ちめいてき》な誤りをおかした。自制心を失った。怒りを爆発《ばくはつ》させた。

殴《なぐ》られ蹴《け》とばされたアンカル兵たちは、悲鳴をあげて、ちょうど通りかかったアンカル軍パトロール隊に助けを求めた。ボトルはすべて押収《おうしゅう》された。そして、マスケット銃が発見された。

レッド・コッケードは、テオの部下の中で最初の処刑者だった。

レッド・コッケードは、絞首台の上からテオの顔を見て、彼がだれであるかを認識した。群集の中のだれにも知られずに、二人――数秒後には命を断たれる男と明日の命も知れぬ男――は、無言の会話をかわしていた。

自身にささやいているかのように、絞首台上の男は、くちびるだけを動かした。

「二つだ」

テオにはわかった。男の顔に、ちらりと誇《ほこ》らしげな笑《え》みが浮《う》かぶのを見た。テオは部下たちに貴重な贈《おく》り物を、時間を、求めていたのだ。

逮捕《たいほ》され、拷問《ごうもん》されれば、どんなに意志の固い者でも、口を割らざるを得なくなる。だから、残された同志たちは、連絡《れんらく》方法や会合場所を変えたり、隠《かく》れたり、逃走《とうそう》したり、グループを再編したりしなければならない。これらのことをするのに最低一日は必要だった。

レッド・コッケードは、自分は、その一日を超《こ》えて二日にわたりがんばったと言っているのだ。

テオは首を小きざみに動かした。ほとんど見えないほどのかすかな動きだった。

じっさいには、彼はこう言っていたのだ。

「わかった。みんなは安全だ。よくやった」

レッド・コッケードは両方の眉《まゆ》を上げた。無言の質問である。

「救出のチャンスはあるのかな？」

レッド・コッケードが逮捕されたことを知ると、すぐ、幹部たちは秘密裏に集まり、その問題を討議した。彼の命を救うために何人の命を犠牲《ぎせい》にしなければならないか？　われわれはそのような損失に耐《た》えられるか？　それはまさに算術の問題だった。

テオは頭を下げた。意味は明白だった。

「救出したかった。が、危険を冒《おか》すことはできない」

男はかすかに肩《かた》をすくめた。

「了解《りょうかい》。正しい決定だ。では、さようなら」

すべては、束《つか》の間のことだった。士官が罪状の朗読を終える前に、二人は〃会話〃を終えていた。レッド・コッケードは手すりに近寄ったが、すぐ引きもどされた。マリアナ連隊の鼓手《こしゅ》たちが、重苦しく長く、ドラムを打ち鳴らした。

ふつう死刑囚《しけいしゅう》は、処刑《しょけい》直前、群集に呼びかけるという特権をあたえられているのだが、レッド・コッケードにはそれが許されないことになっていた。彼はそのことに抗議《こうぎ》し、縛《しば》られたまま、体をはげしく動かして、ドラムの音を圧倒《あっとう》するような大声をあげた。存在しないもの、いまだかつて存在しなかったもののためにさけんだ。

「共和国万歳《ばんざい》！」

判決は実行された。処刑人たちは専門家だった。しかし彼らは、処刑を迅速《じんそく》には終わらせなかった。わざとゆっくりと行なった。明らかに上からの指示にしたがっていたのだ。憤激《ふんげき》のざわめきが、群集のあいだをさざ波のように通りぬけた。この意図的などたん場での残酷《ざんこく》さにたいするはっきりした怒《いか》りの声もあがった。さらに多くの人々が、押《お》し黙《だま》ったまま非難の表情を浮かべていた。士官は群集に、解散するよう命令した。アンカル兵たちは銃剣《じゅうけん》を突《つ》きつけ、人々は、不《ふ》機嫌《きげん》にしりぞいていった。広場は閑散《かんさん》としはじめた。

立ち去りながら、テオは、身なりのいい紳士《しんし》風の男が仲間にささやくのを聞いた。

「そうだとも。総統政府が断固たる態度に出ねばならない。騒《さわ》ぎを起こす連中は自業自得《じごうじとく》なんだ」男は一瞬《いっしゅん》ためらったあと、こうつづけた。「しかし、それにしても——これはひどいんじゃないかね？　人間のやることじゃないよ」

　春までには、この男もテオの影《かげ》の軍隊に加わるだろう。

　テオはシャンブルズに向かった。このところ、不定期にしかそこには行っていなかった。長くいることもなかった。だいたい、同じ屋根の下で二晩つづけて眠《ねむ》ることはめったになかった。やむを得ない事情のないかぎり、質店《しちてん》は避《さ》けていた。しかし、いま、なぜかミックルに会わなければならないと感じたのだ。

　インゴとマンチャンスはトランプをしていた。ラス・ボンバスとマスケットは用事でフィッシュ・マーケット広場に行っていた。この二人は、盗《ぬす》んだ書類と本物そっくりの偽造《ぎぞう》文書とでもって、ほとんどどこにでも、勝手ほうだいに行くことができた。そのうえ、マスケットは、とほうもなく背が高くなっていた。ともかく子どもみたいなチビ助だから、だれにでもすぐ覚えられ、正体を隠《かく》そうとしてもすぐわかってしまう。それで、身長を変えることにしたのだ。

　ラス・ボンバスは、ケラーの厩舎《きゅうしゃ》から、馬のフリスカに引かせて幌《ほろ》馬車を持ってきていた。幌馬車にしまってあった奇術師《きじゅつし》としての商売道具から、二本の〝足〟をとりだした。中は空洞《くうどう》の、木製の足である。彼はマスケットと二人で、これに細工《さいく》をし、その足の上にマスケットが載《の》って歩けるようにした。木製の足にブーツをはかせ、長い半ズボンとマントとで、このごまかしをおおい隠した。マスケットはたちまち、頭いくつ分も背が伸《の》びた。そして、偽物《にせもの》の足の上で、本物の足の上と同じように敏捷《びんしょう》だった。

ミックルは自分の部屋にいた。インゴが手に入れてきたマリアンシュタットの地図を、熱心に見ていた。ひょっこりあらわれたテオに、おどろき、喜んだが、彼の表情を見て胸を痛めた。テーブルの上に食べ物があったが、彼は食べようとせず、部屋の中を歩きまわった。それから、自分のやったこと、いま見てきたことを彼女に告げた。

「あなた、行くべきじゃなかったのよ」ミックルは静かに言った。

「きみだって同じことをしたさ」

「聞いていないのね。わたしは、『行くべきじゃなかったのよ』って言った。自分がどうしただろうなんて言ってない。ともかく、わたしは、あなたがそんなリスクをおかすべきではなかったと思う。でも、なぜあなたがそうしたかは、理解できる」

「理解できる？　ぼくには理解できない」彼は両手を彼女の肩《かた》に置いた。「彼が死ぬときそばにいてやるために、か？　あれはそれ以上のことだった」

自分にまったく説明できないことを彼女に説明することなど、できるものではない。あれは、自分の部下の一人を見殺しにしたということだけではなかった。それならそれで、いちおうもっともな、冷酷《れいこく》だが理解可能な理由があった。フロリアンだって同じようにしたことだろう。だが、そうではなかった。テオは、不可能なことをしに行ったのだ。不可能なことを承知で、それをやろうとしたのだ。あの男の死を、自分自身の中に取りこもうとしたのだ。あの死を吸収し、それを自分自身の存在の一部にしようとしたのだ。テオは、許しを求めてはいなかった。自分に許しをあたえられるのは、自分自身以外にはいない。彼は、許しを拒否《きょひ》した。必要なのは許しではなかった。神の恩寵《おんちょう》のような何かだった。

長い沈黙《ちんもく》のあとで、言った。「彼を死なせて、ぼくは生きている」

「あなたに生きていてもらうために、彼は死んだのよ」

「結局は同じことだ」

「そうかもしれない。でも、始まりのことを考えるのね、終わりのことではなく」

テオは答えなかった。部屋は静かだった。厚い壁《かべ》が、上の街路の騒音《そうおん》を遮断《しゃだん》していた。ぼくが生かされているのなら、どのような生き方をすればいいのか。ただ報復とテロをくり返し、いっそうの死をもたらす、そういう生き方でいいのか。ドミティアン山脈でジャスティンといっしょにいたとき、ぼくはケストレル大佐《たいさ》だった。ヒーローと言われていたが、じっさいは殺人者だった。ぼくは自分をモンスターに変えたのではなかった。ぼく自身がモンスターだったのだ。

「あのころの自分にはなりたくない」テオは言った。「あのころにもどるなんて、まっぴらだ」

「そう」ミックルは彼を抱《だ》いた。「あなたはあなた自身であればいいのよ」

13 農場での会談

春まだ浅いころ、彼はジャスティンに会った。

フロリアンがレギアに去って以来、テオは、ジャスティンに連絡《れんらく》をとろうと努力してきた。冬のあいだは、彼のうわさは聞こえてこなかった。春になって、田園地帯でのゲリラ部隊の話が伝わってきた。脱走兵《だっそうへい》や、ミックルの親衛隊の生き残り、逮捕《たいほ》を逃《のが》れて山岳《さんがく》地帯に逃《に》げこんだ者、そういった人々が集まって、総統政府側と戦っているらしい。ジャスティンも加わっているはずだ、とテオは思った。さまざまなルートから緊急《きんきゅう》の伝言を何度も発したが、何の答えも返ってはこなかった。

このころ、ザラが、短期間マリアンシュタットに来た。ヤコブ船長が連れてきたのだ。ヤコブはこのところ、ひそかにウェストマークとレギアを往復して荷物を運ぶ、いたって儲《もう》けの多い仕事にはまりこんでいたから、密輸品の山の中に一人の密使を忍《しの》びこませることなど、たやすいことだった。

フロリアンはまだトレンスの治療《ちりょう》を受けている。でも体力は回復してきている。——質店《しちてん》での深夜の会合で、ザラはテオとミックルにそう告げた。

「コンスタンティンは、田舎《いなか》にある王室の領地のひとつに彼をかくまっているわ」ザラは言った。「カバルスは、それについて何も知らないらしい。もし知ったとしたらどうなるか、わたしには何とも言えない。国王はフロリアンを送還《そうかん》せざるを得なくなるか、あるいは国王がカバルスに向かって、おまえなんて地獄《じごく》に落ちろと言うか。コンスタンティンはフロリアンを好いている。でも、どこまでフロリアンを保護するかは、わからない」

ミックルがまず質問した。テオが絶えず気にかけていたことだった。

「いつ、フロリアンはもどるの？」

「それは、あなた方がここでやる仕事にかかっているわ。それはまた、コンスタンティンがフロリアンに武器と運搬《うんぱん》手段を貸与《たいよ》することに同意するかどうかにも、かかっているわね」

「コンラッド大公が同意しないことは、たしかね」

「コンラッドは死んだわ。こっちではそのこと、知られていないの？」

「総統政府が表沙汰《おもてざた》にしなかったのね」ミックルは言った。「きっと、食べすぎで死んだんでしょうね」

「いいえ、銃殺《じゅうさつ》隊の前で死んだわ。彼、コンスタンティンを暗殺させようとしたの」

「コニーが叔父《おじ》を銃殺させた？」ミックルが言った。「彼らしくない。彼は心の広い、親切な少年だった。まさか彼が――」

「少年だって？」ザラがさえぎった。「もう違《ちが》うわ。りっぱな大人よ」

「そうかもしれんな」ラス・ボンバスが言った。「暗殺されかけたりすると、人間は急速に年を取るからな」

「間違《まちが》えないで。彼は、自分の関心のあることについては、ものすごく実務的になったの」ザラが言った。「すべての君主と同様にね」

「一人の君主として言えば」ミックルは魅力的《みりょくてき》な微笑《びしょう》を浮《う》かべて、「もし彼の関心があの国の民衆のことにあるのなら、わたし、あまり反対は言えない。コニーの支援《しえん》があろうがあるまいが、フロリアンがもどってきたときには、彼、わたしたちを頼《たよ》りにできるはずよ」

「問題はジャスティンだ」テオは言った。「彼がどう出るか、ぼくにはわからない。まだ、彼を見つけることさえできないんだ」

「彼がいるかもしれない場所――」ザラが言った。「いちばんいそうなのは、フライボルグにいたころわたしたちが使った、あの古い農場ね」

「ぼくもそう思った」テオは答えた。「その方面に連絡《れんらく》して伝言を送ったんだが、ナシのつぶてなんだ」

「あなた、返事が来ると思ったの？　もし、ジャスティンが自分流にやるつもりなら、返事なんかよこすもんですか。わたしたちの援助《えんじょ》なんか、これっぽっちもほしくないでしょうよ」

「彼が何をほしいか、ほしくないかなんて、どうでもいい」テオは言った。「ぼくたちは彼が必要なんだ。ぼくがその農場に行ってもいい。もし彼がそこにいたら、膝《ひざ》を突《つ》き合わせて話したい」

「それは、あなたしだいね」ザラは言った。「でも、用心したほうがいい。彼、あなたに会って、うれし涙《なみだ》にむせんだりはしないでしょうからね」

テオの見つけることのできたいちばん安全な輸送手段は、ラス・ボンバスの幌《ほろ》馬車だった。伯爵《はくしゃく》は、自由勝手に旅をしてまわっていた。なにしろ、いろんな証明書や通行証、総統政府発行の推薦《すいせん》状のたぐいをしこたま持っていた。すべて、彼自身の手で偽造《ぎぞう》した、上等のものだった。それゆえ、ラス・ボンバスは、テオをあの農場に連れていこうと言い出したのだ。当然、御者《ぎょしゃ》はマスケットだった。〈魔物《まもの》御者〉の記憶《きおく》は、長くなった彼の足よりもさらに長い。だれも通ったことのないような田舎道《いなかみち》や間道《かんどう》をたくみに選ぶ、するどい方向感覚もおとろえてはいなかった。

彼らは、何の妨害《ぼうがい》も受けずに進んだ。ベルビッツァを迂回《うかい》して、ひと晩、幌馬車の中で眠《ねむ》り、それから、なだらかに起伏《きふく》する丘陵《きゅうりょう》地帯に向かった。行けども行けども人の気配はない。ラス・ボンバスはまどろみ、テオは黙《だま》りこくって、追憶《ついおく》にふけっていた。

ニールキーピング武器庫を襲《おそ》ったあと、やはり、この同じ道を通ったのだった。ぼくはあのとき、アウトローだった。いまもアウトローだ。時間の車輪がぐるりと回って、ぼくはまた、あのころにもどってしまったのか。戦って戦ってようやく勝ったのに、何ひとつ解決しなかった。勝ったと思ったのが間違《まちが》いだった。勝ってはいなかったのだ。ぼくはまたしても戦おうとしている。戦うだけの強さを見つけたい。しかし、自分の記憶と戦うための強さなど、はたして見つけられるのだろうか。

　思いは乱れ、警戒《けいかい》心もゆるんだ。はっと気づいたときは、もう遅《おそ》かった。粗末《そまつ》な身なりの男たちが、くぼんだ道路の両側に沿った茂《しげ》みの中から飛び出してきた。さすがのマスケットも、フリスカを方向転換《てんかん》させる時間がなかった。おびえて棒立ちになっているフリスカの手綱《たづな》を、男たちの一人がひっつかんだ。幌馬車のドアは荒々《あらあら》しく開けられ、ラス・ボンバスとマスケットはあっという間にほうりだされ、馬車の側面に立たされて、頭にピストルを押《お》し当てられた。伯爵の上着は引き裂《さ》かれ、ポケットはすべて裏返しにされた。

「総統政府の書類だぞ」男たちの一人が言った。

「よし、そいつは役に立つな」別の一人が言った。ヤギ皮の上着を着て、マスケット銃《じゅう》を肩《かた》にかけている。「ほかに何を持っているか見てみろ。それから始末しろ」

　テオは、自分を探っている男から体を離《はな》した。「われわれは、執政官《しっせいかん》ジャスティンを探しているんだ」

「みんなが彼を探しているらしいな」ヤギ皮上着の男が笑った。「しかし、おまえたちにはもう探せない。すぐこの世からいなくなるんだから」

「彼の居場所を知っているのなら、そこへ連れていけ。わたしは、フロリアン軍のマリアンシュタット方面司令官だ」

「ほう、そうかい。ほんとうだって証拠《しょうこ》はあるのかい？」

「ジャスティンに言え。ケストレルが話をしたがっていると」

ラス・ボンバスを捕《つか》まえた男が、これを聞きつけた。近づいてきて、しげしげとテオの顔をのぞきこんだ。「この男、何て言った？　ケストレルだって？」それから、こっくりとうなずいて、「間違《まちが》いない。あなたを知っていますよ、ケストレル大佐《たいさ》」

「そうだろう」テオは男を一瞬《いっしゅん》見つめた。「きみは、ドミティアン山脈のシュライクの部隊でいっしょだったね。こちらはラス・ボンバス伯爵《はくしゃく》だ。彼は当時、女王の軍事顧問《こもん》だった。彼のことはぼくが保証する」

ゲリラ兵たちは馬車から少し離《はな》れて、自分たちだけで話し合った。テオの見るところ、意見の違《ちが》いもあるらしかったが、最終的に、ヤギ皮上着の男が、テオとラス・ボンバスに幌《ほろ》馬車に乗るよう身振《みぶ》りで伝え、御者《ぎょしゃ》台にのぼったマスケットのとなりにすわった。

「いっしょに来てくれ。あとは、ジャスティン将軍の命令にしたがってもらう」

「将軍だって？」ラス・ボンバスがつぶやいた。「意外と謙虚《けんきょ》なんだな。てっきり、自分を元帥《げんすい》に任じていると思ったのに」

農場にはすぐ着いた。あのころと同じに見えたが、同時に、何となくなじみのない印象も受けた。本館は荒《あ》れて、あまり手入れがされていないように見えた。森の木々や下生えが繁茂《はんも》して、以前よりも農場に迫《せま》ってきているようだった。あの古い井戸《いど》もあった。そのそばで、テオはミックルに、いっしょにフライボルグに来るようにたのんだのだった。中庭もあった。この中庭へ、顔が裂《さ》けて血だらけになっているジャスティンを運んだのだった。

中庭では、たえず活発な行動が行なわれているらしい。馬車の轍《わだち》や馬のひづめの跡《あと》で、地面が割れていた。ゲリラ兵たちは壁《かべ》の近くで休んだり、武器の手入れをしたりしていた。この近くに、別のゲリラの基地があるのだろう。

幌馬車の中で待つように言って、ヤギ皮上着の男は本館の中に消えた。なかなか出てこない。マスケットは、カラスムギをひと袋《ふくろ》、兵士の一人からせしめて、フリスカに食べさせた。ラス・ボンバスは、いらいらしながら不平を言った。さらに三十分ほどが過ぎたとき、テオと伯爵は建物の中に案内され、広い談話室に通された。

ジャスティンは、長いテーブルに向かって、熱心に地図を見ていた。徽章《きしょう》のついていない士官の制服を着ていた。顔はあの蒼白《そうはく》さを失い、日焼けして、ざらざらにひび割れていた。しばらくして、目を上げた。目のすみれ色は以前よりも濃《こ》くなっていた。じっとテオを見つめ、それからさりげない口調で言った。

「ここにやってくるなんて、賭《か》けみたいなものだったね。銃殺《じゅうさつ》されてたかもしれないんだぞ」

「敵と間違《まちが》えられてかい？」

「もちろんさ」ジャスティンは、ドア口に立つ警備兵たちに、立ち去るよう身振《みぶ》りで告げた。

「それとも、おれがきみを銃殺《じゅうさつ》させるとでも思ったのかい？」

「そのことも考えたさ」

「おれも考えたよ。もしきみがおれに賛成してくれていたら、われわれは、とっくのむかしに国民防衛隊を持っていただろう。そうすれば、われわれは自分たちを防衛できたんだ。ところが残念なことに、きみはフロリアンの味方をした。ほんとに、銃殺に値《あたい》するよ」

「しかし、きみはそんなことはしない」テオは言った。「もしその気だったら、すでに実行しているはずだ」

ジャスティンは肩《かた》をすくめた。「それで、用事は何なんだ？」

「フロリアンはレギアにいる」

「それは聞いている」

「彼は重傷を負った。しかし、もどってくる用意ができつつある。彼はぼくに、マリアンシュタットを確保せよと命令している。きみとぼくは、おたがいの計画を調整しなければならない。彼は攻撃《こうげき》のとき、きみの支援《しえん》を必要とするだろう」

「おれがフロリアンを支援する？　話が逆じゃないか。おれには、おれの同志たちがいる。彼らがどういう人たちか、きみは知ってるのか？　彼らは共和国を要求した人々だよ。われわれにはそれを獲得《かくとく》するチャンスがあった。そのチャンスをつぶしたのがフロリアンだ。だから、彼らはフロリアンをけっして許さなかった。そういう人々なんだよ。彼らはまだ、共和国を求めている。ここで、農村で、田園地帯全体で、彼らは共和国を求めて戦うのだ」

「フロリアンにも多くの同志たちがいるぞ」

「そう、彼らは、おれの陣営《じんえい》に来たほうが賢明《けんめい》だろうな。もし彼らがフロリアンのもとにとどまり、おれの作戦に介入《かいにゅう》したりすれば、真の指導者はだれなのか、思い知ることになるだろう」

テオはジャスティンを凝視《ぎょうし》した。「きみ、きみの軍隊と彼の軍隊を戦わせるつもりなのか？」

「当たり前だろう？」ジャスティンは冷たい視線を返した。「彼は、われわれの信じていたことのすべてを裏切ったんだ」

「カバルスが喜ぶことだろうよ」テオはさけび出した。「われわれがたがいに殺し合って、彼の手間をはぶいてやるわけだ。きみがフロリアンにたいして、あるいはぼくにたいして、どんな恨《うら》みをいだいているかは問題ではない。それはいま、たいしたことじゃない。もし、きみが自分独自で戦おうとするならば、もしわれわれが、われわれの力を分散させるならば、総統政府は、われわれすべてを粉砕《ふんさい》するだろう。思いどおりにやりたいのなら、やりたまえ、ジャスティン。責任はきみが取らなければならないだろう」

「きみこそ責任を取るべきだよ」ジャスティンは言った。「執政官《しっせいかん》制度はきみのつくったものだった。きみの発案だった。フロリアンがそれを受け入れた。自分の手で権力をにぎれると思ったんだ。そのために、あっさりと革命を裏切った。きみのありがたい執政官制度《しっせいかん》のおかげで、この国はこんなことになってしまったんだ。執政官制度なんて、犬にでも食われちまえ」

ジャスティンは立ちあがった。「おれが求めるのは、おれたちが最初に持つべきであったものだ。共和国だ。民衆が民衆自身を治めるための絶対的権利だ。おれは、どのような犠牲《ぎせい》を払《はら》おうとも、それを民衆にあたえる。自由は血の中でのみ獲得《かくとく》しうるのだ」

「なるほど」ラス・ボンバスは低い声で言った。「しかし、それは、だれの血だね？」

「おれの血だ」ジャスティンは言った。「あんたの血だ。必要とあらば、われわれみんなの血だ」

ジャスティンの額《ひたい》の傷が赤く光り、顔全体がかがやいた。すみれ色の目もきらめいていた。その顔の向こうに、拷問《ごうもん》され自分を恥《は》じて自殺を願った少年のすがたが見えた。悲鳴をあげ、ニールキーピングの街路の上に横たわった戦士、エシュバッハで殺されたリナを愛したあの若者のすがたが見えた。しゃべりつづけるジャスティンの目は、彼だけに見える、目もくらむほどの未来像を見つめていた。恋人《こいびと》のまなざしのようだった。しかし、ジャスティンの情熱は、人間にたいして向けられたものではなかった。

「きみは自由を信じている。ぼくもだよ」テオは言った。「きみは民衆を信じるのか？」

「民衆は死ぬ。自由は決して死なない。きみが何を信じようと、あるいは、信じると主張しようと、おれにはどうでもいいことだ」

「じゃ、きみはわれわれを支援《しえん》しないのだな？」

ジャスティンはふたたび地図をながめはじめた。「状況《じょうきょう》しだいだな。軍事的な意味では、こちら側の力を分散しないほうがよいに決まっている。しかし、何の見返りもなしに支援するわけにはいかない」

「何が望みだね？」

「望みじゃない。要求だ。当然、もらうべきものだ」ジャスティンは言った。「カバルスが打倒《だとう》されたら――彼は打倒されなければならないし、そうなるに決まっているが――、きみは、おれの政府においていかなる役割ももたないこと。フロリアンとおれは二人だけで決着をつけなきゃならないが、きみはそれとはいちおう別だ。きみはこのことを約束しなければならない」

「約束するさ」テオは言った。「しかし、きみはぼくのことをあれこれ非難している。そのきみが、どうして、ぼくが約束を守るなんて信じられるのだい？」

ジャスティンは、ふっと少年のような微笑《びしょう》を浮《う》かべてテオに言った。「きみは、まったく不誠実な人間というわけではないからね」

「そいつはどうも」

「もうひとつある。きみはマリアンシュタットで蜂起《ほうき》を指導するというが、きみにそれができるのかい？　率直に言おう。おれは、最後のどたん場に気後《きおく》れするような人物といっしょに戦うことは、したくないんだ」

「ぼくは、マリアンシュタットを奪取《だっしゅ》すると言った。言った以上、やりぬくだけだ」

「おれは、きみにそれができるという保証がほしいんだよ」

「われわれは武器弾薬《だんやく》をたくわえている。味方の兵力も着々と増えている」

「なるほどね。しかし、じっさいの行動はどうなんだ。じっさいに相手に打撃《だげき》をあたえたことはあるのかね？　きみの仲間たちが戦闘《せんとう》で役に立つと、どうやって知るのだね？　彼らをテストしたことはあるのかね？　彼らに実戦を経験させるべきだ。そうしなくては、彼らを当てにすることなんか、できはしないのだ」

「それはまだ時期尚早《しょうそう》だ。もしわれわれがいま攻撃などかけたら、報復を受けることは確実だ。テロにたいするテロ。われわれが壊滅的《かいめつてき》な損失をこうむることは明白だ。そして、一般市民《いっぱん》に被《ひ》害《がい》が出る。カバルスはわれわれだけでなく、一般市民にたいしても復讐《ふくしゅう》の矛先《ほこさき》を向けるだろう」

「ますますいいじゃないか」ジャスティンは言った。「オオカミに二、三匹《びき》の羊を殺させる。羊たちの群れを怒《おこ》らせるのは、それがいちばんのやり方だ。当然、総統政府は報復する。それによって、ますますきみのもとに人が集まるのだ。仲間を何人か犠牲《ぎせい》にしたからといって何だというのだ？　きみは失った以上のものを得るのだ。少しばかりの直接行動は、いい刺激剤《しげきざい》なんだよ」

「きみは、旋風《せんぷう》を解き放てと言っているようなものだ。いったん解き放ったら、それは手に負えなくなり、われわれを滅《ほろ》ぼすかもしれない」

「旋風じゃない。ほんのささやかな証拠《しょうこ》だよ。そして、きみの部下の力をテストするすばらしいチャンスだよ。きみの部下の能力を見せてくれ。そしたらきみを支援《しえん》するよ」

「いずれにせよ、各グループ指揮官の意見も聞かなければならないからね。追って、きみに連絡《れんらく》するよ」

「いや、おれにはすぐ伝わる。仲間がマリアンシュタットにもいるからね」ジャスティンは椅子《いす》にもたれかかった。「話し合っておくべきことは、これだけのようだな」


テオがたのめば、ジャスティンは彼らをそこに泊《と》まらせたことだろう。しかしテオは、すぐ帰路につくことにした。不安だった。自分が何かを得たのか、それとも何かを失ったのか、よくわからなかった。ジャスティンがうらやましかった。迷いつづける自分と違《ちが》って、ひたむきに突《つ》き進んでいくジャスティンの心の強さが、うらやましかった。

「彼の言うとおりだね」首都に向かって走りはじめた幌《ほろ》馬車の中で、テオはラス・ボンバスに言った。

「どこが、だね？　あの男が、自分の満足のためにあんたの頭を吹《ふ》き飛ばすって言っているところが、かね？」

「ぼくのことはどうでもいい。大事なのは、われわれの大義だ、最終目的だ」

「高貴な大義は、間違《まちが》いなく、けっこうなものだよ」ラス・ボンバスは言った。「我輩《わがはい》は心からそれを支持する。カバルスとの戦いに勝つ。この大義が実現したら、我輩は真っ先に『ブラボー』とさけぶ。しかしね、いっしょにそれを喜ぶ仲間がだれもいなかったら――」

「だれかが生き残ってそれを見るだろうよ」

「もちろんだ」ラス・ボンバスは言った。「我輩《わがはい》が言っているのは、ただ、あんたや我輩がその生き残りの中にいたいものだってことさ」

14 ペテン師の朝

〈ハートのエース〉は朝を楽しんでいた。すてきな春の日になりそうだった。

痩《や》せたしゃれ男は、いつもの場所にすわっていた。フィッシュ・マーケット広場に面した酒場の、とあるテーブル。彼は毎日、市内全域を流して歩く。今日はまだここが最初である。しかし、すでに思いがけない儲《もう》けを手にしていた。予想していた今日の儲けのほとんどだ。〈ハートのエース〉はそれゆえ、ふたたび出かける前に慎《つつ》ましやかな楽しみを自分に許すことにした。彼は、冷たい鶏肉《とりにく》とそれを飲み下すためのしかるべき飲み物とを注文した。

背後の窓から流れこむ陽光のあたたかさが快い。ポケットの中の硬貨《こうか》の重さも快い。この金《かね》をうまく使わなくては、と〈ハートのエース〉は思った。目の前の三人のアンカル兵のような使い方ではだめだ。やつら、おれを相手にトランプを始めた。金はしこたま持っている。彼らはただそれを浪費《ろうひ》するだけだ。完全にプロフェッショナルなトランプ詐欺師《さぎし》として、〈ハートのエース〉

は正義を信じている。自分が自分の取り分をもらうのは、まったく正しいことなのだ。

もし、アンカル人たちがだまされるほどにバカなら、それは彼ら自身の責任だ。しかし彼らは、とつぜん猛烈《もうれつ》に怒《おこ》り出す危険性もある。図体のでかい、危険な子どもみたいな連中だから、彼らを扱《あつか》うには忍耐《にんたい》とデリカシーが必要だった。

〈ハートのエース〉は当然、彼らに少し勝たせた。それから、賭《か》け金が大きくなったとき、彼は真剣《しんけん》な仕事にとりかかり、連中から小気味よく巻きあげた。そして、ある時点でゲームをやめた。〈ハートのエース〉は、慎重《しんちょう》さでもって強欲《ごうよく》を抑《おさ》えることができる男である。

「もうおしまいだ。わかるかね？」〈ハートのエース〉は声をあげた。アンカル人たちは、ほとんど言葉は話せなかった。しかし、声の大きさは理解した。「ゲームは終わった」

〈ハートのエース〉の言明は、アンカル人を喜ばせなかった。彼らは明らかに、失ったものを取りもどしたかったのだ。一人は〈ハートのエース〉をじろりと横目で見た。

「また、やれ」そうさけんで、積んだカードの上にガツンとこぶしをたたきつけた。

「いや、おしまいだ」〈ハートのエース〉はにこにことほほえんだ。このアンカル兵どもは、そろいもそろって、ろくでなしだ。おまけに、怒り出すと手がつけられない。このうちの一人は、昨日、街中《まちなか》で、マスケット銃《じゅう》の銃床《じゅうしょう》の先で、通行人を意識不明になるまでぶん殴《なぐ》った。〈ハートのエース〉はそれを見ていたのだ。「あんた方は、負けすぎた。今日は、ついていないんだ。わかるよね？　わたしはあんた方の友だちさ。悪いことは言わない。カードはこれでおしまいにしよう」

アンカル人の一人は首を振《ふ》り、〈ハートのエース〉にカードを配るよう、身振《みぶ》りで告げた。ほかの二人は、落ち着きなく体を動かしていた。これはまずいことになりそうだ、と直感した〈ハートのエース〉は、安いワインをひと瓶《びん》、注文した。――わずかな費用だ、これで危険を避《さ》けられるなら安いものだ――。そして、それをアンカル兵たちに心ばかりの贈《おく》り物としてプレゼントした。「さあ、あんた方で飲んでくれ」

とたんに、アンカル人たちはゲームのことなどすっかり忘れてしまった。うれしそうにニタニタ笑い、ペチャクチャしゃべりながら、ワイン・ボトルをかかえてその場を去った。

〈ハートのエース〉はほっとして、彼らが立ち去っていくのを見守った。

〈ハートのエース〉は愛国者ではない。愛国者なんて何の儲《もう》けにもならない商売だ。しかも最近は、命の危険にさらされる商売でもある。いまの政府に反対し、別の政府を求めて戦うなんてアホらしい。政府なんて、どれもこれも信用なるものか。彼が気にかけているただひとつの政府は、彼自身だ。

とはいえ、カバルスが連れこんだアンカルの傭兵《ようへい》たちには、彼も憤慨《ふんがい》せざるを得なかった。カロリア牢獄《ろうごく》の独房《どくぼう》では、ひどいことが行なわれているといううわさがあった。アンカル兵は本来、強情《ごうじょう》な囚人《しゅうじん》を扱うことに慣れている。アンカル国では、囚人など人間だとは思われていないのだ。そのアンカル兵が、ウェストマークの牢獄の管理にあたっている。拷問《ごうもん》、虐待《ぎゃくたい》は、毎日のように行なわれているようだった。〈ハートのエース〉はそれが我慢《がまん》できなかった。外国軍の介入《かいにゅう》など、あってはならないことだ。神経を逆撫《さかな》でされるようだった。アンカル傭兵《ようへい》たちのおかげで、しこたま儲《もう》けさせてもらってはいるものの、それさえなければ、やつら一人残らず、くたばるがいい、と思うほどだった。

「ろくでもないあいつら、絞首刑《こうしゅけい》だ」〈ハートのエース〉はつぶやいた。

どこからともなく、という感じで、イカサマ師のすぐわきに、小柄《こがら》で小太りの男があらわれた。これはまずいぞ、と〈ハートのエース〉は思った。彼はいつも、自分のまわりの人々に注意を払《はら》っている。不意討ちを食らったことは一度もない。しかし、この男はまさに、ひょいとすがたをあらわした。〈ハートのエース〉は、彼が近寄ったことに気づいていなかった。自分の迂闊《うかつ》さを非難したが、この男の動きのみごとさには敬服した。〈ハートのエース〉は、たとえどのように偽装《ぎそう》していても、当局の人間を嗅《か》ぎ当てるするどい鼻を持っている。この男は労働者の身なりをしている。しかし、明らかに警察のにおいがした。

「絞首刑だ?」小男は、空いた椅子《いす》のひとつにすべりこんだ。「ろくでもないだれを?」

〈ハートのエース〉は呆気《あっけ》にとられた。どうやら、自分の思いを声に出してしまったらしい。彼はすぐに立ち直り、相手を見つめ返した。「ああ、もちろん、あの反政府の野郎《やろう》どもをさ。全員やっちまえばいい。あいつら、何かにつけて不平たらたらで、いつだって総統政府の悪口を言っている」にやりと笑って、「あっしが何のことを言ったと思ったのかね？」

「もちろん、同じさ」小男もにやりと笑い、湿《しめ》った片目をつぶってみせた。「ところで、あんた、そういう反政府分子どもがだれであるかを知ってるだろう？」

〈ハートのエース〉は無邪気《むじゃき》そうにほほえんだ。「フロリアンの仲間とか、そういう連中だろ」

「もちろんだ。聞くところによると、彼らのうちの何人かはまだ潜伏《せんぷく》して、まだ騒《さわ》ぎを起こそうとたくらんでいる。あんたは、この町にくわしい人らしいから、きっと、ときどきは彼らに出くわしていることだろう。何人かについては顔も知っているのかもしれない」

〈ハートのエース〉は首を振《ふ》った。「いや、そういう種類のことは、あっしの領分じゃない」

「そうか、それは残念だな」スケイト――じっさい、それは労働者の身なりをしたスケイトだった――は、がっかりしたように肩《かた》をすくめた。「わたしの知人たちにそれを時おり知らせてもらえれば、たいへんなサービス、言うならば、値打ちのあるサービスになったところなんだが」

「あっしも人にサービスするのは大好きですがね。しかし、あんたの助けにはなれねえな。お門《かど》違《ちが》いってやつさ」

スケイトはじっと〈ハートのエース〉を見つめた。この男は嘘《うそ》をついている。だれもが嘘をつく、それはしかたがない。ただ、どの程度まで嘘をついているかが問題だ。もしこの男が何らかの情報をあたえてくれるならば、ぜひほしい、とスケイトは思った。

密偵《みってい》人生において、彼は初めて、完全にとほうに暮れていた。総統政府にたいする武装抵抗《ていこう》があることはわかっていた。ある者たちは、すでに逮捕《たいほ》されて絞首刑《こうしゅけい》にされた。しかし、抵抗運動《ていこう》の中心を突《つ》き止めることができなかった。ガラスの山をのぼろうとしているかのような感じだった。何の手がかりもない。女王と彼女の執政官《しっせいかん》たちがからんでいることは疑問の余地がないのだが、彼らは、何の痕跡《こんせき》も残さずに消えてしまった。

スケイトは最初、彼らは田舎《いなか》に逃《に》げたのだと思った。すべての努力をかたむけて田園地帯を捜《そう》索《さく》したが、何の成果も得られなかった。もしかすると、自分は、自分としてはめずらしく、とほうもない誤りをしたのではないか。ふたたび首都で数ヵ月におよぶ無駄《むだ》な捜索をやったあとで、彼はいま、連中はまったくマリアンシュタットを離《はな》れていなかったのかもしれないと思っていた。

カバルスは怒《いか》り狂《くる》い、早く結果を出せとわめいていた。警察と軍部は首都全域をしらみつぶしに調べたが、何の成果もなく、突き当たるのは、ただ沈黙《ちんもく》の壁《かべ》だけだった。スケイトは、その壁の中にゆるい部分があるに違《ちが》いないと思っていた。たとえ小さくても、ゆるい、はずれそうな石。このトランプ詐欺師《さぎし》はそのようなゆるい石かもしれない。あるいはそうでないかもしれない。

スケイトは、どのような可能性も無視できなかった。ひょいと手を伸《の》ばしてイカサマ師の手首をにぎった。「あんた、あのゲームで、たいしたものだったじゃないか。ちゃんと見てたよ」

短い指の思いがけない力強さに、〈ハートのエース〉はたじろいだ。「いったい何の話かね？」

「あんた、わかってるくせに。あの哀《あわ》れな兵隊たちをみごとにだましてた。彼らは、この町の治安維持《いじ》のために来てくれている、いわばお客さまだ。あんなことをしては失礼だ。ああいう行為《こうい》については、総統政府も眉《まゆ》をひそめているんだ。実のところ、あれは犯罪行為だ。あんた、拘禁《こうきん》されたって文句は言えないんだぜ」

　イカサマ師の顔がこわばり、鼻孔《びこう》が広がった。男は弱点をついたのだ。

〈ハートのエース〉は牢獄《ろうごく》が嫌《きら》いだった。牢獄の話を聞くことさえ嫌いだった。拘禁されると聞いただけで胸が悪くなった。〈ハートのエース〉は、独房《どくぼう》やら、暗く密閉された場所、窓のない部屋といったものに、底知れない恐怖《きょうふ》感を持っていた。だれにも認めたことのない秘密の苦痛であった。一度、ある地下室で数時間を過ごすことを余儀《よぎ》なくされたことがある。出てきたとき、彼はほとんど腰《こし》をぬかし、全身の震《ふる》えが止まらない状態だった。

「なに、ちょいとした罪のない手《て》なぐさみのせいで、ほうりこまれるのかい？」〈ハートのエース〉はほほえんでみせたが、その実、冷や汗《あせ》をかいていた。「いったい、だれが、そんなことを気にするのかね？」

「わたしが、さ」スケイトは言った。「わたしは、たったいま、あんたを逮捕《たいほ》させることだってできる。命令すれば、あんたを拘禁して、絞首刑にすることもできる」

〈ハートのエース〉の商売道具は不誠実さだった。不誠実に慣れているだけに、時たま真実に出くわすと、すぐにそれが真実だと見ぬくことができた。この小男はいいかげんなことを言っているのではない、真剣《しんけん》に脅《おど》しているのだと、〈ハートのエース〉にはわかった。それに、この男、警察の回し者としても、ただの下っ端《ぱ》とは思えなかった。

「しかし、わたしは、他人の暮らしにやたらと介入《かいにゅう》する性質《たち》の人間ではない」スケイトは付け加えた。「じっさい、あんたと会えてよかったと思っている。おたがいにとって、プラスにすることができるかもしれないじゃないか」

スケイトはつづけた。「腹を割って話そうじゃないか。われわれはじっさい、雑魚《ざこ》ではなく、大きな魚を追っている。前の女王だ。そして、彼女が婚約《こんやく》している執政官野郎《しっせいかんやろう》。とりわけこの二人だ。カ——なんとかという名前の紳士《しんし》が、この二人を見つけることに個人的関心を持っている。その理由は、ずいぶん以前からの因縁《いんねん》がからんでいる。警察と軍は首都をくまなく探しまわったが、まぬけな彼らには何も見つけられやしなかった。必要なのは、見識ある、公共精神に富んだ一般《いっぱん》市民からの情報だ。貴重な情報を提供した者は、市民としての義務を果たしたことにより、大いに感謝されるだろう。純金の感謝をあたえられるだろう」

スケイトは一枚の紙切れをとりだし、何行かメモを書きつけると、それを〈ハートのエース〉の湿《しめ》った手のひらに押《お》しこんだ。「目を開けているだけでいい。少しでも変わったことが目に入ったら、わたしに知らせろ。この場所にとどけてくれ。わたしがそこにいることはないが、そこにいる者がその伝言を回してくれる」彼は立ちあがった。「覚えておくんだな。わたしはあんたに紐《ひも》をつけた。これを絞首刑《こうしゅけい》の綱《つな》に変えることは、かんたんなんだよ」

スケイトは、がんばれよ、と言うように頭を一回うなずかせると、ゆっくりした足取りで出ていった。〈ハートのエース〉はしばらく紙切れをながめたあとで、ポケットに突《つ》っこんだ。

「チビの豚《ぶた》め」ペテン師は、食いしばった歯のあいだでつぶやいた。「だれが、おまえなんかの使い走りをするもんか」

〈ハートのエース〉はしばらくたってから、酒場を離《はな》れた。朝が台無しになってしまった。おもしろくなさそうな顔で、ぶらぶらと大アウグスティン広場の方角に歩いた。あとをつけられていないのをたしかめてから、シャンブルズの方向に足を向けた。いまの出来事をすぐインゴに知らせたほうがいい。質屋《しちや》はかねてから、〈ハートのエース〉に、当局の連中と何らかの接触《せっしょく》があったときはすぐ教えてくれ、と言っていた。接触の状況《じょうきょう》によっては、インゴとしても、適切な防衛手段をとらなければならないからだ。

インゴが国家の上層部の問題とからんだ危険なゲームをしていることを、〈ハートのエース〉は前から知っていた。イカサマ師は、最初の夜から、あの少女は〈物乞《ものご》い女王〉ではないかとうたがっていた。時がたつにつれ、インゴとトランプをしながら質店《しちてん》での奇妙《きみょう》な出来事を観察しつつ、それは間違《まちが》いないと思うようになった。彼も質屋も、彼女の名をおくびにも出さなかった。しかし、おたがいに、相手が彼女の正体を知っていることに完全に気づいていた。

彼女の正体など、〈ハートのエース〉は知りたくはなかった。こんな秘密を知っていると、圧力をかけられたとき、耐《た》えられなくなる。もし、あの恐《おそ》ろしい小柄《こがら》な総統政府の回し者がうたがいを持ち、情報を聞き出そうとしたなら、〈ハートのエース〉は保護を必要とするだろう。しかし、インゴ式の保護のしかたは、〈ハートのエース〉をきれいさっぱり片づけてしまうことかもしれない。

シャンブルズに近くなって、〈ハートのエース〉は、ポケットの中のくしゃくしゃの紙に触《ふ》れてみた。自分はどうやら一枚のトランプカードとして扱《あつか》われたのだ、とわかってきた。しかし、これは、将来のことを考えれば、そんなに悪いことではない。もし最悪の事態が起きたとき、自分はずっと総統政府のために働いていたのだと言えるかもしれない。もし必要なら、あの恐《おそ》ろしい小男に、どうでもいいような詰《つ》まらない情報の切れ端《はし》をいくつか投げあたえてやろう。そうやって、あの男の信用をかちえておくのだ。

ほとんど質店《しちてん》のドアの前まで来て、〈ハートのエース〉は足を止めた。でも、やはり、インゴには警告をあたえるべきだ。いや、彼に何も告げないほうが賢明《けんめい》かもしれない。あれは個人的なことだ。人に話すようなことではない。おれは密告者ではないし、密告者になるつもりもないのだから、このことを黙《だま》っていたからといって何の問題もない。だれの迷惑《めいわく》にもならない。これを明かすことは、ただ不必要な混乱をひきおこすだけだ。

そのとき、通りの向こう端から急ぎ足にやってくる二つの人影《ひとかげ》に、気がついた。

一人は若い男。この男を、女王自身と同様に、警察が血まなこになって探していることを〈ハートのエース〉は知っている。もう一人は、いつもこの若者といっしょにいる、太ったバカ者だ。この二人、この何日か、首都を離《はな》れていたらしい。真っ赤な髪《かみ》の御者《ぎょしゃ》は、いま、きっと幌《ほろ》馬車をどこかに隠《かく》しているのだろう。〈ハートのエース〉は、彼らと、またインゴと、どのような会話もしたくはなかった。

〈ハートのエース〉は、とつぜんくるりと向きを変え、口笛を吹《ふ》きながら、グリーン・マーケット広場の方向へ歩きはじめた。そこで、新しいカモを見つけるつもりだ。

結局、そんなに悪い朝ではなかった。

15 アンカル船炎上《えんじょう》

ミックルは、マリアンシュタットの町を愛していた。その彼女が、いま、自分の時間の半分を費やして、この町の破壊《はかい》を計画していた。時間の残り半分は、どうやって破壊を最小限に抑《おさ》えるかを研究していた。

彼女は、計画を何度も何度も検討したのだった。テオや各グループ指揮官たちといっしょに、ラス・ボンバスといっしょに、そして彼女の心の中で。フロリアンがウェストマークに上陸するやいなや、蜂起《ほうき》は始まるだろう。強力な部隊がマリアナ兵営を攻撃《こうげき》し、そこの連隊と交戦することになる。

「ねえ、娘《むすめ》っ子くん」ラス・ボンバスは言った。彼はいつの間にか、女王の軍事顧問《こもん》というかつての役割に自分を任命しているようだった。「よく知ってほしいが、マリアナ兵営を攻撃することは、野生の熊《くま》と格闘《かくとう》するようなものなんだよ」

「そうよ」ミックルは言った。「ただし、その熊に轡《くつわ》をはめる方法を見つければ何とかなるわ。わたし、何か考え出すつもり。さもないと、すごく手こずると思う」

同時に、ほかのグループの部隊がジュリアナ宮殿《きゅうでん》を攻撃するだろう。

「アンカル兵は、宮殿を守るのに手いっぱいで、ほかのことはあまりできないはず」ミックルは言った。「彼らも、もう一頭の野生の熊だなんて言わないで」それから、ラス・ボンバスに向かって、「それはわかっている。でも、わたしたち、うまくやれば、戦闘《せんとう》が全市に広がるのを防げると思う。もしマリアンシュタットが全部破壊されてしまったら、マリアンシュタットを確保している意味がなくなってしまうもの」

そう言いながらも、彼女はほかの可能性をも考えに入れようとした。何が起きても対応できるようにしようとした。ウィッツが必要だった。ウィッツと、細部にまでこだわる彼の情熱が、かつてなく懐《なつ》かしかった。ミックルは、地図を熱心に見つめつづけた。何か見落としていることはないか、くり返し確認した。

インゴは、彼だけが知っている手段で、マリアナ兵営の建築図面を手に入れてきた。ミックルはそれを吟味《ぎんみ》して、攻撃をかけるのに適した弱い箇所《かしょ》を探した。

テオとラス・ボンバスが例の農場からもどってきたときも、彼女はまだ図面をのぞきこんでいたのだった。テオの顔を見て、ミックルは、彼がジャスティンを見つけたことを悟《さと》った。二人の出会いがうまくいかなかったことも悟った。テオがジャスティンの要求について話しているあいだ、彼女は熱心に聞き入っていた。

「あなた、同意したの？」彼女は不安そうにテオを見つめた。

「ほかに方法がなかった。もし、それがフロリアンを支援《しえん》するための彼の言い値《ね》なら、その値段で支払《しはら》うしかない」

「そうかもしれない」ミックルは眉《まゆ》をひそめた。どうも気になる。心がしきりにざわついた。

「報復があるわね。町の住民たちにたいして、われわれにたいして」

「われわれが何をしようと、報復はいつもあるさ」

「程度によるわ。あまりに多くの損失を受けると、われわれのほかの計画もみな吹《ふ》っ飛ばされてしまう。わたしたち、ものすごく注意深くそれらを練りあげてきたから、それが全部だめになってしまうのは耐《た》えられないわ」

「ジャスティンはただ、われわれの力を見せてほしがっているんだ。われわれに何ができるか、その証拠《しょうこ》がほしいんだ。彼にそれをあたえてやろうと思うんだ」

「そうね」ミックルは言った。「なら、あなた、そうすればいい。あなたは、あなたの同志たちが何をなしうるかを彼に見せようとするの？　それとも、あなた自身が何ができるかを見せようとするの？　マリアンシュタットの抵抗《ていこう》運動の力をジャスティンに見せたいの？　それとも、あなた自身の力を見せたいの？」

「ジャスティンがぼくのことをどう思おうと、そんなことはどうでもいい」

「ほんとうなの？」

「もちろん、ほんとうさ」

ミックルは、テオの顔が赤くなるのを見た。彼女は口をつぐんだ。これ以上言えば、口げんかになるだけだと思ったのだ。

それは、彼が彼女に嘘《うそ》をついた最初だった。


その後まもなく、カバルスは教師になった。

しきりと算数の授業を行なった。

夜間パトロールの一隊が攻撃《こうげき》され、武器を奪《うば》われた。総統は、カロリア牢獄《ろうごく》の司令官に、十人の囚人《しゅうじん》を絞首刑《こうしゅけい》に処するよう命令した。

白昼、一人の女が、馬車で移動していたツェラー大佐《たいさ》に向けてピストルを発射した。大佐は傷を負わなかったが、女性はその場で殺された。たまたま現場を歩いていただけの人々が十二名、捕《つか》まえられて、同じ日の午後、銃殺《じゅうさつ》された。アンカル軍の戦闘《せんとう》司令所で一個、手製爆弾《ばくだん》が爆発《ばくはつ》すると、一人の医師、一人の穀物商人、一人の煉瓦《れんが》職人が、ほかの二十人の人々とともに逮捕《たいほ》された。これらのうち十人が処刑《しょけい》され、残りは人質として拘束《こうそく》されつづけた。

カバルスは、一は十に、あるいは十二に、あるいは彼の選ぶどの数字にも等しいのだということを、市民たちに教えたいかのようだった。

ミックルも、彼女なりの計算をしていた。その春のあいだ、テオが攻撃《こうげき》につづく攻撃を命令するのにつれて、彼らの同志たちは重い損失をこうむってきた。新しく参加してくる人々はあった。しかし彼女は、運動が強化されているのか、それとも危険なほどに弱体化しているのか、新しい血を得ているのか、それとも死にいたるほどに出血しているのか、何とも言いようがなかった。

このことについてテオに語ったとき、彼は、彼女の話を聞いているようには見えなかった。あたたかい気候になってきたのと裏腹に、彼は氷になっていた。ジャスティンとの会合から帰ってきて以来、彼の表情がしだいに固くなっていくのを彼女は見てきた。彼の目はいつも、どこかほかのところを見つめていた。彼も数字にこだわっていた。自分自身の足し算やら引き算やらに熱中しているようだった。かつて、彼は彼女に、ぼくは二度とふたたびケストレルにはならないと言ったことがある。たしかに、その約束を守っている。彼は、ケストレルよりももっと悪い何かになってしまったのだ。

それにミックルは、彼が何事かを彼女に隠《かく》しているのを知っていた。それが正確に何であるかは、わからない。しかし彼女は、その影《かげ》を、彼の目の奥《おく》に垣間《かいま》見たような気がした。彼の秘密を見つけ出す方法はない。彼はそれを、彼女にも、部下のグループ指導者たちにさえも、ひた隠しにして、心の奥にしまいこんでいるのだ。

冬の、最初の死に出会って以来、彼は、すべての死を自分の背負うべきものとしてとらえようとした。そうすれば、ほかの人々の悲しみや苦しみがやわらげられるのではないか、と思った。

しかし、失敗した。そんなことは不可能なのだった。死があまりに多く起こりすぎた。結局のところ、彼はただひとつの死、自分の死によってしか、死者たちに償《つぐな》いをすることはできないのだ。しかし、足し算引き算に熱中するなかで、彼は、命のやりとりは厳密にやらなければならないと思うようになっていた。無駄《むだ》に死ぬのは避《さ》けなくてはならない。やられたら、かならずやり返すのだ。どうやったらそれができるか、まだ明確ではない。しかし、それをやるべきだという必然性は確認できた。あとは、細かなことだ。

かつて彼はカバルスの命を救った。いまテオは、自分がカバルスの命を断つのだと心に決めた。これは、結局のところ、完全にフェアなことではないか。

港で、夕闇《ゆうやみ》の降りる少し前、一人の娘《むすめ》が、一人の牡蛎《かき》売り女といっしょに、小屋の立ち並ぶ波《は》止場《とば》をうろついていた。ごくあたりまえの光景で、定期的なパトロールに回ってきたアンカル兵たちも、二人にほとんど目もくれなかった。

娘も牡蛎売り女も、ここで別に商売をやろうというわけではない。しかし、たいへんな仕事をやろうとしてはいるのだ。二人は、ついさっきまで、まったく見知らぬ同士だった。しかしいまや、これ以上ないほど緊密《きんみつ》な関係になっている。おたがいの命が、おたがいの手ににぎられている。

二人のうちの片方は、テオに言わせれば、そもそも、ここにいるべきではないのだ。テオとミックルははげしく議論をかわしたが、結局、ミックルが自分の意見を押《お》し通した。わたしはウェストマークの女王であって、女王蜂《ばち》じゃないの。テオが毎日街頭で命を危険にさらしているときに、インゴの地下室に閉じこもって、のほほんとしていることなんてできないの……。

彼女はまた、このアイデアは自分の考え出したものなのだから、自分も直接それにかかわりたいのだと言った。

「あなたはジャスティンに、わたしたちに何ができるかということの証拠《しょうこ》を次々と見せてきた。この調子でいけば、そのうち、彼も腹の底から納得するでしょうよ。それはそれでいいけれど、このままやりつづければ、あなたは、わたしたちのつくりあげたものをすべて破滅《はめつ》させることになる。あなたは、あなたの同志たちに、殺されよと命令できる。しかし、彼らはわたしの民でもある。わたしは彼らに生きていてほしいの」

テオは、この種類の議論には答えるすべがなかった。少なくとも、ミックルに受け入れられるような答えは思い浮《う》かばなかった。そんなわけで、ミックルはいま、夕暮れに近い波止場《はとば》で、牡《か》蛎《き》売り女とののんびりした会話をしているのである。

このおとなしそうな、どこにでもいそうな牡蛎売り女は、丸顔で、頰《ほお》はバラ色、髪《かみ》には白いものが混じっている。広場や波止場に群れている魚売り女のどれとも、少しも変わりはない。ただ彼女は、エプロンの下に一挺《ちょう》のピストルを持ち、片足の側面に一挺のナイフを縛《しば》りつけている。彼女の職業は、この場合、単に便宜上《べんぎじょう》のものなのだ。彼女はミックルを、ただオラクルという名前でだけ知っていたし、ミックルは彼女を、ただレッド・コッケードとしてだけ知っていた。

最初のレッド・コッケードはカロリア広場で絞首刑《こうしゅけい》になった。この女性は、彼のあとを継《つ》いでグループ指揮官になった。そして名前も継いだ。彼は彼女の夫だったのだ。

「あたしは、あの人を取りもどすことはできない」レッド・コッケードは言った。「どんなに多くの敵を殺しても、それはできない。死者は死者をよみがえらすことはできない。でも、あたし、自分の子どもたちが牢屋《ろうや》に入れられたり、もっとひどい目にあうのを見たくないんだ。そう、やつらは、わが家の全員を逮捕《たいほ》しようとした。あたしは、男の子と女の子を町から出した。いとこが面倒《めんどう》見てくれている」

レッド・コッケードは、ほろ苦い微笑《びしょう》を浮かべた。「子どもたちは、母親が何をしているか、ぜんぜん知らないんだ。まあ、それはそれでいいさ」

女は、しげしげとミックルを見つめた。この人、わたしが何者か知っているのかしら、とミックルは思ったが、どちらとも判断はつかなかった。

「あたしはこれを、君主制のためにやっているんじゃない」レッド・コッケードは出しぬけに言った。「君主制なんてもうたくさん。もしカバルスを打ち倒《たお》したら、そのあとどういう制度にすべきか、あたしたちも発言する。あたし、王座のために命をかけて戦ってるのじゃないもの」

「実際問題として」と、ミックルは言った。「わたしもそうよ」

「じゃ、あたしたち、同じ意見ってわけだ」レッド・コッケードの表情がやわらいだ。

この人、わたしがだれだか知ってるんだわ、とミックルは思った。しかし、レッド・コッケードの視線は、臣下の者が君主を見るときのものではなかった。人間が人間を見るときのものだった。別々の理由から、自分と同じ危険に身をさらしている者への視線だった。

「あれがユスティティアさ」レッド・コッケードがさっと首をひねって、波止場《はとば》にたたずむ男をしめした。分厚い眼鏡《めがね》をかけた、きゃしゃな体つきの青年だ。いかにもひまそうなようすで、埠《ふ》頭《とう》につながれた船の群れをしげしげとながめている。

ユスティティアについてミックルが知っているのは、彼が大学地区の一グループの指揮官だということ、そしてテオが、彼をいちばん有能な者の一人に数えているということだけだ。ユスティティアは船の観察を切りあげると、ふらふらとレッド・コッケードに近づいて、今度は、彼女の台の上に並べられた売り物を吟味《ぎんみ》するふりをしはじめた。

「用意できた?」ユスティティアの顔は、興奮でかがやいていた。ミックルがのちに知ったように、彼は田舎《いなか》からマリアンシュタットに来ていた。田舎では、彼の親たちが、息子《むすこ》は法律を勉強しているものと幸せにも信じこんでいた。いずれ息子は判事になるだろうと思っていた。ところが、ユスティティアは何ヵ月も授業に出ていない。「もし、ほかの連中が来なかったら」彼はいらだった口調で言った。「待たずに先に行こうよ」

「あんた、今回は命令にしたがわなくちゃ」レッド・コッケードは言った。「命令するのはオラクルなんだよ」

ミックルは、学生と同様にいらだっていた。彼女もまた心配がつのりはじめていたのだ。テオは彼女に警告していた。十分以上は待たないこと、それがルールだ、と。十分が過ぎたら、何かまずいことが起きたのだと思え。そして、すべての計画を中止すること。

ミックルは歯嚙《はが》みした。チャンスを失うかもしれないと思うと耐《た》えられなかった。二度と来ないかもしれないチャンスなのに。彼女は、ウィーゼルとヤコブ船長を通して、武器と弾薬《だんやく》を積んだアンカルの貨物船が一隻《せき》、入港することを知った。積み荷を降ろすために雇《やと》われた沖仲仕《おきなかし》たちは、いつもの沖仲仕ではなかった。彼らは実は、テオの同志たちから成る特別作業班なのだ。積み荷降ろしの混乱に乗じて、荷物をすべてマーシュ地区にある秘密の場所に運びこみ、政府の倉庫には、それらの代わりに、泥《どろ》とがらくたの詰《つ》まったコンテナを運び入れるという計画なのだ。

背の高い男が、ミックルのかたわらに近寄ってきた。ブロンズ色に焼けた顔、するどい視線。リベレーション（「解放」の意）と自称《じしょう》している男だ。ミックルは彼を前に見たことがあった。彼は戦争中、フロリアンの市民軍の士官だった。革命は彼の商売なのだ。フロリアンのかかげる大義が彼の人生だった。

彼は、ミックルをちらりと見て、「船長にせかされている。こっちはだいぶ遅《おく》れている。いろいろ言い訳をしてね。こっちとしては、暗くなるまでやりたくないんだが、これ以上、船長を待たすことはできない。アルマはいつでも始められるそうだ」

アルマというのは、テオが自分のために選んだ名前だ。ミックルにとっては、懐《なつ》かしい思い出と結びついた名前である。あのアルマ川で、彼女は初めてレギア軍と戦い、いちおうの勝利を得たのだった。

リベレーションは見まわした。「クラリオンのやつは、どこなんだ？」

「遅《おく》れている。いつものとおりさ」レッド・コッケードは言った。「手袋《てぶくろ》を買ったり、靴《くつ》を磨《みが》かせたり、おめかしにいそがしいんだろうよ」

口ぶりから察するに、レッド・コッケードは、前々からクラリオンの能天気な行動に業《ごう》を煮《に》やしているらしい。

まもなく、ミックルは、牡蛎《かき》売り女の言葉の意味がよく理解できた。こちらに向かって颯爽《さっそう》と歩いてくるのは、ミックルがこれまでに見たもっともエレガントな船乗りだった。カンバス地の船員服はまるであつらえたかのように体に合い、上着の真鍮《しんちゅう》ボタンは深まってゆく夕闇《ゆうやみ》の中でさえ、ぴかぴか光っていた。

「クラリオン、その格好は何なのさ」レッド・コッケードは低く言った。「そこらへんに行って、泥《どろ》でもかぶってきたらどう？」

「いくらアンカル兵どもが相手だといって」クラリオンは答えた。「うすぎたない身なりはしないというのが、わたしの主義なのさ」

ミックルをおどろかしたのは、クラリオンの衣装ではなく、クラリオン自身だった。彼には数えきれないほど会っていた。彼は、かつてジュリアナ宮殿《きゅうでん》で働いていた役人だったのだ。

クラリオンも、すぐミックルのことがわかったらしい。だれの目にも見えないほどの、きわめてかすかなお辞儀《じぎ》をした。リベレーションは、一同についてくるように言って、埠頭《ふとう》のほうへせかせかと歩きはじめた。

急いであとを追いながら、クラリオンがささやいた。「礼儀《れいぎ》を欠きますこと、お許しください、陛下――いや、オラクルと言うべきかな。こんな環境《かんきょう》ですから、エチケットは犠牲《ぎせい》にしなければなりません。ともあれ、あなたもわたしも、宮廷《きゅうてい》にいるわけではありませんのでね」

クラリオンはつづけた。「わたしはジュリアナを離《はな》れました。田舎《いなか》の領地で暮らすという名目でです。たぶん、わたしは宮殿にとどまるべきでした。そのほうがもっと、あなたのお役に立てたかもしれません。しかし、理性的な人間には我慢《がまん》できる限度というものがあります。カバルス総統に向かってぺこぺこ頭を下げたり、這《は》いつくばったりすることを思うと――」クラリオンは少し楽しそうにミックルを見つめた。「あなた、おどろいてるんですか？　幸運にも貴族に生まれたからといって、かならずしも無知無能というわけではないんです。あなたに保証しますが、わたしは、終生、忠実な君主制主義者です。――カバルスの手に落ちたウェストマーク王国なんて、まっぴらです。魅力的《みりょくてき》なレッド・コッケードとわたしとは、意見の違《ちが》いもあります。しかし、少なくともその点は一致《いっち》しています」

アンカルの貨物船から、一枚の歩み板が突《つ》き出されてきた。たいまつの明かりの中で、ミックルはテオを見かけた。テオは、リベレーションの部下の沖仲仕《おきなかし》たちと同じような身なりをしている。積み荷はすでに、どんどん運び出されていた。そのまま、待ちかまえている車に載《の》せられ、あわただしく暗闇《くらやみ》の中に消えていく。

「船長たちが気づく前に、ほぼ片がつくはずだ」近寄ったミックルに、テオは言った。「こんなに大量の銃《じゅう》と弾薬《だんやく》を一度に分捕《ぶんど》るのは、初めてだよ」

「あなたにそう言われると、うれしいわ」ミックルは言った。「ジャスティンも同じことを言ってくれるといいんだけど」

レッド・コッケードは、酒場の前にさりげなく立っている。アンカル人乗組員のほとんどが、いまその酒場で、気炎《きえん》を上げている。もしかすると、彼らが外の異変に気づいたりするかもしれない。そのとき、偽《にせ》の沖仲仕《おきなかし》たちに警報を伝えるのが彼女の役目だ。

積み荷降ろしは、ミックルが計算していたよりも早く進んだ。

リベレーションがミックルとテオのところにやってきた。「六人ばかりの船員が見張りとして船に残っている。始末をつけよう」

「じゃ、行きましょう」ミックルはそう言って、ユスティティアとクラリオンに合図した。二人は、さっと歩み板を駆《か》けぬけ、リベレーションとテオが一瞬《いっしゅん》遅《おく》れてつづいた。ミックルも、たいまつをにぎって、小走りにわたった。

リベレーションとクラリオンは、たちまち、押《お》し黙《だま》ったまま、見張りの船員二人に飛びかかっていた。残りの乗組員はデッキの下にいる。船が乗っ取られたと気づく前に、テオとユスティテイアはハッチを全部密閉し、錨《いかり》の鎖《くさり》をはずしてしまった。ミックルは、もやい綱《づな》を切断した。積み荷から解放されて軽くなった船は、ゆっくりと桟橋《さんばし》を離《はな》れ、ぷかぷかと流されていく。

そのときまでに、閉じこめられた船員たちはハッチをどんどんたたいていた。ミックルは、すべてをベスペラ川の流れに託《たく》していた。この川のことは知り尽《つ》くしている、と自分では思っていた。アンカルの船長や船員たちが船を取りもどす前に、川はわたしを助けてくれるに違《ちが》いない、と祈《いの》るような思いだった。

ベスペラ川は彼女を失望させなかった。船は、川の流れに引きこまれた。ゆっくりと向きを変えて、河口のほうにただよっていく。

ミックルは、テオとリベレーションに声をかけた。「下にいる船員たちを武装解除して、甲板に上がらせてちょうだい」それからユスティティアに向かって、「舵輪《だりん》をにぎって。手に持って固定しているだけでいい。舵《かじ》をとろうとはしないで。川の流れにまかせておけばいいの」

解放された船員たちは、危険なようすはなく、ただただとほうに暮れているようだった。こちらを脅《おびや》かすような態度はなく、自分たちのほうが恐《おそ》れおののいていた。テオは、両手にそれぞれピストルを持ち、手すりのところに寄るよう、船員たちに身振《みぶ》りで伝えた。

「泳げるわね？」ミックルは聞いた。アンカル人たちは彼女を見つめた。彼女は、泳ぐゼスチャーをしてみせた。殺されないらしいと知って、船員たちは、信じられないような顔つきだった。次々と舷側《げんそく》を越《こ》えて水に飛びこみ、最寄《もよ》りの島に向かって泳いでいった。

船はただよいつづけた。ミックルは、山積みされている帆布《ほぬの》に火をつけた。テオとほかの者たちは、ランタンを船倉にほうりこんだ。しだいに火の手が上がってくる。木製の備品類を打ちくだいて断片を炎《ほのお》に投げこむと、炎はますます燃えさかった。

「わたしたちの番よ」ミックルは命令した。もう手すりのところにいた。次の瞬間《しゅんかん》、彼女の目は、希望していたものの影《かげ》をとらえた。ユスティティアが、眼鏡《めがね》をはずして、手探りするようにして舷側《げんそく》に近づいた。「さあ、行きなさい」

リベレーションとクラリオンは、もう流れに飛びこんでいた。ミックルは、テオが手すりの上で飛びこもうとしているのを見た。それから彼は消えた。ミックルもつづいて飛びこんだ。水中深くしずんだが、手足をばたつかせて水面に出た。テオはほんの数フィート先にいた。ユスティティア、クラリオン、そしてリベレーションは、すでに、前方でぷかぷか浮《う》かんでいる黒い影のところに泳ぎ着いていた。

彼女が泳ぎ着いたときには、テオもほかの者たちも、ボートの船べりを越《こ》えて乗りこんでいた。多くの手が差し伸《の》べられて、彼女が乗るのを助けてくれた。ボートの漕《こ》ぎ手は、乗客が全員そろったことに満足して、ランタンを下ろし、岸に向けて漕ぎはじめた。

ミックルは、漕ぎ手の顔に浮かんだ大きな笑《え》みを見ることができなかったが、その声を聞いて、彼が笑っていることがわかった。

「時間どおりだったね」ウィーゼルは言った。「おれも時間どおりに来たけど」

彼らの後ろで、アンカルの船が燃えながらしずんでいった。

ウィーゼルは、みんなをマーシュ地区の北の端《はし》に上陸させると、またボートを漕いで去っていった。ヤコブ船長のボートをその隠《かく》し場所に返すのである。リベレーション、クラリオン、ユスティティアは、一人ずつ路地の中に消えた。ミックルとテオは、影から影へと伝うようにして、びしょ濡《ぬ》れのまま、ひそやかに、マーシュ地区のはずれの道を進んだ。ある通りが終わったところで、ミックルは安心の吐息《といき》をもらした。

ラス・ボンバスが、幌《ほろ》馬車の窓から手を振《ふ》っていた。「だいじょうぶだったか？　あんたたち、みんな？　入れ、入れ！　時間がないんだ」

「急ぐ必要はないわ」ミックルは言った。「わたしたち、ひと仕事終えたところ。ひと息つくだけの権利があると思うの。警察やアンカルの船長は、いったい何が起こったのか知ろうとして、当分、大いそがしでしょうけれど」

「そういうことじゃないんだ」ラス・ボンバスは言った。「ザラが待っている。彼女は、あんたたちに伝言を持ってきた。フロリアンがレギアから来るんだ」

16 拒《きょ》絶《ぜつ》

ラス・ボンバスは誤解しているのだろう、とテオは思った。フロリアンはこんなに早く動けるようにはなれないはずだ。しかし、テオとミックルが質店《しちてん》で会ったザラは、ラス・ボンバスと同じことを言った。

「彼、いまごろはもう出発していると思う。いつ、どこに上陸するかは、ここに書いてある」ザラはテオに、薄《うす》い紙切れを手わたした。びっしり文字が書いてある。テオとフロリアンだけが解読できる暗号文だ。「わたしは、くわしいことを聞いていない。それは、あんたが扱《あつか》うべき情報だよ」

テオは、暗号文をくり返し読んだ。間違《まちが》いはなかった。安堵《あんど》か興奮を感じるだろうと思っていた。喜びすら感じるだろうと思っていた。

しかし、感じるのは、ただ骨の髄《ずい》が氷になったかのような感覚だった。武器を奪《うば》い取ったことも、船が炎上《えんじょう》したことも、とつぜん遠い過去になってしまった。彼の心は、いま、行動に移さねばならないすべてのことをすばやく吟味《ぎんみ》していた。そして、ひとつのことは、ぜったいに自分がやらなければならないのだった。

テオは、フロリアンの伝言の一部を一同に告げた。ミックルが、じっと目をこらして彼を見つめている。テオは、彼女の表情が読めなかった。

彼はザラに向かって、「ぼくが思っていたよりもずっと早いな」

「コンスタンティンの気が変わったの」ザラは言った。「公式には、彼はまだそれに何のかかわりも持っていない。非公式には、彼は船と補給物資をフロリアンに貸与《たいよ》している。やはり非公式に、彼はレギアの義勇兵を参加させている。わたしが思うに、王は自分の国の不満分子を追い出したいの。彼らが戦死してくれれば、一石二鳥ってわけよ」

「まさか、コニーがそんなこと……」ミックルは言った。

「自分にとって都合がよければ、平気でやるわよ」ザラは言った。「でも、なぜそれが問題なの？　彼がわれわれを援助《えんじょ》してくれる。それが大事なことよ」

「どれだけの時間があるのかね？」ラス・ボンバスがたずねた。「いつ、フロリアンは上陸するのだね？」

「あなたたちが知らなければならなくなったときに、知らせるよ」テオは言った。「現在のところ、フロリアンはひとつの答えを求めている。われわれが三週間以内に準備ができるかどうか、を」

ラス・ボンバスは目をぱちくりさせた。「ねえ、若者くん。我輩《わがはい》の思うに、とても可能とは
――」

「可能だわ」ミックルが言った。「準備できるわよ」

「ぼくはジャスティンに連絡《れんらく》をとる」テオは言った。「今夜のアンカル船についても伝える。ザラ、きみはレギアにもどってほしい。フロリアンへの伝言を持っていってもらいたい」

「いいえ」ザラは言った。「もし彼のたのんでいることが実現できるのなら、わたしは、ウェストマークにとどまることになってるの。わたしはあんたの副司令官になる。それがフロリアンの命令なんだ」

テオはうなずいた。彼とザラとのあいだに、これまであまり親密な感情の通い合いはなかった。しかし、副司令官として、彼女ほど有能な人物は、まず、いないだろう。「じゃあ、同志の一人に、フロリアンへの伝言を持っていってもらおう。マーシュ地区のある酒場をきみの司令部としてくれ。そこは隠《かく》れ家でもある。われわれも、よくそこを使っている。きみは、各グループの幹部といっしょに働くことになる。何でも、彼らにたのむなり聞くなりしてくれたまえ。ぼくはだいたい、ここにいるだろう」

彼は、ミックルを別室に連れていった。

ジャスティンを例外として、ミックルは、いつどこへフロリアンが上陸するかについて、また

フロリアンの攻撃《こうげき》計画について、前もって知っているべき唯一《ゆいいつ》の人だった。テオは彼女にそれを告げた。彼女はすぐに、頭の中で計算を始めたようだった。テオが以前にやったのと同じ計算だった。

しばらくして、彼女は言った。「たとえ、すべてフロリアンの計画どおりにいったとしても、最低三日間はマリアンシュタットを確保しなければならないわね」

「三日間はだいじょうぶだと思う。しかし、それ以上は無理だ。三日だってかなりきびしいんだからね。もし、もっと長く守りつづけなければならないとすると——ぼくにはわからないな」

「それはジャスティンにかかっているわ」ミックルは言った。「そして、彼がいかによくフロリアンを援助《えんじょ》できるかに。認めたくはないけれど、ジャスティンの動きが、この計画の鍵《かぎ》になっているのよ」

「ザラは市街戦の指揮にあたってもらう」テオは言った。「彼女の部隊はジュリアナ宮殿《きゅうでん》を攻撃する。バリケードを構築するのはどの時点がいちばんいいか、決めなくてはならない」

「ザラと話し合って時間を合わせましょう」ミックルは彼の手をとった。「うれしいわ。あなたがしばらくここにいてくれると言うので」それから、いぶかしげに彼を見つめ、「あなた、ここにいるんでしょう？」

「うん、もちろんさ」

「じゃ、何が問題なの？」

「何も問題じゃない。何もかもだいじょうぶさ」

しかし、テオにはまだ、ミックルに知らせていないことがある。ともかく、まだ、知らせるわけにはいかないことだ。

ザラの部隊がジュリアナ宮殿《きゅうでん》を襲撃《しゅうげき》するとき、テオはそれに参加するつもりなのだ。

彼は、ミックルに真実の一部しか告げていない。何もかもだいじょうぶ、と言った。そう、彼がカバルスの命を断つことも、だいじょうぶ。それは、彼がやらなければならないことだ。可能性やら偶然《ぐうぜん》やらにまかせることはできない。あの男が逃亡《とうぼう》するかもしれない、などと思うことさえ耐《た》えられない。これは、テオの最後の義務だった。だまされてその義務を果たせずに終わることなど、あってはならなかった。たとえそのために自分の命を失おうと、それはしかたのないことだ。

彼は、このことをミックルに告げられなかった。そのことが彼にはつらかった。ミックルに知らせて、それが、彼だけが支払《しはら》うことのできる借りなのだということを、理解してほしかった。しかし彼は、ミックルが同意してくれないのではないかと思った。彼女は雄弁《ゆうべん》だ、それを断念するよう説得しようとするかもしれない。彼は自分が信用できなかった。彼女の説得にかんたんに応じてしまうだろうと思ったのだ。

ともあれ、自分の決意に満足して、テオはほとんど明るい気分になった。ミックルといっしょにこんなに長い時間を過ごせたことに、感謝したい気持ちだった。久しぶりに、幸せと落ち着きを感じていた。彼はふたたびスケッチを始めさえした。

テオは過去と折り合いをつけた。未来のことはわからない。いまの幸福感を味わいたかった。

ジャスティンからは何の連絡《れんらく》もなかった。テオは、こういう任務にかけてはいちばん頼《たよ》りになる、バリックという名の馬具《ばぐ》職人を使者として送ったのだが、帰ってくるべき日にちが過ぎてもあらわれない。総統政府に逮捕《たいほ》されたのかもしれない。次の使者を送らなければならないだろう。時間は迫《せま》ってきている。ジャスティンから早く明確な返答をもらわなければならない。

「彼はわれわれを支援《しえん》するさ。そうするしかないんだからね」テオはミックルに言った。「彼との取り決めをぼくが守ってきたことは、彼も否定できないからね」

バリックは、週の終わりになってようやくもどってきた。彼はジャスティンに会えたのだが、ジャスティンがいたのは例の農場ではなかった。

「彼は全部隊を移動させている」馬具職人は言った。「彼は、おれを隊員たちといっしょに生活させた。抜《ぬ》け出そうとしたら、撃《う》ち殺されたに違《ちが》いない。彼の部隊は小さなグループに別れて、夜、移動している。マリアンシュタット近くに集結しつつある」

「そんなはずはない。彼らは海岸に向かっているべきなんだ」

「彼が何を計画しているかは、おれは知らない」バリックは言った。「ただね、どう見ても、彼は全部隊を首都の方角に送りこんでいるとしか見えない。その気になれば、数日のうちに、ここに到着《とうちゃく》するだろう。おれを帰すとき、彼は二つの伝言をよこした。ひとつは紙に書いたもの。もうひとつは口で言った。彼の言葉のとおりに伝えよう。――『受け入れがたい』

テオは息を呑《の》んだ。ジャスティンに顔を殴《なぐ》られたかのように感じた。これまでの努力は何の役にも立たなかった。取り決めは破られたのだ。

バリックは、靴《くつ》の中から一枚の紙切れを引き出していた。思ったとおり、何も書いてなかった。テオはそれを手にとって、急いでろうそくの炎《ほのお》の上を何度か通過させた。ジャスティンがここによりくわしい説明を書いているに違《ちが》いない。炎にあぶられて、紙の上に少しずつ文字があらわれてきた。彼はそれらを凝視《ぎょうし》した。

〈きみは指揮権を解かれた。きみは、きみ自身ときみの部隊を、わたしの直接の命令のもとに置くことになる。わたしがマリアンシュタットに入りしだい、わたしの許《もと》に出頭すること〉

テオは、文字の列を何度も読んだ。茫然《ぼうぜん》としていた。

ミックルは、紙を彼の手から取った。「彼、いったい何をたくらんでいるの？　彼は、わたしたちに命令することなんてできない。わたしたちに、ああしろこうしろと言うことなんてできない。マリアンシュタットに入りしだい？　正気の沙汰《さた》じゃないわ――」

「彼が何をたくらんでいるかは言えるわ」ザラが言い出した。「彼は、フロリアンを出しぬこうとしているのよ」彼女は向きを変えて、テオと顔を突《つ》き合わせた。女豹《めひょう》のような目がぎらぎら光っている。「彼は、いつフロリアンが上陸するかを知っている。バカなあんたが知らせてあげたんだものね。もしジャスティンが最初に攻撃《こうげき》したら、もし彼が首都で蜂起《ほうき》を開始したら――そう、われわれは彼を支援《しえん》しなければならない。ほかに方法はないでしょう？　彼はわれわれを、そうするしかない立場に追いこむつもりなの。割を食うのはわれわれの同志たちよ。われわれの側がたくさん殺されれば殺されるほど、彼にとっては都合がいい。彼は自分のやりたいようにやれる。彼の同志たちをフロリアンの同志たちと戦わせる。ぜったい勝てると踏《ふ》んでるのよ」

「ジャスティンはもう少しまともな軍人だわ」ミックルは言った。「もし失敗したらどうなる？　彼、そんな賭《か》けには出ないと思う」

「賭け金が高ければやるはずよ」ザラは言い返した。「わたし、あなたが知るよりもよく彼を知っているもの。彼は正気でないのではない。自分のやっていることをとてもよく知っている。彼にとってこんなチャンスは二度と来ないの。彼は政府を乗っ取ろうと思っている。そのためにはどんなリスクだっておかすはずよ」

テオは、ザラの言葉をほとんど聞いていなかった。古い怒《いか》り――心の中にいつもひそんでいた怒り、かつて彼を、想像を絶する不気味なものに変えてしまった怒り――が喉《のど》もとにこみあげてきて、息が詰《つ》まるほどだった。ジャスティンの野心はいまどうでもよかった。アルマの名による命令のゆえに死んでいった男たちや女たちのことを思った。ジャスティンは血を求めた。テオは溺《おぼ》れるにじゅうぶんなほどの血を彼にあたえたのだ。気は進まなかった。しかし、それにもかかわらず、彼はそれを実行した。

戦慄《せんりつ》すべきなのは、失われた命のことだけではない。彼はジャスティンを自分の共犯者にしたのだ。テオは旋風《せんぷう》を引き起こしたが、それは自分の信じるもののためにではなく、フロリアンのためでさえなく、自分自身のためにやったことなのだ。自分がジャスティンに負っているすべての借りをきれいさっぱり清算するために、やったことなのだ。これで貸し借りなしになれると思い、支払《しはら》った。ところが、それを拒否《きょひ》されてしまった。

テオは、武器収納箱のところに行き、二挺《ちょう》のピストルをとりだした。「ジャスティンのところに行く。二人だけで話をつけたい」

ミックルは近寄って彼の腕《うで》をとらえ、「時間がないわ」

テオは荒々《あらあら》しく腕をふりほどいて、「まだ時間はじゅうぶんある」

「あなたにジャスティンの心を変えさせたりはできない。いったい、何をするつもりなの？」

彼は、世界一子どもっぽい質問をされたかのような顔つきで、ミックルを見つめた。

ザラは、彼からピストルの一挺を奪《うば》い取り、「あんたはだめ。あんたには彼を始末できるもんですか。ぜったい無理。わたしならできる」

「そういうこと、やってはいけないわ。二人とも」ミックルは命令した。「あなたたち、二人ともまるでバカ者よ。まず各グループの幹部に話さなくては。あなたたちだけじゃなくて、彼らにも関係あることだもの。彼らにも知る権利があるわ」

彼女はテオの両肩《かた》をつかみ、顔を自分に向けさせた。「フロリアンは、あなたをマリアンシュタットの司令官に任命した。マリアンシュタットこそがあなたの居場所なの。もし、だれかがジャスティンに会わねばならないとしたら、それはザラね。ジャスティンが、あなたのことを、またこちら側のだれかれのことをどう思っていようと、わたしはかまわない。彼は、わたしに命令をあたえることはできない。そんなもの、わたしは無視するわ。わたしは、ここマリアンシュタットに任務がある。あなたもそうなのよ」

「そのとおりだよ」ザラは、いかにもしぶしぶといった口ぶりで、「彼女の言うとおりにしなさいよ」

テオは、手にしたピストルを地面に投げつけた。落ち着かなげにやりとりを聞きながら待っていたバリックに、テオは言った。

「よし、各グループ指揮官と酒場で会おう。すぐ、彼らに伝えてくれ」

バリックは去り、テオは質店《しちてん》を離《はな》れた。彼に遅《おく》れまいとして、ザラが大股《おおまた》でついてくる。テオは、この時間いちばん混雑しているはずの通りを選んで歩いていく。そのほうが人目につかなくてすむ。彼は歩調をゆるめた。アンカル兵のパトロール隊が十字路に立っていた。アンカル兵のすぐ近くを通るのは避《さ》けたかった。で、ザラにささやいた。何気なく引き返して、別の通りに出よう。

その瞬間《しゅんかん》、第二のパトロールが背後にあらわれた。彼らは、通行人を家々の壁《かべ》に向かって追い立てはじめた。十字路では、彼らの戦友たちが銃《じゅう》を構えて、通りの向こう端《はし》を封鎖《ふうさ》していた。

このこと自体は、おびえるほどのことではなかった。このたぐいのことは、テオも以前に経験している。そのつど心臓は不安で高鳴ったが、ともかく、単なる身分証明書のチェックに過ぎない。どんな種類の書類でもだいじょうぶのはずだ。なにしろアンカル兵はただ、読むふりをするだけだ。ラス・ボンバスのおかげで、テオとザラはすばらしい証明書を持っていた。

ザラの顔から血の気が失せていた。よりによって彼女が、この程度の取るに足りない出来事にこんなにおびえていることに、テオはおどろいた。

「あのピストル」ザラがささやいた。「わたしのショールの下にあるんだ」

「落とせ」テオは口を動かさずに言った。「溝《みぞ》に蹴《け》りこむんだ――」

その時間はなかった。二人のアンカル兵が近寄っていた。テオは、証明書を出そうとしてポケットをまさぐった。傭兵《ようへい》の一人が彼を壁《かべ》ぎわに立たせた。通行人はみな身体検査されていた。もう一人の兵隊が、ザラを服の上からさわりはじめた。

「おれの女にさわるんじゃない！」テオは憤然《ふんぜん》としてさけんだ。怒鳴《どな》ってみせれば、相手も気《け》おされて、手を止めるのではないか。必死にそう願っていた。「われわれはまじめな市民だ。犯罪人のように扱《あつか》うんじゃない。さあ――証明書を見ろ」

アンカル兵はただ、彼を見てにたりと笑っただけだった。ザラは自分の体を探っている兵士にはげしく抵抗《ていこう》したが、遅《おそ》かった。彼はピストルを見つけていた。勝ち誇《ほこ》ったように、それを持ちあげて相棒に見せた。ザラに向かって顎《あご》をしゃくり、「おまえはカロリア行きだ」

テオが彼に飛びかかる前に、ザラはピストルを奪《うば》い返し、アンカル兵の顔めがけて真正面から発射した。

「逃《に》げて！」彼女はテオにさけんだ。「早く！」

そのあとは、すべてが、あっという間に起きた。銃声《じゅうせい》を聞いて、第二のパトロール隊が駆《か》けつけてテオとザラを包囲した。とつぜん、ザラが地面に倒《たお》れた。傭兵の一人が靴《くつ》を彼女のわき腹に蹴りこんだのだ。テオは、ザラを助けようとして飛び出したところを、後ろから羽交《はが》い締《じ》めにされた。自由になろうとして暴れた。が一んとマスケット銃の銃床《じゅうしょう》が頭の側面を打った。テオは片膝《ひざ》をついた。街路が目の前でぐるりと回った。

ザラは、街路に敷《し》かれた丸石の上で体を折り曲げ、片腹を押《お》さえていた。もうおしまいだ。自分でもそれがわかっていた。彼女は明らかに、生け捕《ど》りになるまいとしていた。赤毛の女神は頭を上げた。兵士たちにつばを吐《は》きかけた。罵倒《ばとう》の言葉を浴びせ、彼らに自分を殺させようとした。一人の兵士が逆上して銃剣《じゅうけん》で息の根を止めるまで、彼女はさけびつづけた。

第四部　マリアンシュタットの嵐《あらし》

17 「カスパール爺《じい》さん」の復活

ケラーは、割れ目の中に落ちたのだった。

最初に彼を逮捕《たいほ》しに来た軍人たちは、彼はまだ帰宅していないと思いこんだ。その間違《まちが》いをしっかりと心に刻んだまま、彼の家を数日間監視《かんし》した。彼が帰ってくるのを辛抱《しんぼう》強く待ったのである。最後に、彼が首都から逃亡《とうぼう》したのだと信じて、あきらめ、もっと有意義なことに時間を使うことにした。軍人たちは、警察がこの件についての探索《たんさく》をつづけるだろうと思い、警察は警察で、これは軍部の扱《あつか》うべき事件だと思った。アンカル傭兵《ようへい》たちは、そんなことにはまったく関心を払《はら》わなかった。

総統政府の初期の日々の混乱の最中のこととて、上げられてきた報告はどこかへ行ってしまったり、あるいは初めから送られなかったりだった。結局、ある事務官が、ケラーに関する一件書類をほかの多くの書類といっしょに自分の箱にしまい、あとでくわしく調べることにした。そして、二度とふたたびそれを開くことはなかった。

ただ、国家資産局だけが関心を持った。しかし、その関心というのは、彼の身柄《みがら》に手をつけることではなく、彼の印刷機に手をつけることだった。数週間ののちに、作業員たちが到着《とうちゃく》した。印刷機を没収《ぼっしゅう》し、政府の倉庫に運んで、そこに保管し、競売にかけるためである。

「わたしは断固として抗議《こうぎ》しなければならない」ケラーは宣言した。「彼らは、完全に無実な印刷機械を拘束《こうそく》した。黙々《もくもく》と言われたとおりの仕事をやるだけの装置、まったくの公平さでもって、崇高《すうこう》なものをも、こっけいなものをも生み出す道具を閉じこめた。あの機械の、人を鼓舞《こぶ》する力を奪《うば》い取った。これは、わたしの職業そのものを侮辱《ぶじょく》し、おとしめることだ。たぶん、わたしは当局に、痛烈《つうれつ》な抗議の手紙を書くべきなのだ」

彼は、後先《あとさき》を考えないところがある。ほんとに手紙を書きかねないわ、とスパロウは思った。マダム・バーサもそう思った。二人は、お願いだから無鉄砲《むてっぽう》なことはやめてちょうだい、とケラーを口説《くど》いた。

ケラーは肩《かた》をすくめた。「だいじょうぶだって。わたしがこうして自由の身でいられること自体、政府というものの無能さの証明じゃないか。かつてわたしは、それについて不満を言ったもんだが、いまはその恩恵《おんけい》をこうむっている」

にもかかわらず、二人の女性は、手紙など書くな、家にじっとしていなさい、と説得し、ウィーゼル——彼も、注目されることなく、気の向くままに市内を動きまわっていた——の力を借りて、以前テオが住んでいた部屋に仕切りをつくり、万一捜索《そうさく》されてもケラーがその後ろに隠《かく》れることができるようにした。

新聞記者は、なんだ、きみたち、まるでおびえたウサギみたいに行動してるじゃないか、と文句を言ったが、結局、みんなの言いなりになった。彼に選択肢《せんたくし》などなかった。熱がぶり返していた。高熱だった。ベッドを離《はな》れられない日が何日もつづいたのだ。

以前は、そのような病状のとき、スパロウは決して彼のかたわらを離れなかった。いま、かなり長いこと、彼女がすがたを見せないときがあった。ケラーは、きみ、秘密の恋人《こいびと》と会ってるんだな、と冗談《じょうだん》を言って彼女をこまらせた。スパロウは真っ赤に頬《ほお》を染め――新聞記者は彼女にこういう反応を起こさせる唯一《ゆいいつ》の人だった――、くちびるを噛《か》んだ。ケラーは、悲しみにしずむふりをした。

彼は、じっさい悲しみにしずんでいた。架空《かくう》の恋人のせいではない。「カスパール爺《じい》さん」を発行できなくなったからだ。

ケラーは、何も愛さないことを原則としていた。つねづねこう言っていた。「愛は、もっともたちの悪い病気だ。それは視野を曇《くも》らせる。いかなる犠牲《ぎせい》を払《はら》おうとも避《さ》けるべきだ」

彼は、自分のこの言葉に全面的にはしたがわなかった。例外がひとつあった。彼の新聞である。これがないと、だめだった。カスパール爺さんとそのおしゃべり熊《ぐま》がいないことで、まるで彼らが彼自身の血肉であったかのように、悲嘆《ひたん》にくれた。戦争のせいで肺を痛めていたが、そのことはあまり気にしなかった。カバルスの圧政、言論弾圧《だんあつ》が彼の精神力を奪《うば》ったのだ。

ケラーはこのことを、家のだれにも認めなかった。マダム・バーサは、彼がしずんでいること——それを彼はいつも隠すことはできなかった——を、二つの事柄《ことがら》のせいにした。過去、長い年月にわたり無頓着《むとんちゃく》な暮らしをしてきたこと。そして現在、なかなか適切な栄養をとらないこと。前者については、もうどうしようもない。年老いた家政婦は、後者について彼女の努力を倍加した。

スパロウとウィーゼルだけが、真の理由を知っていた。二人とも同じことを感じていたから、わかったのだ。

ある午後、ケラーはベッドに体を起こして、ひげを剃《そ》っていた。ひげ剃りだけは、スパロウやマダム・バーサにやってもらおうとしない。彼が鏡を見るのはこのときだけだった。このところ、かつてなく健康的な生活を送っている。定期的な食事、早く寝《ね》て遅《おそ》く目覚める、ワイン・ボトルにはほとんど手をつけない。しかし、鏡の中の顔は、かつてなく具合悪そうに見えた。

スパロウとウィーゼルが部屋に入ってきた。ケラーは視線を上げた。「お、あらたまって何だね？　水ネズミくんたち。何か重大ニュースでも発表するのかな。ふむふむ、だいたい見当はつくぞ。ウィーゼルが、われらのカバルス総統閣下に急逝《きゅうきょ》、取って代わるのかな。スパロウが秘密の恋人とめでたく結婚《けっこん》するのかな。きみたちの顔つきから判断して、相当の大ニュースみたいだな」

両手を背中に回して立っていたスパロウが、それらをさっと前に突《つ》き出した。彼女の手が持っているのは、あるはずのないもの、「カスパール爺さん」の最新版だった。

この世の中、どんなことだって起こりうる。多くの経験を積んだ中から、ケラーはそう思うようになっていた。しかし、いま、彼は、自分の目が信じられなかった。ひげ剃《そ》り用の水盤《すいばん》がひっくり返るのもかまわず、新聞を奪《うば》い取り、紙面に目を走らせた。

「どこでこれを手に入れたんだね？　あの強盗《ごうとう》どもがわたしの印刷機を奪《うば》い去ったのも怪《け》しからん話だったが、今度は、どこかの悪党がわたしの真似をおっぱじめた」彼はさらに読んだ。「このペテン師はなかなかのものだ。それは認めよう。やつはわたしの文体を真似ている――まるでわたし自身が書いたみたいだ。きみたち、これについて何を知ってるんだい？　だれがこれをやったのだね？」

「おれだよ」ウィーゼルが言った。

「わたしよ」スパロウは同じ瞬間《しゅんかん》に言った。「わたしたち二人でやったの。ウィーゼルが少し書いて――」

「おれがたくさん書いたんだ」ウィーゼルがさえぎった。

「残りはわたしが書いたの」スパロウはつづけた。「気に入ってくれた？」

「気に入ったなんてもんじゃない」ケラーは宣言した。「惚《ほ》れこんじゃったよ。水ネズミたち、きみたちは比類なき宝石だ。いやあ、びっくり仰天《ぎょうてん》だよ！　きみたちがおんぼろぼろの浮浪児《ふろうじ》だったのはつい昨日のことみたいなのに。いまじゃ、二人とも新聞記者さまだ。それを進歩と言っていいかどうかわたしにはわからないが、ともかく、きみたちはそれを成しとげたんだ」

ケラーは、両腕《うで》を広げて二人を抱《だ》いた。が、すぐに体を引いて、にこにこしている姉弟《きょうだい》を、片目で意味ありげに見た。「待てよ。『カスパール爺《じい》さん』を書くことと、それを印刷することとは別の話だ。どうやって印刷したのだ。われわれには印刷機がないんだぜ」

ウィーゼルは、どちらかといえばそれを職業上の秘密にしておきたかった。

スパロウは、あまりにも幸せだった。黙《だま》っていることなどできなかった。そのうえ、彼女がケラーに話さないできた、ただひとつの秘密があったのだ。「あなたの仕事をしていた印刷工の一人が、ある新聞発行人のところで働くことになったの。わたし、彼にたのんで、そこの印刷機で、こっそりこれを印刷してもらうことにしたわけ。わたしたちが『カスパール爺さん』を書くことができるかぎり、彼はそれを印刷してくれるの」

「そうか。しかし、もし捕《つか》まったら、彼、ひどい目にあうな」ケラーは眉《まゆ》をひそめた。

「心配しないで」スパロウは言った。「彼、ぜったい、うたがわれないと思う。わたし、在庫目録や請求書《せいきゅうしょ》をごまかしている。だから、その新聞発行人は、何が起きているかぜんぜん気づいていない。警察は、彼のところの印刷物を調べようなんて夢にも思わないし」

「その新聞発行人って、だれなんだい？」

「ウェブリング」

わっはっはとケラーは笑いだした。咳《せ》きこんでやめざるを得なくなるまで大笑いして、それから、「政府べったりのゴマスリ新聞記者じゃないか？　総統政府の御用《ごよう》新聞社で『カスパール爺さん』が印刷されているのか？　水ネズミたちよ、きみたちって最高だよ」

「そうさ」ウィーゼルは言った。「おれもそう思ってるんだ」

次の数ヵ月のあいだ、スパロウとウィーゼルのおかげで、新聞は確実に発行された。スパロウは、新聞が首都と農村部全体に広く配布されるように手を尽《つ》くした。ケラーにとってこれ以上の良薬はなかっただろう。春の終わりごろには、ベッドの上よりもベッドの外で過ごす時間のほうが多くなっていた。マダム・バーサはわたしの料理のおかげだわと思っていたが、スパロウはそうでないことを知っていた。

まだ体力のないケラーは、仕事のほとんどを彼女にまかせた。スパロウにとってこんなうれしいことはなかった。ケラーは、彼女は新聞を発行していると思っていたが、彼女の気持ちはそうではなかった。スパロウは彼に、愛の贈《おく》り物を捧《ささ》げているのだった。

ウィーゼルは、だれにも言わず、独自になにやら活動しているようだったが、それに加えて、ひっきりなしにニュースを運んできた。まるで、もう一対《つい》の耳を生やしたかのようだった。ともかく、町のうわさを何から何まで、聞きこんでくるのだ。

ウィーゼルの報告によれば、総統政府は「カスパール爺《じい》さん」の存在そのものに憤激《ふんげき》している。

しゃかりきになって、それを印刷している場所を突《つ》き止めようとしている。ケラーはマリアンシュタットを脱出《だっしゅつ》したと思いこんでいる軍人たちは、その非合法新聞が発行されているのは農村部のどこかだとにらんでいた。熱心に探索《たんさく》すればするほど、ますます何も見つからなかった。彼らの論理によれば、どこか僻地《へきち》のいかがわしげな印刷屋の仕業《しわざ》のはずだった。

ウェブリングは一度もうたがわず、彼の印刷職人は何の邪魔《じゃま》も受けずに、せっせと秘密の仕事に取り組んだ。「カスパール爺さん」がこれほど多くの読者に迎《むか》えられたことは、初めてのことだったのである。

「世の中って、どうかしているね」ケラーはスパロウに言った。「そのことについて天に感謝するよ。どうかしているおかげで、わたしは――いや、わたしたちは仕事ができるんだものね」

スパロウは頬《ほお》を染めた。「わたしたち」という言葉が、ひときわ強く彼女の胸にひびいたのだ。

ときどきテオは、ここに来て眠《ねむ》った。数時間後、目を覚ますとすぐすがたを消した。ずいぶんひどい状態だな。テオを見て、ケラーはそう思った。顔はげっそりやつれていた。目は熱っぽく、ぎらぎら光っていた。テオが戦争のあとこの家に最初に来たときに見せたのと、同じ目つきだった。小さな物音にも、飛びあがりそうなほどに反応した。いまにも精神のバランスが崩《くず》れそうだった。いつも心はどこか遠いところにあるように見えた。

テオはいつも、あまりに疲労困憊《ひろうこんぱい》していて、自分の体をマットレスに倒《たお》れこませる以上のことはできなかった。しかし一度、ケラーは、テオが、残していった絵の具や絵筆やたくさんのカンバス――ほとんどが何も描《か》いてない、いくつかは描きはじめているが完成してはいない――を整《せい》頓《とん》しているのを見かけた。ケラーが近寄ると、テオはまるで泥棒《どろぼう》の現場を見つけられたように飛びあがった。スケッチをつづけているのかい、とケラーがたずねると、テオは首を振《ふ》り、いかにもそのことは話したくないという素振《そぶ》りをしめした。

二人でゆっくり話す時間はほとんどなかったが、それでもテオは、ケラーに、反乱の状況《じょうきょう》についてある程度のことは話していた。ケラーは、たのまれれば何でもやるよと申し出たが、テオは感謝しながら断わり、あんたたちは「カスパール爺《じい》さん」を発行しつづけてくれ、これは、われわれにとって火薬や銃弾《じゅうだん》と同じくらい必要なんだ、と言った。

「ぼくたちの仕事は人を殺すことだ」テオは言った。「きみの仕事は生きつづけることだ。きみはわれわれの側の最良の代弁者だ」

「わたしの水ネズミたちがほとんどの仕事をやってくれるんだ」ケラーは答えた。「このところ、わたしはやることがなくて、こまっている。景気づけにちょっとしたいたずらをやってみたい気持ちだ。生きつづけることなんて単なる形式にすぎない。死ぬことはわたしにとって少しも気にならない。向こう岸に行くためにだれもが通らなければならない、ゴミの山でしかない。だれもが、そのとちゅうで、たくさんのヒキガエルどもを飲みこまなくてはならない。幸いなことに、わたしはぜったいに必要である以上のものは、飲みこむのを避《さ》けてきたがね」

「そうだね」テオは言った。「しかし、むずかしいのは、何がぜったいに必要かを決めることだ」

その会話のあと、ケラーはテオをますます見なくなった。何かが起ころうとしている。ケラーはそれを、窓から流れこむ夏の空気の中に嗅《か》ぐことができた。くわしいことは何も知らなかったが、しかし、新聞記者の習性で、自分の知っているだけのことを総合して推測することはできた。何か大きなことが起きるのだ。ウィーゼルもそれにかかわっている。ウィーゼルは、いつも自分の秘密を尊敬するケラーに打ち明けていたが、今回はそれをしない。ケラーは、そのことで実は少し傷つき、ウィーゼルのことが心配でならなかったが、彼に聞いたりはしなかった。聞いたって答えるはずはないのだ。

ある朝、スパロウは、「カスパール爺さん」の仕事で外に出かけた。ケラーは、マリアンシュタットの町をひと回りすることにした。――家を離《はな》れることなく、それをやるのである。これは、彼の楽しみのひとつだった。帽子《ぼうし》をかぶり、ステッキを手にとり、部屋から部屋へと悠然《ゆうぜん》と歩きまわる。そして想像するのだ。自分はいま町の通りを歩いている、広場を横切っている、立ち止まって並木道をながめている……。そんなところを見つけると、マダム・バーサはいつも彼をどやしつけた。バカなことはおやめなさい。そんなことをやるよりも、昼寝《ひるね》でもしたほうが、まだましですよ。

ケラーが、想像の中で噴水《ふんすい》台の近くをそぞろ歩いているとき、ウィーゼルが部屋に飛びこんできた。新聞記者が現実のフィッシュ・マーケット広場の家にもどるのに、一瞬《いっしゅん》かかった。ウィーゼルを見て、ケラーは自分のゲームを忘れた。少年の顔は蒼白《そうはく》で、くちびるは震《ふる》えていた。泣き出したいのを懸命《けんめい》にこらえているようだった。

「テオが捕《つか》まった」ウィーゼルがさけんだ。「ザラといっしょだった。ザラは殺された」

ケラーはショックに耐《た》えようとした。足を踏《ふ》んばり、倒《たお》れそうになるのを防いだ。それから、矢継《やつ》ぎ早《ばや》にウィーゼルに質問した。知り得たうちでいちばんよかったことは、それが単一の出来事だったということ。広範囲《こうはんい》にわたる一斉逮捕《いっせいたいほ》ではなかった。平凡《へいぼん》な出来事だ。通りで一人が死亡。数人の不運な通行人が拘束《こうそく》されたというだけのことだ。ウィーゼルが聞いてきたところによると、テオはカロリアに投獄《とうごく》されたらしい。

「ミックルはもう知っている。おれ、あそこへ最初に行ったからね。伯爵《はくしゃく》は彼女といっしょにいる。マスケットとほかの何人かも。彼らはテオを救出しなければならない」

ケラーはうなずいた。「わたしを彼女のところへ連れていってくれ」

マダム・バーサが気づかないうちに、新聞記者は、帽子《ぼうし》とステッキを持って家の外にいた。何とかがんばって、ウィーゼルについて行った。迷路のような横丁を次々に抜《ぬ》けて進んだ。空は青く澄《す》んで晴れわたり、空気はおだやかだった。しかし、彼は息苦しくなった。両足はガクガクとくずおれそうになった。シャンブルズに着いたときには、全身汗《あせ》みどろになっていた。

ウィーゼルは、彼を質店《しちてん》の地下室にみちびいた。ミックルは、あらっとうれしそうにさけび、走り寄って彼を抱擁《ほうよう》した。ラス・ボンバスとマスケットは、二人の男——たくましい男と背の高い痩《や》せた男——といっしょにテーブルに着いていた。どの顔も暗い表情だった。

「ウィーゼルから聞いた」ケラーは、ミックルから質問される前に言った。「わたしが役に立つかもしれない。テオはカロリアにいるのか？　たしかかね？」

「ええ」ミックルは言った。「彼が連れていかれるのを見た人がいる。わたしたち、彼をあそこに入れておくことはできない。それは決められ、同意されたの。わたしたち、彼を奪還《だっかん》する。どんな犠牲《ぎせい》を払《はら》っても」

ミックルは口早に、正確に話しはじめた。ほかの者たちと議論したことを、ポイントをはっきり押《お》さえて説明していった。ケラーは、めったに感心せず、ぜったいにだれにも敬服したことのない男なのだが、自身がいま、その双方《そうほう》に近い状態にあることに気づいた。ウェストマークの女王は冷たい鋼鉄《こうてつ》の刃《は》のように冷静だった。彼女の心は最高速度で動いた。彼女がひそかに恐《おそ》れているものはすべて隠《かく》された。ただ一度、彼女が一瞬《いっしゅん》口ごもったとき、彼はとつぜんの苦悩《くのう》を垣《かい》間《ま》見た。そのときまで彼女は、軍事指揮官が戦術におけるひとつの問題を説明するときのように語っていた。その瞬間《しゅんかん》は消えた。しかし、ケラーは理解した。彼女は愛する男を救うことに必死なのだ。そのためにはどんなことでもするつもりなのだ、と。

マンチャンスと呼ばれる痩せた男は、他人の家にこっそり出入りするのが得意のようだった。彼がこう言った。数人の男が必要だ。そのうちの一人は内部にいる者だ。

「まさにそうだ」ケラーは言った。「わたしは新聞記者だが、あんたの商売上の技術にはそんなになじみではない。しかし、はっきりとわかるよ。もしカロリア内部に一人の仲間がいれば、ずいぶんやりやすくなる。それは、たしかだ」

彼はつづけた。「いいですか、陛下。わたしはしばらく前に、自分の意志からではなく、あそこのゲストになっていたことがあります。何人かは脱出《だっしゅつ》さえした。どんなふうにして脱出したか、あなたに話してもいい。警告しておきますが、それは容易なことではありません。排水《はいすい》システム——何本かのパイプが、いくつかの場所では床《ゆか》の上に出ていたりする——」

ケラーは言葉を切って、首を振《ふ》った。「現場に行かないと、説明はむずかしい。連中がテオを正確にどこに入れたかは、わかるのかね？　それが重要なんだ。独房《どくぼう》によっては、ほかの独房より、開けやすいのがあるのだ」

「見つけ出せるはずだ」インゴは言った。「だが、少し時間がかかる。それが、この娘《むすめ》っ子には気がかりなんだ」

「なぜって、わたしたちにはもう時間がないのだもの」ミックルが言った。

「きみたちに必要なのは」ケラーが言った。「あそこの規則や、内部のようす、弱点をよく知っている人間だよ」

「それが問題なんだ」インゴが言った。「おれは多くの前科者を集められるんだが、やつらが知っているのは、そのへんの留置場やら田舎《いなか》の牢屋《ろうや》ばかりで、高級なカロリア牢獄《ろうごく》のことはまったく知らないんだ」

「それを知っている人間を紹介《しょうかい》しよう」新聞記者は帽子《ぼうし》をちょっと前にかたむけて、体をぐらぐらさせながらお辞儀《じぎ》をした。「わたし自身だ」

「何を言うんだね。それはバカげている」ラス・ボンバスは言った。「本気じゃないだろう？」

「わたしとしてはめずらしく本気なのさ」ケラーは答えた。

「彼の話を聞きましょう」ミックルは言った。「どんな計画にも耳をかたむけなくては」

「わたしより適任の者がいるかね？」ケラーはつづけた。「いったんそこへ行けば、わたしはどこにテオがいるかを探り出すことができる。正確に内部の状態を見ることができる。そしてそれを、だれよりも早くやってのけられる。知り得たことをあなた方に連絡《れんらく》もする。――それはむずかしくないんだ――そして、もし必要なら、あなた方はわれわれを援助《えんじょ》できる。あるいは、もしうまくいけば、わたしはあの若者を独力で救出できるかもしれない」

ラス・ボンバスは首を振った。「我輩《わがはい》はあまり感心しないな」

「わたしも感心しない」ミックルは言った。「でも、もっといい計画があるわけではないのだし。ケラーがその気なら、やってもらったらどうかしら」

「二人が捕《つか》まるわけだ。一人でなくて」ラス・ボンバスが答えた。「まあ、いいだろう。で、どうやって彼は入るんで？」

「かんたんさ」ケラーは言った。「出頭して、逮捕《たいほ》してくださいと言うのさ」

18 記者とペテン師

ケラーが提案したことを、〈ハートのエース〉はすでに達成していた。ただ、多少の違《ちが》いはあった。新聞記者は自分の自由な意志で申し出た。ペテン師はただ、自分が自由になりたい意思があるだけだった。

しかし、ケラーが計画を説明しているその朝、〈ハートのエース〉は、ウィルガスとブラッケンという二人の警官にがっちりと捕《と》らえられていた。二人は彼を、グリーン・マーケット広場の警察分署へと引っぱっていくところだった。義務を行なおうとする二人にたいして、〈ハートのエース〉は、ありとあらゆる妨害《ぼうがい》を行なった。口ぎたなくののしる、暴れる、足を引きずる。とりわけ、おれをこんな目にあわせて、ただですむと思うなよ、というさけびをくり返した。

〈ハートのエース〉は、自分がじっさいに逮捕《たいほ》されていることが信じられなかった。酒場でずんぐりした男に会って以来、〈ハートのエース〉は、自分は逮捕されることはないと思っていた。

スケイトの紙切れをずっと大事に持っていて、それをすべてのドアへの鍵《かぎ》と見なしていた。独房《どくぼう》のドアだって開けられると思っていた。それは彼のお守りだった。お偉方《えらがた》とのつながりのしるしだった。それさえ持っていれば、思いどおりに行動できるはずだった。

じっさい、そうだった。かつては慎重《しんちょう》だった〈ハートのエース〉は、大胆《だいたん》になった。相手から容赦《ようしゃ》なく巻きあげ、大いに儲《もう》けた。彼は不死身《ふじみ》だった。

その朝、彼はやりすぎてしまった。

グリーン・マーケット広場で、軽い気持ちで、一人のおのぼりさんから有り金全部を巻きあげた。毛を刈《か》られた子羊は、刈られたままでいることを拒《こば》んだ。おとなしく損失を受け入れるのではなくて、愚《おろ》かな田舎者《いなかもの》は警察を呼べとわめきたて、集まった野次馬《やじうま》たちに、こいつがわしをペテンにかけたと言って〈ハートのエース〉を責めたてた。

ウィルガスとブラッケンはその地区で勤務中だった。可能なときはいつでも、彼らは不愉快《ふゆかい》な場面を避《さ》けた。法律を実行することは、ただ彼らの一日を台無しにするだけだ。法律は法律自体にまかせるのがいちばんだ。おれたちが援助《えんじょ》しなくても、りっぱに機能を果たす。彼らは二人とも、〈ハートのエース〉がもっと慎重であったなら、あるいは田舎者が口をつぐんでいてくれたら、と熱烈《ねつれつ》に望んだ。しかし、田舎者が警察沙汰《ざた》にするとがんばるので、二人には選択《せんたく》の余地がなかった。ペテン師は、巻きあげた金を返そうとまで言った。しかし田舎者は、あくまでも公正な裁きを要求するのだとがんばった。

しかたなく、ウィルガスとブラッケンは〈ハートのエース〉の襟首《えりくび》をつかんだ。そのとたん、〈ハートのエース〉はわめきはじめたのだ。

「あんたたち、おれにそういうことはできないんだ！　おれは、有力者の知り合いがいるんだ。彼らが、あんたたちをクビにするぞ。あんたたちの生皮《なまがわ》を剝《は》がすぞ」

「それは、おまえら悪党がかならず言う台詞《せりふ》さ」ウィルガスが言った。「有力者のみなさんは、マリアンシュタットの悪党全員と仲がいいらしいや」

〈ハートのエース〉は魔法《まほう》の紙切れを引き出した。「ここへ連絡《れんらく》してくれ。すぐにわかるはずだ」

ブラッケンはひと目見ただけで、それをポケットにしまった。「こんなもの、われわれには何の意味もない。悪いが、留置場に行ってもらおうか」

これを聞いて、〈ハートのエース〉は痙攣《けいれん》に近い発作に襲《おそ》われた。ウィルガスとブラッケンが彼をグリーン・マーケット分署に引きずりこんだとき、〈ハートのエース〉は、いつもの小粋《こいき》な外見を失っていた。衣類はくしゃくしゃ、目は見開かれ、口も大きく開いて、ひっきりなしに脅《おど》しと抗議《こうぎ》の言葉を吐《は》き出していた。おだやかな朝を待ち望んでいた分署の署長は、すっかり気分を害してしまった。

階級が上の、頭の程度も上らしい警官の前に連れてこられて、〈ハートのエース〉は、これは気をつけて話を聞いてもらえるぞと思った。「この二人、話にならんよ。二人とも絞首刑《こうしゅけい》ものだよ。まあ聞いてください、署長。わたしは総統政府の秘密工作員なんだ」

署長は〈ハートのエース〉を静かに見つめた。それから職業的意見を表明した。「でたらめだ」

「でたらめかどうか」〈ハートのエース〉はさけんだ。「ここに連絡すればわかる。わたしが例の情報を持っていると伝えればいい。いや、わたしがカバルス自身に会おう。わたしは情報をつかんでいる。反乱の計略やら陰謀《いんぼう》やらを知っている。名前や場所についても報告できる。わたしを信じないのか？　すぐジュリアナに連れていってくれ」

警官たちは、落ち着かなそうに顔を見合わせた。署長は眉《まゆ》をひそめた。彼の経験から見て、どうもこれは、捕《つか》まった犯罪者のふつうのこけおどしではない。

彼は警官たちに言った。「こいつを監禁《かんきん》しておけ。それからわたしのところに来てくれ」

警官たちは〈ハートのエース〉を分署内の独房《どくぼう》に引きずっていった。地下室で、ドアにはかんぬきがついている。牢獄《ろうごく》というほどのものではなく、かんたんな囲い程度のものだ。収容された人たちは、告発されるまでの期間だけここにいて、それから先はほかの施設《しせつ》に移されるからだ。彼を閉じこめて、警官たちは署長室に帰ってきたが、まだ、〈ハートのエース〉のさけび声は聞こえた。

署長は、部下たちに近くに寄るようにと身振《みぶ》りでしめした。そして、彼なりに考えぬいた結論を表明した。「こいつはホットポテト（厄介《やっかい》な問題）だぜ」

警官たちは心から同意した。

署長はつづけた。「考えられることは二つしかない。第一。彼が嘘《うそ》をついているとする。もしそうなら、やつをずっと閉じこめておいても何の差しさわりもない。第二。彼がほんとうのことを言っているとする。かりに話半分としても、――これは重大なことだ。われわれは、それについて手を打つべき義務がある。われわれは総統政府のお役に立つというわけだ。それによって、いくつかメダルをもらえるかもしれない」

警官たちは、情けなさそうにうなずいた。署長は理解した。みんな、同じことを考えているのだ。彼らは、カバルスを、総統政府を、アンカル人傭兵《ようへい》を、好いていない。ただただ、早くいなくなってくれることが最大の願いだった。しかし、彼らにとって自分のクビも大事だった。毎日無事にクビがつながっていること。このことも最大の願いだった。

「われわれは政治にはかかずらわない」署長はとうとう言った。「これは政治的ケースだ。だからこれには介入《かいにゅう》しない。しばらくはね。彼がさかんにわめいていた書きつけとやらを見てみようじゃないか」

ブラッケンはそれを手わたした。

署長は紙切れを、一瞬《いっしゅん》、凝視《ぎょうし》した。それから、それを自分のデスクに積まれた書類の、いちばん下に入れた。「彼をあそこに入れておけ。どうすればいちばんいいか、わたしが考えよう。さあ、町のパトロールにもどってくれ」

警官たちは喜んで指示にしたがった。〈ハートのエース〉は下で吠《ほ》えていたが、署長は何の注意も払《はら》わなかった。正義の女神は目隠《めかく》しもされているが、ときどきは耳も聞こえなくなる。――

長い警官人生の中で、彼はそのことを学んでいた。

ウィルガスとブラッケンは巡回《じゅんかい》にもどっていった。少なくとも、ああいう出来事にはもう出くわさないように気をつけようぜ、と話し合った。一日に一回でじゅうぶんだ。

パトロールをつづけている彼らに近づいてきた男がいた。帽子《ぼうし》を横っちょにかぶり、ステッキで体を支えている。

警官たちは呆気《あっけ》にとられた。この世の中に正義なんてないのだ。一個のホットポテトを何とか片づけたら、もう一個、転がりこんできた。二人は、ほかのほとんどすべての者たちと同様「カスパール爺《じい》さん」の愛読者だった。この男がだれか、ひと目でわかった。これまでにしばしば、取材のために町を歩いているケラーを見かけていた。ウィルガスはムムッとうめいた。自分の目を信じたくなかったのだ。ブラッケンがようやく声を取りもどした。

「いったいどうして――」ケラーを凝視して言った。「あんたは何ヵ月も前からお尋《たず》ね者だぞ」

「いま見つけられたってわけさ」ケラーは言った。「さあ、きみたちの義務を果たすんだ。よろしければ、わたしをカロリア牢獄《ろうごく》に連行してくれ」

「何だって？」ブラッケンはさけんだ。「あんた、正気じゃないぞ！　通りから消えてくれ。逮《たい》捕《ほ》してもらいたいのか？」

「わたしはもう逮捕されていると思ってるんだがね」ケラーは言った。「さあ、わたしの時間もきみたちの時間も無駄《むだ》にしないでくれ」

「彼、酔《よ》ってるぞ」ウィルガスはブラッケンにささやいた。「よく見てみろ」

ブラッケンはうなずき、「このままほっつき歩かせておくわけにはいかないな。面倒《めんどう》を起こすかもしれないからな」そう言ってウィルガスをちらりと見ると、ウィルガスもうなずき返した。

二人の男は完全におたがいを理解した。カスパール爺《じい》さんを逮捕《たいほ》するなど、思いもおよばないことだ。そんなことをするくらいなら、自分のお祖母《ばあ》さんを地下牢《ろう》にほうりこむほうがましだ。

「酔いがさめるまで、彼を分署の中で寝《ね》かせよう」ブラッケンは言った。「そこがいちばん安全だからね。酔いがさめたら、どこだか知らないが、彼が隠《かく》れていた場所へ帰せばいい」

こうしてその日二度目、抗議《こうぎ》する囚人《しゅうじん》が留置場にほうりこまれた。署長はまだ〈ハートのエース〉の問題と取り組んでいたが、ケラーをどうするかについては部下たちと同じ意見だった。

「彼を処刑人《しょけいにん》に引きわたす？」彼は言った。「そんなことをしたら、わたしは二度とふたたび眠《ねむ》れないだろう。彼、若い姉弟《きょうだい》といっしょに暮らしていただろう？　きみたちも彼らを町で見かけているはずだ。見当つくだろう？　あの姉弟を見つけて、知らせてやるんだ、彼が少し飲みすぎたので、われわれのところであずかっている、と。――そう、何というか、保護的拘留《こうりゅう》をしている、とな」

留置場に入れられたケラーは、すでにそこにいる狂乱《きょうらん》状態の男とくらべて、ひどく幸せというわけではなかった。彼は、片すみにかがみこんで頭をかかえた。頭は不愉快《ふゆかい》なほどに軽くなっていた。まったく「カスパール爺《じい》さん」に載《の》せたいくらいのお笑いだ。敵の魔手《ましゅ》に身をゆだねようと決意して町に出た。それが、友人たちの手の中に入りこんでしまったのだ。

しだいに気分が悪くなってきた。外出によって彼の肉体はリフレッシュしなかった。逆に、疲《ひ》労困憊《ろうこんぱい》してしまった。ケラーは、体力をふりしぼり、警官たちに話をしようとした。何とかして、カロリア牢獄《ろうごく》に移してくれるよう説得しなければならない。が、それはむずかしかった。というのは、先にほうりこまれていた男が、ケラーに体を寄せ、のしかかるようにして、べらべらとしゃべりまくっていたからだ。

しばらく、ケラーは何の注意も払《はら》わなかった。男はしゃべりまくっていた。どうも閉所恐怖《へいしょきょうふ》症《しょう》らしい。ここから出してくれるなら、体や魂《たましい》を売ったっていいと言っている。が、彼はまた、ほかに売るものを持っているらしい。

耳もとでしゃべりつづけられて、ケラーは聞かざるを得なかった。最初は聞く気もなく聞いていたが、そのうち、ぎょっとした。この狂乱男は、多くの人々が命を捧《ささ》げて守ろうとした秘密を知っている、それをばらすことができる、と言っているのだ。

「ほかにもあるんだ――まだまだ」〈ハートのエース〉は、熱にうかされたようにしゃべった。留置場の薄闇《うすやみ》の中で、彼はケラーの顔がわからない。たとえ彼がケラーとわかったとしても、現在の彼の状態では、何の違《ちが》いもないだろう。だれでもいいから、自分の窮《きゅう》状《じょう》を訴《うった》え、何とかしてもらいたかったのだ。〈ハートのエース〉はペテン師だが、芯《しん》からの悪人ではない。彼のある部分は自分のやっていることを憎《にく》んでいた。しかし現在、彼は悪いカードをつかまされた。これを切りぬけ、自分の生命と安全を確保するには、切り札を使うしかない。

「ウェストマークの女王――わたしは、彼女がどこに隠《かく》れているか知ってるんだ。ここのバカどもはそれを聞こうとしない。わたしの言うことを信じようとしない。あんた、連中に話して、わたしをここから出してくれ。大金がもらえるんだ」

ケラーはめまいを感じた。気絶するかと思った。この大ニュースをなぜ警察がすぐさま上部に報告しないのか、彼にはわからなかった。遅《おそ》かれ早かれ報告することだろう。ミックル、テオ、そして残りのみんなにとって、この男は歩く爆弾《ばくだん》だ。こいつから信管をはずさねばならない。

ケラーは生まれてこのかた、一度もだれかを殺そうと考えたことはない。彼はいま、それを考えた。が、とうてい自分にそれを行なわせることはできそうもなかった。ともあれ、この男は何とかして口をつぐませなければならない。もしこの男が、秘密をもらしたくなるほどまでに恐《おそ》れおののいているのなら、秘密をもらしてはならないと脅《おど》しつけることもできるのではないだろうか。

「大金だって?」ケラーは聞いた。「だれからもらえるんだ? 総統政府か?」

「たんまりくれるはずだ。わたしとあんたで山分けしよう」

「何が山分けなものか」ケラーは言った。「あんたねえ、総統政府が金をくれると本気で思っているのかね？　くれるわけないだろう？　あんたが、その秘密とやらを彼らにご注進する。注文の品をとどけた、と言ってもいい。そうすれば、あんたはもう用ずみだ。金をくれる？　あんたを片づけるほうがずっと安上がりなんだよ。ちょっと頭を働かせればわかることだ。あんたが彼らの立場だったら、あんただって同じことをするだろうが？」

〈ハートのエース〉は口を開けていた。しかし何の言葉も発しなかった。ペテン師は、そんな可能性を一度も考えたことがなかった。世の中、天と地が入れ替《か》わってしまった。ほかの人間どもをだまくらかすのがおれの仕事だった。それなのに、このおれさまが、だまくらかされるとは。

「連中は、あんたの喉《のど》を切り裂《さ》くだろう」ケラーはさりげなく言った。「あるいは、たまたま寛《かん》大《だい》な気分であったりすれば、あんたをどこかの穴倉にほうりこんで、そこで一生を送らせるってことになるかもしれんな」

〈ハートのエース〉はオオーッとひと声、恐ろしげなさけびをあげた。両手を頭に打ちつけた。彼のこれまでのトランプの相手たちと同様、もののみごとに、いっぱい食わされたのだ。

「どうじたばたしようと、あんたには逃《に》げ道はない」ケラーは言った。「そうだな、自分の言ったことは全部でたらめだと告白したらどうかな。そうすれば、最悪の場合でも、嘘《うそ》をついたかどで、しばらく牢屋《ろうや》に入れられるぐらいですむのじゃないかな」

「やつら、連絡《れんらく》先を書いた紙を持っている」〈ハートのエース〉はおろおろ声で言った。「やつらがそこへ行けば、わたしがほんとうのことを言っていたってことは、すぐわかってしまう」

「その場合は」ケラーは言った。「万事休《ばんじ》すだな。じゃ、忠告しておこう。何が起ころうとも何も言うな。ひと言も発するな。いまからそうするんだ」

ケラーは頭を壁《かべ》にもたせかけた。急に気分が悪くなった。耐《た》えて、苦痛の波が通り過ぎるのを待った。同室の男は、どうやら、彼の忠告にしたがうことに決めたらしい。少なくとも、しゃべらなくなった。ケラーは目を閉じた。ここを出てカロリアに行くには、どうしたらいいか。そればかりを考えようとした。しかし、思考は乱れるばかりで、いっこうにまとめることができなかった。

留置場は凍《こご》えるほどに寒かった。ふたたび目を開けたとき、ケラーは自分が眠《ねむ》っていたことに気づいた。どれだけの時間眠っていたのか、見当がつかなかった。同室の男に声をかけた。男は答えなかった。まもなく、ケラーは鉄格子《てつごうし》にとびつき、警官たちを呼んだ。

署長はすぐにやってきた。「やっと酔《よ》いがさめたかね？　あんた、前より具合悪そうだな。ん——どうしたんだね？」

「たいしたことはない」ケラーは言った。「しかし、奥《おく》にいる紳士《しんし》は、どうやら首をくくったらしいですぞ」

ブラッケンはようやくスパロウを見つけた。彼女は、「カスパール爺《じい》さん」の次の号の原稿《げんこう》を例の印刷屋にわたして、家に帰るとちゅうだった。警官を見て、彼女は最初、自分が逮捕《たいほ》されるのだと思った。ブラッケンは、獰猛《どうもう》な水ネズミによって多くの引っかき傷や打撲傷《だぼくしょう》を負わされた。手をふりほどいて逃《に》げだそうとする彼女に、やっとのことで、ことの次第を理解させた。

　二人は、グリーン・マーケット分署に急行した。彼らがそこに着くまでに、ケラーは留置場から移されて、署長室の床《ゆか》の上に横たわっていた。署長はケラーの上着を巻いて、それをケラーの頭の下に置いていた。

　スパロウは警官のわきを駆《か》けぬけて、ケラーに飛びついた。彼の目は開いていた。彼女がだれであるかはわかったようだった。

「何をしたの？」スパロウはさけんだ。「ケラー、あなたはバカよ」

「そうかもしれんな」彼は彼女にほほえみかけた。「わたしのかわいい水ネズミ」彼は片手をあげて彼女の頬《ほお》に当てた。「わたしのいちばんかわいい水ネズミくん」

　それっきり何も言わなかった。ブラッケンは彼女をケラーから引き離《はな》そうとした。スパロウはけだもののようなさけび声をあげた。

「ケラー！　ケラー！　死んじゃ、だめよ」スパロウは両方のこぶしをにぎりしめた。こぶしで彼をたたいて、彼の命を呼びもどそうとしているかのようだった。「愛してるわ」とさけんだ。

　スパロウがこの言葉を口にしたのは、これが最初だった。

19 伯爵《はくしゃく》の新任務

ウィーゼルは、ひと言も発せず、涙《なみだ》ひとつ見せず、すがたを消していた。

ケラーの死の一時間後には、インゴの部下の一人が、そのニュースをミックルのもとにもたらした。男が言っていることをミックルがようやく理解し、衝撃《しょうげき》を受け、そして何とか立ち直ったときには、少年はもういなかった。もし彼がいたら、何とか彼をなぐさめようとしただろう、とミックルは思う。しかし、自分はなぐさめようがなかった。スパロウの悲しみ、そしてウィーゼルの悲しみを思うと、胸が張り裂《さ》けるようだった。姉は――自分では決して認めていないのだが――恋人《こいびと》を失った。弟は、理想の人物二人のうちの一人を失った。

ミックルは、ケラーにたいする自分自身の悲しみは心の奥《おく》にしまいこんだ。このところ、涙はごくありふれたものになっている。しかし、女王にとっては贅沢《ぜいたく》だ。めそめそしているところを見られてはならない。彼女は、怒《いか》りの感情さえ自分に許さなかった。怒りはしばしば判断を誤らせる。思考が明晰《めいせき》で冷静であることが必要だった。火ではなく氷が必要だった。彼女は、拠《よ》りどころを失った水ネズミたちに何が起こるか、気になった。マンチャンスに言って、二人を探してもらうようにした。

マスケットは部屋のすみにうずくまっていた。自分の体よりも大きな悲嘆《ひたん》に打ちのめされているのだ。ラス・ボンバス伯爵《はくしゃく》は自分を責めていた。「バカげたことだった。無用で無意味なことだった。我輩《わがはい》としたことが、なぜ、彼にあんなことをやらせてしまったのか」

「あなたのせいじゃないわ」ミックルはおだやかに言った。伯爵は、雄々《おお》しくもこの重荷を自分だけで背負おうとしているのだ。ミックルへの思いやりだったが、彼女としてはそれを受けるわけにはいかない。「わたしのせいよ。わたしがいけなかった。でも、それにしても、テオを助けるにはどうしたらいいいか……」

「それにしても、ケラーの考えはいいところを突《つ》いていた」しばらくしてラス・ボンバスは言った。「たしかに、カロリア牢獄《ろうごく》の中にいる者は、外のだれよりも役に立つ」

「わたしが中に入るわ」ミックルが言った。

「あんたは外にとどまるのだ」ラス・ボンバスが返した。「あんたの才能はじゅうぶんに尊敬するよ、娘《むすめ》っ子くん。しかし、あんたの場所はここだ。だれかが指揮をとらなければならない。万一テオが……」言葉を途切《とぎ》れさせ、両手を広げ、「答えはない。しかし、あんたがカロリアに入るのが正しい答えではないということは、たしかだ。忍《しの》びこむことはできるかもしれない。しかし、出てくるときは、派手なドンパチになるに決まっている」

「忍《しの》びこむこともドンパチもないの」ミックルは言った。「わたしたち、法律にもとづいて、合法的にそれをやるの——あるいはそう見せかけるの」

「合法的権利？　カバルスのもとで？　そんなものはとっくにありゃしない」

「わたしの言うのは、テオ釈放《しゃくほう》のための書類のこと。もちろん、偽造《ぎぞう》したものよ」

「うーん、不可能ではないだろう」ラス・ボンバスは眉《まゆ》をひそめた。「単純な偽造だ。しかし、だれがそれを持っていくのだね？……いやいや。それはまずいな」ラス・ボンバスはミックルに見つめられて、口早に言った。「もちろん、それがうまくいく見込《みこ》みがあれば、我輩《わがはい》はそれを試みるのにやぶさかではない。しかし、その書類は彼の名前を書いてなくてはならない。連中が彼にどんな名前をあたえているか、わからない。彼の本名でないことはたしかだ。士官の制服を着ることについて言えば、かつて同じことをやって、まあ、幸運にも生き延びたわけだが……」

「だれかほかの人を見つけるわ」ミックルは言った。「テオの部隊の中から探してみる。できるだけ早く。彼が長く中にいればいるほど、救出するのはむずかしくなるもの。名前はどんな名前でもいいから、書類を偽造して。わたしたちがその場で何とかするわよ。書類さえできれば、あとのことはそれほど心配することじゃない」

「その『わたしたち』とは何のことだね」ラス・ボンバスはおもしろくなさそうに言った。「あんたは、だれかほかの人を見つけるとも言ったね」

「そのつもりよ。それがだれであれ、わたしは行く。テオの部下の何人かにも、ついてきてもらうと思う。万一、まずいことが起きたときのためにね」

ラス・ボンバスはうめくように言った。「あんたは、あんたがその、新たな気まぐれなくわだてに出かけているときに、我輩がここでのほほんと留守番をしていればいいと言うのかね？　テオは決して我輩を許さないだろう」

「それは、気まぐれなくわだてじゃないわ」ミックルは答えた。「留守番の件について言えば、わたし、ほんとにあなたにそれをお願いしたいの。これは命令よ」

「ふーん。我輩はそういう命令にはしたがえんな」ラス・ボンバスはさけんだ。「あんた、我輩に多くを求め過ぎているぞ。テオの部下の一人にやらせるだと？　そんな素人《しろうと》にやらせたら、全部台無しになっちまうに決まってる。しょうがない。我輩が書類を偽造し、それを自分で持っていくよ」

「あなたがそう言うのなら」ミックルは言った。「しかたがないわね。持っていくのもお願いするわ。じゃ、まず、書類の作成ね。なるべく急いでちょうだい」

「偽造は芸術だ」ラス・ボンバスは憤然《ふんぜん》と答えた。「急がせてはならない」

「この場合は、急がなければならないの。あなたが知らない、土壇場《どたんば》になるまで知ってはいけないことになっている、秘密の話があるの。フロリアンが上陸したら、それと同時に、わたしたち、攻撃《こうげき》を――」

「見当はついていたよ」ラス・ボンバスがさえぎった。「時間は短い。しかし我輩《わがはい》は、作戦計画について多少のことは知っておる。自分でも検討してみたんだが、わがほうに、まだ一週間かそこらの余裕《よゆう》はあるのでは」

「『かそこら』は正しい。ただ『週』を『日』に変えたほうがいい。余裕はぎりぎり二日ね」

さっそくラス・ボンバスは仕事にとりかかり、ミックルはインゴと相談を始めた。インゴの援《えん》助《じょ》に頼《たよ》らなければ、すべては進まなかった。テオは、緊急《きんきゅう》事態の場合にどこにどう連絡《れんらく》すべきかを、教えておいてくれた。ミックルはそのとおりにやり、組織は動き出した。首都の各グループに警告が伝わった。レッド・コッケードの部下六名が、カロリア牢獄《ろうごく》に向かうラス・ボンバスをひそかに警備することになった。彼らは武器を携《たずさ》えている。いざというときには、戦わなければならない。

ラス・ボンバスは、釈放《しゃくほう》の命令書はつくるまいと決めていた。囚人《しゅうじん》を完全に自由にするとなると、牢獄当局が慎重《しんちょう》になり、いろいろ厄介《やっかい》なことが起きやすい。むしろ、法務省に身柄《みがら》を移すことにしたほうがいい。牢獄当局もそれなら乗ってくるだろう。軍人のふりをするのは気が進まなかった。今回は、平服を着た秘密警察工作員がいいだろう。

「それがいちばんいいと思うんだ」と、ミックルに言った。「ああいう連中は、謎《なぞ》めいていて口が堅《かた》いというのが通り相場だ。我輩のあたえる答えが少なければ少ないほどよいのだ。カロリア牢獄を管理している軍人どもは、いばりくさっていても、秘密警察の連中が苦手なんだ。リストに名前を載《の》せられるのが怖《こわ》いんだ。〝リスト〟ってのは、魔法《まほう》の言葉でね、ありとあらゆる種類のいやらしさを意味している。そう、我輩は連中をうまく震《ふる》えあがらせてやるつもりだ」

ミックルは一点、譲歩《じょうほ》していた。彼女はカロリアの構内に入らない。入るのはラス・ボンバスだけ、ということで折り合いをつけたのだ。インゴは彼女に言った。牢獄の外には、投獄《とうごく》中の家族や友人の情報を得ようとして、いつも大勢の人が集まっている。ミックルとレッド・コッケードの同志たちは、その中に紛《まぎ》れていればいい。ミックルもしぶしぶ、それに同意したのだった。ラス・ボンバスがテオを連れて出てきたら——ミックルは、それ以外の可能性など、考えるのもいやだった——、目立たぬ警備部隊が、質店《しちてん》まで彼らについて行くことになっている。

午後になって、ラス・ボンバスの用意ができたとき、暑く、うっとうしい天気になっていた。空気は重苦しく、夕刻までには雷雨《らいう》がありそうだった。ミックルは、少し離《はな》れて伯爵《はくしゃく》のあとにつづいた。伯爵は巨体《きょたい》の許すかぎり、さっそうと歩を進めていた。さんざん不安や反対を言ったにもかかわらず、ラス・ボンバスはこの新しい任務の、新しい扮装《ふんそう》を楽しみはじめていた。この商売、これだからやめられないのだ。彼は、右も左も見ないで突《つ》き進んだ。通行人が思わず道を譲《ゆず》るか、別の道にそれてしまうような、威風《いふう》堂々たる歩き方だった。

カロリアに近づくにつれて、ミックルは気づいた。通行人たちの中で、それとなく、まるで偶《ぐう》然《ぜん》のように、ひとつの方向へと進んでいく人たちが、しだいに増えていくのだ。ミックルの視線が、荷車を引いている一人の女の視線と、一瞬《いっしゅん》、交差した。女の荷車には野菜が積まれている。

あの野菜の下には、マスケット銃《じゅう》が隠《かく》してあるに違《ちが》いない。

カロリア牢獄《ろうごく》にもうすぐ、というところに来たとき、銃撃《じゅうげき》戦が始まった。

街路や横丁が首都の静脈や動脈であるのなら、酒場やワインショップや食堂は首都の神経中枢《ちゅうすう》だ。全部がつながり合って、ひとつの大きな神経系統をかたちづくっている。マーシュ地区が足を踏《ふ》まれると、シャンブルズ地区が痛みを感じるのだ。

首都はハエ以上に多くの目を持ち、耳はオオカミの耳よりも鋭敏《えいびん》だった。それは、たがいにささやきかわす百の口を持った、ひとつの肉体だった。マリアンシュタットは、港からグリーン・マーケット広場まで、ニュースを吸いこみ吐《は》き出すことができた。ケラーの死の話が、ひとつのあえぎ声のように、あっという間《ま》に首都を駆《か》けぬけたのは、別におどろくほどのことではなかった。

しかし、駆けぬけながら、話はかなり変化した。新聞記者は通りで射殺された。五、六人の人がそれを目撃《もくげき》した。彼は軍によって逮捕《たいほ》され、逃亡《とうぼう》しようとして殺された。手を下したのはアンカル兵だ。いや、警察だ。倉庫の樽《たる》の中に隠れている彼を見つけて、射殺したのだ。

こうしたすべてのことが、同じ時刻に異なった場所で起きたことになっている。どれもこれも、すべて真実だということになっている。どれを信じていいのかわからないが、どれを信じてもいいのだろう。話は、ありとあらゆる好みや気分に向くように、適当に味つけされているのだ。カスパール爺《じい》さんだって、これほどよくできた話はつくれないだろう。

あとになって、それがどのようにして始まったかを、だれもはっきりとは言えなかった。語り手と同じ数だけ話があったのだ。ある者たちは主張した。ある酒場で、数人の男が総統政府の最近の蛮行《ばんこう》について悲憤慷慨《ひふんこうがい》していて、そのうち店の外まで繰《く》り出しての議論になった。ちょうどそこへ通りかかった二人の兵隊を、男たちは、総統政府の手先め、とののしった。兵士たちは、なぜいつも以上に罵倒《ばとう》されなければならないのかさっぱりわからず、憤激《ふんげき》し、その結果、乱闘《らんとう》が始まった。拳骨《げんこつ》、それからナイフ、そしてマスケット銃《じゅう》――。

ほかの者たちはこう言った。総統政府は毎日、壁《かべ》に掲示《けいじ》を貼《は》り出すが、その掲示のまわりに人が集まった。人々は、ケラーとはまったく関係のないことについておたがいにブツブツ話し合っていた。アンカルの兵隊たちは、民衆が寄り集まっているのを見ると、ひどく神経質になる。早く解散しろと命令した。人々はこの命令に反発した。何をぬかすのだ、と抗議《こうぎ》の言葉が飛び、何人かは、言葉だけでなく態度でもって、兵士たちを脅《おど》かした。それでアンカル兵たちが発砲《はっぽう》した――。

これらの物語には二つ、共通していることがある。ひとつ目は、まるっきり間違《まちが》っているということ。二つ目は、別の意味では、まるっきり正しいということ。要するに、首都は全身を震《ふる》わせて立ちあがったのだ。数ヵ月にわたる注意深い計画、各グループの念入りな仕事、絞首台《こうしゅだい》上で圧殺された数多くの秘密、失われた無数の生命——こうしたすべてのものが、ひとつの午後のうちに消し飛んでしまった。

首都はみずから決意したのだ。

首都は、あまりに荒々《あらあら》しく神経を逆撫《さかな》でされたのだろう。あまりに多くの血を飲み下したのだろう。少数の短気な者の怒《いか》りだったかも、あるいは耐《た》えがたいまでに苦しめられたけだものの憤《ふん》激《げき》だったかもしれない。あるいは、ただ気候のせいだったかもしれない。

カロリア牢獄《ろうごく》の近くの交差点で、一台の馬車が立ち往生《おうじょう》した。車輪のひとつがはずれたのだ。御者《ぎょしゃ》はとほうに暮れていた。積んでいた木材が街路に転げ落ち、ほかの乗り物の往来をさまたげていた。

部隊をひきいてマリアナ兵営にもどるとちゅうの士官が、立ち止まり、通りをきれいにするよう命令した。数人の通行人が前に出て、残った材木を下ろし、馬車の積み荷を軽くした。御者は馬を馬車からはずしてやった。そこへ、町の浮浪児《ふろうじ》たちがあらわれた。彼らはどうやら、街路の裂《さ》け目にでも住んでいるらしい。たちまち、動けなくなった馬車を占領《せんりょう》した。まるで、これが自分たちの遊び場でもあるかのように。これといった事件は起きず、兵隊たちは進んでいった。

浮浪児の何人かは、兵隊たちに向かって石ころやら嘲笑《ちょうしょう》やらを投げつけたが、兵隊たちは素知らぬ顔だった。浮浪児のうち二人が、馬車の御者台に乗っかって、兵隊たちに向かって空想上のマスケット銃《じゅう》を突《つ》きつけ、バンバンと銃声《じゅうせい》の真似をした。

だれかが、この光景に心打たれて、冗談《じょうだん》半分にさけんだ。「バリケードをつくれ！」

群集のほとんどは笑った。一人がそれを真剣《しんけん》に受け止めた。ウィーゼルである。

20

カロリア牢獄《ろうごく》

目を開いてからしばらく、テオは自分がどこにいるのか、よくわからなかった。まばゆいばかりに明るい青い四角形のものが、斜《なな》め上のほうに浮《う》いている。懸命《けんめい》に注意を集中して、ようやく理解した。窓だった。黒っぽい縦の線が並んでいる。これは鉄格子《てつごうし》だった。彼は、部屋のすみの壁《かべ》に上半身をもたせかけているのだった。

この部屋、どうも馬を一頭ずつ入れておく馬房《ばぼう》に似ているような気がした。じっさい、かつてはそうだったのだ。カロリアは、牢獄《ろうごく》に変わる前は騎兵《きへい》隊の宿舎だった。一階の厩舎《きゅうしゃ》部分は監《かん》房《ぼう》に改造された。ドアは鉄格子つきのものになり、仕切りは頑丈《がんじょう》なものに換《か》えられた。この監房には、十数人の囚人《しゅうじん》が入れられている。すわって壁にもたれている者もいれば、床《ゆか》に寝転《ねころ》がっている者もいる。一人の男がうめいていた。きしむような、人をいらだたせる音だ。早くやめてくれないか、とテオは思った。が、しだいにわかってきた。うめいているのは自分だった。

監房仲間の一人が、彼のとなりにうずくまった。「尋問《じんもん》は受けたのかい？」そう言って、床に敷《し》かれた藁《わら》の中につばを吐《は》いた。

自分が何の痛みも感じないことに、テオはおどろいた。が、動こうとして、今度は体のはげしい痛みにおどろいた。しばらくのあいだ、嘔吐《おうと》が止まらなかった。となりに来た男は、いっこうに気にしていないようだった。嘔吐など、当たり前のことだった。

あとになって、テオは少しいい気分になった。思考がはっきりしてきて、道路に倒《たお》れたザラのすがたも瞼《まぶた》に浮《う》かんできた。それから、またしても苦痛の波が襲《おそ》ってきて、ミックルの面影《おもかげ》が浮かんだ。手を伸《の》ばしても、ミックルにはとどかなかった。自分は別の世界にいるのだ。馬房の大きさをした別の世界に。

こういうことが起こることは二人とも予見していた。その可能性を計算に入れて、それにしたがって計画を立てていた。そのくせ、どちらも心の奥《おく》では、そんなことはぜったい起きないと思いこんでいた……。起きてしまった以上、テオは、自分の確信にすがりつくしかなかった。ミックルはどうすればいいかを知っている。彼女にまかせておけば安心だ。

「ぼくは、どれだけ長くここにいるのかね？」

「そんなこと、どうでもいいだろうが？」男は肩《かた》をすくめた。「たぶん、二、三時間だ」

四、五人の逮捕《たいほ》者の中から彼一人連れ出されたのは、テオには遠いむかしのことに思えた。これはまずいぞ、と思った。自分がだれかわかったのではないか、と不安だった。それから、考え直した。なにしろ、自分がいっしょにいた女はピストルを持っていて、兵隊を一人撃《う》ち殺したのだ。彼女の同行者として自分が特別の関心を引くのは当然のことだ……。尋問《じんもん》はきびしかった。テオは頑固《がんこ》だった。拷問《ごうもん》で何度も意識を失ったが、そのたびに意識をよみがえらせられて、また尋問された。テオには何日もつづいたように感じられたが、数時間しかたっていなかったのだ。

彼は、最後にはすべてを自白した。

書類は偽物《にせもの》だ。不承不承、自分の名と死んだ女の名を言った。自分たちは友だちに会いに行くところだったのだ。ここで、口をつぐんだ。尋問者たちはその友だちの名前を求めた。どんな人間か、どこに住んでいるか。彼は答えなかった。尋問者たちはため息をつき、ふたたび拷問を始めた。

意識を失う前に、彼はようやく、相手の求めていることをすべてしゃべった。尋問者たちは満足した。大いに怒鳴《どな》りつけ痛めつけて、それに見合うだけの結果が得られたのだ。彼らは、囚《しゅう》人《じん》を監房《かんぼう》に連れていけと命令した。

しかし、いずれ呼びもどすだろう。テオにはそれがわかっていた。問題は、それがいつか、だった。やつらがそれを悟《さと》るまでに、どのくらい時間がかかるだろうか？

彼がしゃべったことは、みんな嘘《うそ》だった。

次に尋問されるときは、もっと長くがんばらなければならないだろう。長くがんばったあとに話せば、彼らは今度こそ、真実が得られたと思うだろう。彼らは、あまり早くに得られた自白は信用しない。もちろん、テオはまた嘘を話すつもりだ。彼らはそれを見つけ出して、またやり直すだろう。しかし、彼らはともかく時間をとられる。テオの肉体が屈服《くっぷく》してしまう瞬間《しゅんかん》を先延ばしすることができる。

テオはかつて、同志たちに一日がんばることを求めた。処刑《しょけい》されたレッド・コッケードが、二日がんばったと誇《ほこ》らしそうに告げたのを覚えている。口を割らないためにどれだけの苦痛に耐《た》えなければならないか、テオ自身、骨身に沁《し》みてわかっている。しかし、少なくとも、レッド・コッケードよりも長くがんばらなければならない。理由ははっきりしている。テオは、レッド・コッケード以上に多くのことを知っているからだ。まるで、高くそびえる長い階段をのぼりはじめたような気持ちだった。

少しうとうとした。目を開けたとき、体力が少しもどってきたように感じた。廊下《ろうか》のはずれのほうでガタガタいう音がした。看守たちが交替《こうたい》しているようだ。テオを連れもどすための獄吏《ごくり》はまだ来ていない。うれしかった。それに喉《のど》がひどく渇《かわ》いていた。部屋のすみに置かれた水入れバケツは空《から》だ。同室の男は、そのうちに看守がやってきて水を入れてくれるよと言った。テオは立ちあがった。ひきつった足と痛む背中を楽にしなければならない。

ドアの鉄格子《てつごうし》に顔を押《お》しつけて、横目使いで廊下を見た。やがて、一人の看守が、大きな樽《たる》を載《の》せた二輪手押し車を押してくるのが見えた。樽のわきに柄杓《ひしゃく》がぶらさがっている。テオは目をこらし、さらに強く鉄格子のあいだに顔を押しつけた。喉の渇きも、体の痛みも忘れていた。

看守はドアの前で停まった。柄杓《ひしゃく》を手にとった。次の瞬間《しゅんかん》、それを取り落とした。テオは両腕《うで》を格子《こうし》のあいだから突《つ》き出して、合図を送っていた。看守は口をあんぐりと開けたまま、見つめていた。

それはポーンだった。

むかしなじみのドルニングの警官は、監房《かんぼう》のドアのところで、テオの手をしっかりにぎりしめた。そうやって、このことが現実であることを自分に確認しているかのようだった。

「こいつはおどろいたな。何が起きたんだね？」

テオは彼に、身振《みぶ》りで用心しろと伝えた。

ポーンは、口ごもりながら言いつづけた。「あんたが？　捕《つか》まった？　知らなかった。おれは仕事で来たんだ。これが、あんたから内閣府に紹介状《しょうかいじょう》を書いてもらって、それでありついたのが、この仕事なんだよ」

「もっけの幸いってやつだな。ポーン、聞いてくれ――」

「おれはあんたに連絡《れんらく》したかったんだが。まさか、あんたが首都にいるとは思わなかった。そしていまは、よりによってここにいるとは。いつからいるんだ？　やつらは、あんたが何者か知ってるのかい？」

「まだ知らない。知られたらたいへんなことになる。あんた、助けてくれるかい？　ぼくを、できればここにいる全員を脱走《だっそう》させられるかい？」

「わかった。やれるだけ、やってみる。しかしここにいるのは、おれだけじゃない」ポーンは絶望的な表情をして見せ、「警備兵の詰《つ》め所もある。これも何とかしなくちゃならない。中庭を通り、門を突破《とっぱ》しなけりゃならない。――そう、何とか手を考えよう。今夜だ。今夜が、あんたのベストチャンスだ」

「いまだ。今夜では遅《おそ》い」テオは言った。「連中がぼくをふたたび尋問《じんもん》する前だ。監房のドアを開けてくれ。この監房だけでなく、時間があれば全部の監房の。武器も手に入れたい。武器置き場はあるのか？　外側には何人の警備兵がいるのか？」

ポーンがテオの矢継《やつ》ぎ早《ばや》の質問に答えようとしているとき、一瞬《いっしゅん》、テオの心は、ドルニングのあの夜にもどっていた。あのとき、ポーンはぼくを逃《に》がしてくれたのだ。ポーンはまたしても同じことをしようとしている。二人とも、長い道を歩いてきた。もしかすると、その道は、ぐるりと回って元のところにもどっているのではないだろうか。

「用心してくれよ、おじさん」テオは警告した。「もしあんたのやっていることがばれたら、どんなことになるかはわかっているよね。ぼくは、あんたを監房に閉じこめる。あんたは、ぼくたちにだまされたんだ。脱走騒《さわ》ぎには何の関係もないんだと言えばいい」

「いやいや、おれもこの年だ。この先、カバルスの下で過ごすのはごめんなんだ」ポーンは鍵《かぎ》の束《たば》をまさぐった。「おれは、この界隈《かいわい》の道は、あんたよりよく知っている。今回は、あんたに離《はな》れずついていくよ」

何人かの囚人《しゅうじん》が、早く水をくれと言いはじめた。看守との長話はいいかげんにしろ、とテオに向かって怒声《どせい》が浴びせられた。「早く看守を入れろよ」一人が言った。「おれたちが飲み終えたあとに、きさまも飲ましてやるからな」

テオは彼らに向き直った。ポーンが監房《かんぼう》のドアをさっと開いた。

「どちらか選ぶんだ」テオは言った。「水か――それともマスケット銃《じゅう》か」

銃撃音《じゅうげきおん》がはげしくなった。ラス・ボンバスは、秘密警察工作員という自分の役割を忘れて、くるりと向き直り、ミックルのそばに駆《か》け寄った。

「危険だ。近づかないほうがいい。引き返すんだ」

ミックルは逆に、伯爵《はくしゃく》のわきをすりぬけて前に進んだ。伯爵は文句を言いながら追いかけた。野菜売りの女が、さっと手を上げた。すると、ミックルから少し離れて、ただふらふら歩いていると見えた人たちが、急ぎ足で彼女のすぐ後ろに集まった。前方に駆け出す者もいた。

ミックルは、最初、自分の見たもののことが理解できなかった。多くのことがいっときに起こっていた。牢獄《ろうごく》警備兵の何人かは、群集めがけて銃を乱射していた。銃声《じゅうせい》に混じって悲鳴が聞こえた。牢獄の前の絞首台《こうしゅだい》には大勢の人が取りついて、横木をたたき切り、板をぶち割ったりしていた。野菜売りの女は荷車をひっくり返し、積み荷を道路にぶちまけていた。ミックルがにらんだとおり、荷車の積み荷はマスケット銃や、火薬袋《ぶくろ》や銃弾《じゅうだん》だったのだ。ミックルにつきしたがう者たちは、さっそく駆け寄って武器・弾薬《だんやく》を手に入れた。

「あそこに行って！」ミックルは、カロリア牢獄の壁《かべ》の一角を指さしてさけんだ。「警備兵を撃《う》って！」

彼女も武器を探したが、もう、みな持って行かれていた。しばらく茫然《ぼうぜん》としていた伯爵は、とつぜん、ミックルがすでに理解していたことを認識した。広場でのこの騒《さわ》ぎは、事態の核心《かくしん》ではない。これはただの付け足しに過ぎない。騒動《そうどう》の核心的部分は、カロリアの中庭で、警備兵の隊列を突破《とっぱ》して広場に到達《とうちゃく》しようとして戦っている、武装した男たちの一団だ。

そして、彼らの一人はテオだ。

ミックルの周囲を固める人々は、警備兵の部隊に銃火《じゅうか》を浴びせかけた。とつぜんあらわれた味方に支援《しえん》されて、囚人たちは門を押《お》し開き、広場に駆けこんだ。テオの名を呼びながら、ミックルは群集の中を駆けぬけた。ラス・ボンバスはぴったり後ろについている。テオは二人のすがたに気がつき、走り寄った。ラス・ボンバスはさけび、彼らをせきたてて、横丁に入りこませた。群集はいっそうふくれあがり、彼らのまわりをうずまいていた。絞首台は炎《ほのお》に包まれていた。

ウィーゼルは、芸術家の魂《たましい》を持っていた。自分の創造したものに魅了《みりょう》されていた。バリケードをつくるとき、ウィーゼルは、じっさいの労働はほかの人たちにまかせ、命令や指示を発することで満足した。彼は最初に言い出した人間だったから、そして自信もあれば技能もあるという印象をあたえたから、街の人々は彼の権威《けんい》を受け入れ、自発的に仕事に取り組んだ。

ウィーゼルは、まったくの偶然《ぐうぜん》によって建築家になったのだった。ほんのしばらく前、彼は、隠《かく》れて大泣きするための場所を探していた。

ケラーが死んだと聞いたとき、ウィーゼルは、地面がぱっくり口を開けたような気がした。自分の絶望を振《ふ》りはらおうとして、がむしゃらに走った。しかし、絶望はどこまでも追いかけてきた。

ケラーは死んだ。しかし、ウィーゼルを最後に救ったのもケラーだった。

息が切れてもう走れなくなり、とある路地に入って、しゃがみこみ、むせび泣いているとき、最初の理性的な考えが浮《う》かんできた。こんなこと、ケラーは賛成しないだろう。ウィーゼルは、泣きじゃくっている自分がケラーに見つけられる場面を想像した。ケラーはきっと、二言三言、辛辣《しんらつ》なことを言うだろう。ウィーゼルは頭を上げ、泣くのをやめた。

ずっと悲しんでいたので、スパロウのことをすっかり忘れていた。姉貴のやつ、おれと同じように悲しみに暮れているのだろうと思った。それから、テオのことを思った。そのとたん、悲しみは怒《いか》りに変わった。やつらは、おれのあこがれの人の一人を殺した。もう一人まで殺そうとしている。そんなこと、ぜったいに許さない。ウィーゼルは立ちあがった。おれには義務と責任とがあるのだ。

バリケードをつくるのに、あまり時間はとられなかった。

ウィーゼルは、このような構造物を一度もつくったことはなかった。しかし、急速にその基本的な性格をつかんだ。彼の統率と指導のもと、それはあっという間《ま》に出来上がった。ほとんど手品のようだった。壊《こわ》れた馬車とその積み荷だった材木に、さまざまなものが付け足された。マットレス、椅子《いす》、テーブル、樽《たる》、古い鉄の断片などなどが、どこからともなくあらわれた。足元にも多くの材料が横たわっていた。街路に使えるものは、壁《かべ》にも使えるはずだ。彼は街路に敷《し》かれた丸石を掘《ほ》り起こすように命令した。

ある時点から、バリケードはそれ自身の生命を持った。丸石道路の苗床《なえどこ》から、巨大《きょだい》な匍匐《ほふく》植物が成長しはじめたのだ。ウィーゼルはただ、それを育てるだけでよかった。その成長を見守り、ある場合は伸《の》びていくのを許し、ある場合は剪定《せんてい》した。

ウィーゼルは、これはまだ習作みたいなものだと思った。自分にはもっといいものがつくれると思った。彼は、もうひとつバリケードをつくるよう指示した。最初のバリケードの斜《なな》め横から始まり、反対側の街路の角までつづく長いものだった。

カロリア牢獄《ろうごく》の方角からの銃撃音《じゅうげきおん》に、ウィーゼルは耳をそばだてた。黒煙《こくえん》が家々の屋根の上をただよっていた。バリケードづくりはうまくつづけられている。おれの存在が、ほかのどこかで必要とされているはずだ。

次の仕事を見つけるために、彼は駆《か》け出した。

21

バリケードの銃撃戦《じゅうげきせん》

「アルマ！　アルマ！」

野菜売りの女がさけんでいた。マスケット銃《じゅう》を背中にせおい、群集を押《お》し分けて進んでいる。彼女――すなわちレッド・コッケード――は、ミックルとテオとラス・ボンバスに、ついてくるよう身振《みぶ》りで伝えながら、先を急いだ。

「大通りから離《はな》れて！」レッド・コッケードは、とある路地に向かった。群集をちらりと振《ふ》り返って、「バカなやつら！　いったい、どういうつもりなんだ」

背後の大通りでは、まだ銃撃《じゅうげき》がつづいていた。ミックルは片方の腕《うで》を回して、テオが倒《たお》れるのを防いだ。彼はまだ、何が起きたのかを理解していなかった。カロリア牢獄《ろうごく》を集団で脱走《だっそう》した。銃火《じゅうか》をまじえながら警備兵詰《つ》め所を突破《とっぱ》し、中庭を過ぎて、獄外《ごくがい》に出た。最初の銃撃戦で、ポーンは敵弾《てきだん》を受けて倒れたのだった。牢獄の門を出ると、ほかの囚人《しゅうじん》たちはそれぞれどこかへ散っていった。テオは、自分が嵐《あらし》の真ん中にいるのを知った。口ごもりながらあれこれ質問したが、レッド・コッケードに遅《おく》れまいとして懸命《けんめい》なミックルは、何も答えなかった。

路地が終わり、広い通りに出た。カロリア牢獄から離れてしまうと、とつぜん、静かな別世界のようだった。通行人の何人かは急ぎ足で家に向かっていたが、ほかの者たちは、のんびりと舗《ほ》道《どう》を歩き、数ブロック先の騒乱《そうらん》には何の関心もないか、まったく気づいていないようだった。

「あれはまた、いったい何だね？」ラス・ボンバスは足を止めて、フーフー息を切らしながら言った。「通りの真ん中で、ゴミくずやがらくたの展示会かね？」

彼らは、ウィーゼルのバリケードに突《つ》き当たったのだ。

レッド・コッケードは、バリケードの胸壁《きょうへき》に駆《か》け寄り、よじのぼった。ラス・ボンバスとミックルは、二人してテオを持ちあげ、胸壁の向こうに下ろした。

バリケードは、ウィーゼルが立ち去ったときから見ても、大きくなっていた。てっぺんにはずらりと丸石が並べられていた。銃眼《じゅうがん》として役立つ隙間《すきま》もちゃんとあけられていた。横倒しにされた馬車は、材木で強化され、低い天井《てんじょう》を持つ小さな城砦《じょうさい》のようになっていた。内部には、叉《さ》銃《じゅう》（三挺《ちょう》ずつ組み合わせて立てること）されたマスケット銃が並び、ピストルやサーベルを載《の》せたテーブルもあった。

レッド・コッケードは憤激《ふんげき》していた。「だれがこれをつくれと命令したの？」彼女は、樽《たる》を転がしてきた男に声をかけた。

彼はにやりと笑った。「おれたちは、おれたちの命令にしたがうのさ」

ラス・ボンバスは見まわした。「だれがこれをつくったにせよ、そいつは、なかなか頭のいいやつだな。非常によくできている。我輩《わがはい》にも、これほどりっぱにはつくれないだろう。ただし、三つ、致命的《ちめいてき》な間違《まちが》いをおかしている。ひとつには、早くつくりすぎたことだ」

「そのことだけで、もうどうしようもない災厄《さいやく》なんだ」レッド・コッケードは吐《は》き捨てるように言った。「あたしたちはまだ用意がない。あたしたちの同志は、彼らを支援《しえん》できない。あのバカたち、勝手にこんなことを始めたんだ。あたしたちが蜂起《ほうき》のシグナルを出すまで待っているべきだったのに。総統政府は、こんなものが立っているのをほうっておくわけがない。軍隊を送りこんで、ぶち壊《こわ》してしまうに決まってる」

「もちろん、やつらはぶち壊してしまうさ、遅《おそ》かれ早かれ」ラス・ボンバスは同意した。「しかしそれでも、これがやつらにとって頭にくる挑発《ちょうはつ》には違《ちが》いない。しかるべき場所につくられれば、多くの軍隊の進撃《しんげき》を妨害《ぼうがい》することができる。ここでは何の役にも立たない。これが、間違いの第二だ。もし、もっと適切な場所につくられていたら――」

「いいえ、役に立つわ」ミックルが口をはさんだ。「わたしたちは兵営を攻撃《こうげき》することにしている、そうよね？　だから都合がいいのよ。このバリケードのおかげで、マリアナ連隊が宮殿《きゅうでん》警備隊に合流するのをさまたげられる――あるいは、少なくともしばらく遅らせられる。そう、まさにここが適切な場所なのよ。唯一《ゆいいっ》の問題は、どれだけ長くわたしたちが持ちこたえられるか、ね」

「あまり長くは持ちこたえられない」ラス・ボンバスは暗い声で答えた。「それが三番目の致命的間違いだ」

バリケードの後ろの街路は、長い距離《きょり》にわたって掘《ほ》り返されていた。レッド・コッケードは土砂や石ころだらけの地面の上を、道を選びながら進んだ。一軒《けん》のワインショップのドアが開いていた。彼女は、ミックルとラス・ボンバスに、テオを中に入れろという仕草をした。

店の中は、略奪《りゃくだつ》されたあとのようだった。カウンターとテーブルと椅子《いす》のほとんどは、バリケード構築のために持っていかれていた。わずかに残ったベンチのひとつに、男二人と女一人が腰掛《こしか》けて、静かにワインを飲んでいた。レッド・コッケードは、店の主《あるじ》と口早に言葉をかわしたあと、テオのところにもどってきた。

「彼、各グループ指揮官に連絡《れんらく》して、ほかの地区の状況《じょうきょう》を把握《はあく》すると言ってる。そのあとで、あたしたち、あんたたちをもっと安全な場所に連れていくわ」

ラス・ボンバスが、テオの傷を、彼としては精いっぱい手当てしはじめていた。そのかたわらで、ミックルはテオに、彼を救い出そうとして失敗したケラーの話や、彼女自身の計画について手短に話して聞かせた。

「どちらもうまくいかなかった」ミックルは言った。「でも、それは問題じゃない。あなたはカロリアから出ているんですもの。大事なのは、そのことよ」

「われわれの計画は、どれもこれもうまくいかなかった」テオは苦笑を浮《う》かべた。「われわれは状況《じょうきょう》をリードしていない。状況の後追いをしているだけだ」

「それなら」ミックルは言った。「できるだけよく後追いするしかないわね」

バリケードに集まる人々は、しだいに増えていた。ほんの好奇心《こうきしん》からやってきた者もあれば、戦う決意を持ってやってきた者もいた。ミックルは、彼らをせきたてて働かせた。彼女の指示のもと、人々はもうひとつのバリケードをつくりはじめた。最初のものの後方、街路の向こうの端《はし》である。背後からの攻撃《こうげき》を阻止《そし》するためのものだった。

テオは、マリアンシュタット全体の状況がもっと明瞭《めいりょう》になるまで、あのワインショップを戦《せん》闘《とう》司令所として使うことに決めていた。店の主《あるじ》が集めた情報を総合すると、首都全体が沸騰《ふっとう》していた。あちこちでバリケードがつくられているという。テオはただひとつのことを理解した。──ぼくは、フロリアンとの約束を守ることに失敗したのだ。

ジャスティンの命令は、テオがそれを受け入れようが受け入れまいが、無意味だった。だれのコントロールをも超《こ》えて、街は、それ自身の意志を持って立ちあがっていた。しかし、立ちあがるのがあまりに早かった。マリアンシュタットは性急だった。その性急さは首都を破滅《はめつ》させるだろう。フロリアンが攻撃するときまでに、武装蜂起《ほうき》は粉砕《ふんさい》されているだろう。

昼過ぎからずっとそんな気配のあった雷雨《らいう》が、とつぜん始まった。はげしい雨が首都の全域に打ちつけ、排水溝《はいすいこう》はあふれた。バリケードの後ろの掘《ほ》り返された地面は、泥沼《どろぬま》のようになった。

雨は、マスケット銃《じゅう》の乱射のようにけたたましく屋根を打ち、雷鳴《らいめい》は連続砲撃《ほうげき》のように轟音《ごうおん》をひびかせた。この嵐《あらし》は、やがて過ぎ去る。しかし、そのあとに来る嵐は過ぎ去ることはない。そのことをテオは知っていた。

マリアンシュタットは、それ自身の旋風《せんぷう》を巻き起こしたのだ。

夜明け少し前、雨は弱まり、やがてやんだ。ミックルは町の人々といっしょに、夜っぴて働いたのだった。隣接《りんせつ》する家々の壁《かべ》を壊《こわ》し、それを材料にして、バリケードを拡張し強化した。またミックルは、周囲の家々の上の階の、通りを見わたせる窓という窓には、どんな敵が近づいてこようと撃《う》ち倒《たお》すことのできる狙撃兵《そげきへい》を配置した。

レッド・コッケードの言ったとおりだった。総統政府がこのような障害物を放置しておくはずがない。嵐のおかげで、バリケードは、数時間の猶予《ゆうよ》をもらったようなものだった。明るくなるとすぐ、狙撃兵の一人が、ヒューッと警告の口笛を吹《ふ》いた。

ミックルは走って、すでにバリケードにいるテオとラス・ボンバスに合流した。少し離《はな》れたところに、馬に乗った軍人たちのすがたが見えた。マリアナ連隊の将校だった。彼らの一人——ツエラー大佐《たいさ》かもしれないとミックルは思った——は、いらだっているようだった。不格好《ぶかっこう》な構造物をくり返し指さしている。軍人たちはなにやら話し合い、それから馬首をめぐらせた。

バリケードは、それを守る人たちが目を覚ましたいま、まるで、にぎやかな市場のように見えはじめていた。商品を売る代わりに、町の人々は、武器を、サーベルや斧《おの》や、棒の先に結わえつけられたナイフやらを、持ちこんでいた。小火器はみなに行きわたるほどにはなかったので、すでに配布され終わっていた。残っているのは、古い鳥撃《う》ち銃数挺《じゅうちょう》、年代物のピストル数挺、朝顔形の銃口《じゅうこう》のマスケット銃《じゅう》一挺だけだった。例のワインショップは応急手当て所に変えられていた。近くの若者が五、六人、衣類を引き裂《さ》いて包帯をつくっていた。

レッド・コッケードは自分のグループに連絡《れんらく》して、武器・弾薬《だんやく》を持ってここに集まれと伝えていたが、これまでのところ、だれもまだ来てはいなかった。何とかマスケット銃を手に入れた町の人々は、その銃身《じゅうしん》を、胸壁《きょうへき》のてっぺんに沿ってもたせかけていた。ほかの者たちは胸壁の後ろの空いたスペースに立ったり、この小さな砦《とりで》の側壁《そくへき》となっている家々の戸口に腰《こし》を下ろしたりしていた。ほかに、眠《ねむ》っている者、トランプをしている者もいた。

一時間たたないうちに、最初の攻撃《こうげき》が来た。ミックルの判断は正確だった。バリケードはよい場所につくられていた。これをいちばんよく認識したのはツェラー大佐《たいさ》だった。ミックルが少し前に見た軍人は、やはり彼だったのだ。ツェラーは憤激《ふんげき》していた。きたならしいがらくたの山が、厚かましくもわが軍の進撃《しんげき》をさまたげている。即刻《そっこく》、排除《はいじょ》しなくてはならない。爪《つめ》の下の棘《とげ》のように、化膿《かのう》を引き起こす前に取りのぞかなければならない。

通りのはずれに、一個中隊の歩兵があらわれた。指揮官が、先頭の隊列に、前進し発砲《はっぽう》せよと命令した。マスケット銃弾《じゅうだん》の雨が、材木や古い鉄くずにぶち当たってけたたましく音を立てた。

バリケードは沈黙《ちんもく》したままだった。

バリケードをからかってみて、おとなしいと知って、兵士たちはあざけりの気持ちを持つようになった。こんなもの、かんたんにぶち壊《こわ》せる。あるいは最悪の場合でも、銃剣《じゅうけん》を突《つ》きつけて占拠《せんきょ》できるだろう……。彼らは接近した。古いマットレスや干し草の束《たば》を見て、たがいに冗談《じょうだん》を言っていた。何人かの歩兵が胸壁をのぼろうと、駆《か》け寄った。

バリケードが吠《ほ》えた。

攻撃者たちはあわてふためいた。一斉射撃《いっせいしゃげき》を食らって、前列の兵士たちは列を乱し、負傷者を引きずりながら後退した。

市民の一人が笑った。「このバリケードには歯があるんだな」

ほうり出されたマスケット銃が数挺、通りに転がっていた。何人かの市民は、胸壁を越《こ》えて、それらを拾ってきた。バリケードは拍手喝采《はくしゅかっさい》だった。攻撃側指揮官は部下に毒づき、もう一度攻撃するよう命じた。

兵士たちに、さきほどの傲慢《ごうまん》さはなかった。用心深く前進しながら、射撃を加えてきた。防御《ぼうぎょ》側はそのお返しをしようとしたが、敵の今度の銃撃は強烈《きょうれつ》だった。三人の男が撃たれた。彼らの近くの者たちは、丸石でできたバリケードの棚《たな》の下にしゃがんだ。

そのとき初めて、ミックルは気づいた。ラス・ボンバス伯爵《はくしゃく》が、わきの下に二本のワイン・ボトルをかかえている。ワイン・ボトルのまわりには、細く裂いた布切れが巻きつけてある。伯爵はマッチを擦《す》って、この急ごしらえの芯《しん》に火をつけると、ぽーんぽーんとボトルをバリケードの向こうにほうった。ボトルの中に何が入っているのかをミックルが認識した、その瞬間《しゅんかん》、火薬を詰《つ》めたボトルは攻撃《こうげき》部隊の真ん中で爆発《ばくはつ》した。テオと何人かの味方が、同じ手製爆弾《ばくだん》を投げていた。爆弾は次々と炸裂《さくれつ》し、兵士たちのあいだにガラスのするどい破片が飛び散った。兵士たちは前進できなかった。その隙《すき》に、防御《ぼうぎょ》側はまた態勢をととのえ、反撃《はんげき》を再開した。煙《けむり》が街路の上をただよい流れた。

やがて、射撃《しゃげき》が途切《とぎ》れた。軍隊は射程外にしりぞいていた。兵士たちは、遠い建物の壁《かべ》にもたれて、銃《じゅう》を持ったまま小休止しているようすだった。

ミックルは、死んだ市民がにぎっていたマスケット銃を手にとって、胸壁《きょうへき》をよじのぼり、テオのとなりに行った。テオは、レッド・コッケードと並んで、胸壁の縁《ふち》に顔を出し、通りのはずれの動きを一心に観察していた。ミックルも彼の視線の方向に目をこらした。次の瞬間、彼は向きを変えて、彼女を、そしてレッド・コッケードを見た。三人はみな同じものを見た。——バリケードへの死刑《しけい》宣告書を見た。

大砲《たいほう》が到着《とうちゃく》したのである。

22 ジャスティンの微笑《びしょう》

砲兵《ほうへい》たちは、すでに大砲《たいほう》を馬の引く前車からはずし、自分たちの手で大砲の方角を定めていた。あちこちの窓に配置されているミックル側の狙撃兵《そげきへい》は、さかんに銃撃《じゅうげき》して近づけまいとしたが、それにもかかわらず、大砲は少しずつ前に運ばれてきた。

大砲の砲口《ほうこう》がバリケードに向いた。ゆっくりと、値踏《ねぶ》みするような目つきで観察しているかのようだった。つづいて砲兵班長が発射を命令、すさまじい轟音《ごうおん》とともに、砲口が炎《ほのお》を噴《ふ》いた。砲《ほう》弾《だん》はマットレスの重なりや干し草の束《たば》の中に飛びこみ、バリケードはガタガタと震動《しんどう》した。玉石の一部はゆるくなって崩《くず》れ落ちた。しかし、バリケード全体は無事だった。

砲兵は医師と同様、ただ打診《だしん》し触診《しょくしん》しているのだった。腹部が健康な状態であることを知ると、彼らはもう少し高いところに狙《ねら》いをつけた。次の砲弾は頭部に当たった。丸石と鉄の破片が四方八方に飛んだ。バリケードのてっぺんに、ぎざぎざの裂《さ》け目ができた。

防御者《ぼうぎょ》たちは、その裂《さ》け目に、大急ぎでがらくたを詰《つ》めこんだ。窓からの射撃音《しゃげきおん》はゆるやかになっていた。狙撃兵《そげきへい》は、弾薬《だんやく》を大事に使わざるを得なくなってきたのだ。大砲《たいほう》は相手の弱点を見つけていた。いずれ、そこをやっつける。その前にもう一度、打診《だしん》したかった。砲兵《ほうへい》たちはいまやバリケードの両端《はし》を狙《ねら》った。まるで、ドアそのものに打撃《だげき》をあたえる前に、両側の支柱を打ちくだいて、蝶番《ちょうつがい》をだめにしようとするかのようだった。こうすれば、バリケードは周囲との結びつきを断たれる。支援《しえん》の者も近づけない。ゆっくりと片づけることができるわけだ。

砲撃《ほうげき》のたびに、大砲はじりじりと接近してきた。大砲の後ろでは、ツェラー指揮下の歩兵たちが突撃《とつげき》の用意をしていた。

テオは、胸壁《きょうへき》から降りるとミックルを引っぱり、「いまのうちにインゴのところにもどってくれ。伯爵《はくしゃく》も連れて」それからレッド・コッケードに向き直り、命令した。「マスケット銃《じゅう》と弾薬を持つ者を集めて、シャンブルズ地区を拠点《きょてん》として戦ってくれ。あの一帯は、迷路みたいな横丁と、ウサギ穴みたいなゴチャゴチャした家ばかりだ。軍隊もかんたんには制圧できないだろう」

「あんた、連中があたしの言うことを聞くと思うかい?」レッド・コッケードは答えた。「あんたの言うことだって、聞くと思う?」

「連中は、頭を吹《ふ》き飛ばされることを決意しているらしい」ラス・ボンバスが言った。「われわれも同じことをやればいいかもしれない。尊い努力だ。見上げたものだ。しかし、事実は、若者くんよ、わがほうは数で負けているばかりでなく、装備の点でも負けている。砲兵隊があらわれたら、もう議論の余地はない。われわれに勝ち目はないんだよ」

「ひとつ、やれることがある」

「そのとおり」ラス・ボンバスが言った。「大急ぎで撤退《てったい》することさ」

「違《ちが》う」テオは言った。「大砲を使用不能にするんだ。砲口《ほうこう》をふさぐんだ。爆破《ばくは》するんだ。あの、火薬詰《づ》めのボトルはどこにある？」

「みんな使ってしまった」ラス・ボンバスは言った。「あ、そうだ、ひとつだけ残っている。いざというときのためにとっておいたのだ」

「いまがその、いざというときなんだ」テオはその手製爆弾《ばくだん》をさっとつかむと、ミックルと伯爵がもどれとさけぶのもかまわず、後方の小さいバリケードに駆《か》けていき、それを乗り越《こ》えて通りの角へと向かった。細い路地に入り、大きく回り道をして、マリアナ連隊の陣地《じんち》の背後に出る道を急いだ。

火薬のにおいが鼻孔《びこう》をついた。大砲はふたたび火を噴《ふ》いた。これに応戦するバリケードからの一斉射撃《いっせいしゃげき》が聞こえた。全精神と体力を使って懸命《けんめい》に駆けて、大砲に到達《とうたつ》しようとした。それがバリケードに致命的《ちめいてき》打撃《だげき》をあたえる前に、やっつけなければならない。ほかのすべてのことを頭から振《ふ》りはらった。フロリアンのことも、各グループ指揮官のことも、失敗した計画のことも、考えなかった。ミックルさえも、ただぼんやりと思い出されるだけだった。まるで、彼女とはどこかよその遠い場所で、遠いむかしにいっしょだったかのようだった。

神経がたかぶって、全感覚が、まるで動物のようにするどくなっていた。彼を満たしているのは、半ばは恐怖《きょうふ》、半ばはグロテスクな喜びだった。片方は彼を締《し》めつけ、片方は彼を駆《か》り立てた。やがて彼は、自分が決してなるまいと思っていたものになっていた。ふたたびケストレルになっていた。狂《くる》おしいほどに幸せだった。殺すのだ。大砲《たいほう》を殺すのだ。

なにやら騒《さわ》ぎが起こっていた。最初は、遠くぼんやりとした音だけだった。マスケット銃《じゅう》の射《しゃ》撃音《げきおん》がとつぜん、するどくなっていた。それから、マリアナ連隊陣地《じんち》の方角からさけび声が聞こえた。彼はさらに足を速めた。軍隊がバリケードに突撃《とつげき》するのを恐《おそ》れたのだ。

もうひとつ角を回って、大通りに出た。砲兵《ほうへい》たちがあわてて大砲を方向転換《てんかん》しようしていた。軍隊はバリケードから遠のいていた。騎馬《きば》の男たちが、歩兵の隊列に襲《おそ》いかかっていた。騎手《きしゅ》たちは、けたたましい喚声《かんせい》とともに、馬上から銃撃し、あるいはサーベルを引きぬいて、マリアナ連隊の兵士たちに切りつけていた。

ジャスティンのゲリラ部隊がマリアンシュタットにいるのだ。

さっきまでの攻撃《こうげき》側が、防衛側になっていた。この猛烈《もうれつ》な襲撃《しゅうげき》から何とか逃《のが》れようしていた。隊列を乱して後退していた。テオは走りつづけた。兵隊たちの群れを掻《か》き分けて、なお大砲を探し出そうとしていた。彼の前で一頭の馬が棒立ちになった。

馬に乗っているのはジャスティンだった。

テオは大声で呼びかけた。ジャスティンは鞍《くら》から飛び降りた。すみれ色の目はぎらぎら光っていた。テオを見て、ジャスティンは自身の憤怒《ふんぬ》に窒息《ちっそく》するかのようだった。

「きみは、おれの伝言を見たはずだ」ジャスティンはテオの胸もとをつかんだ。「きみの指揮権をおれに引きわたすよう命令されていたはずだ」

テオはじっと見つめた。ジャスティンは怒《いか》りで自分を失っている。顔の傷は赤みがかり、まるで何かの生き物のようにぴくぴく動いている。ジャスティンは、テオを絞《し》め殺そうとでもしているようだった。テオはげらげら笑い出した。

「大バカ者！」ジャスティンは彼を押《お》しのけた。「裏切り者め！　こんなことを始めやがって。銃殺《じゅうさつ》してやる」

「きみには指揮権などないんだ、ジャスティン。ぼくもそうだ。わからないのかい？　指揮権はわれわれの手を離《はな》れているのだ。すばらしいジョークだよ。きみではない。フロリアンでもない。民衆が指揮権をにぎっているのだ。彼らは殺されてもいいと決意したんだ。彼らは、きみの命令にも、ぼくの命令にも、だれの命令にもしたがったりはしない」

ジャスティンの顔に浮《う》かんだ当惑《とうわく》の表情が、何とも言いあらわせないほどこっけいだった。テオは笑った。涙《なみだ》が出てくるまで笑った。

「おまえ、気が狂《くる》ったな。地獄《じごく》にでもどこにでも、とっとと行ってしまえ」ジャスティンはくるりと背を向けた。マリアナ連隊側は、ゲリラ部隊の襲撃の最初のショックのあと、態勢を立て直していた。指揮官は、わめき、たたいて、兵隊を何とか整列させていた。ツェラー大佐《たいさ》自身が、副官たちといっしょに馬を乗りつけていた。

騒《さわ》ぎのあいだに、テオは大砲《たいほう》のすがたを見失っていた。砲兵《ほうへい》たちは、大砲の方向を変えて、バリケードにではなく、突進《とっしん》してくるゲリラ部隊に向けていた。マリアナ連隊側は、反撃《はんげき》するのにじゅうぶんなだけの兵力を集めていたのだ。

兵隊たちを蹴散《けち》らし、逃《に》げ遅《おく》れた者をサーベルで切り倒《たお》していたジャスティンの騎馬《きば》隊の第一波は、いまや自分たちが敵軍に取りかこまれているのを知った。突《つ》き出される銃剣《じゅうけん》を逃《のが》れようとして、彼らの馬は狂《くる》ったように棒立ちになった。

バリケードを守っていた市民たちは、次々と胸壁《きょうへき》を越《こ》え、猛烈《もうれつ》な敵襲《てきしゅう》に浮《う》き足立ちはじめたゲリラ部隊の支援《しえん》に駆《か》けつけた。ジャスティンはふたたび騎乗《きじょう》していたが、彼の馬は銃弾《じゅうだん》を受けてくずおれた。テオは、敵に取りかこまれたジャスティンを見た。ジャスティンはサーベルを抜《ぬ》き、すさまじい勢いで兵士たちに切りつけていたが、銃剣の猛襲《もうしゅう》にやや押《お》され気味だった。砲兵たちはふたたび発射した。砲弾《ほうだん》は、バリケードから飛び出してくる群集の真ん中で炸裂《さくれつ》した。まだ立っているレッド・コッケードのすがたが、テオの目をかすめた。バリケードを出てきた人々が大砲のまわりに殺到《さっとう》し、砲兵たちをマスケット銃《じゅう》の銃床《じゅうしょう》で殴《なぐ》りつけた。

煙《けむり》をとおして、テオは、ジャスティンが敵の包囲から自由になったのを見た。ジャスティンは、折れてしまったサーベルを投げ捨て、もうひとつの武器を探し求めた。つまずいて、街路に倒れた。何とか体を起こし、片方の膝《ひざ》をついた。向きを変えて、テオを見つけた。すみれ色の目が怒《いか》りに燃えていた。ひどく出血していた。淡《あわ》く黄色い髪《かみ》がもつれ、赤いものにまみれていた。

テオはめまいがした。街路が目の前で回転するようだった。その瞬間《しゅんかん》、彼はニールキーピングの広場にいた。ジャスティンのさけび声がした。今度は、テオはためらわなかった。テオの肉体は、もはや彼のものではないようだ。彼の両手は――彼のものなのか、ほかのだれかのものなのかわからぬ両手は――、それらがつかんでいる物体に、マッチで火をつけようとしていた。間に合わせの芯《しん》に火がついた。炎《ほのお》を上げはじめたぼろきれにくるまれたボトルを、全身の力をこめて、ふたたびジャスティンを襲《おそ》おうとしている敵兵たちの足元に投げつけた。

燃えあがった炎《ほのお》で、テオは一瞬《いっしゅん》目が見えなかった。爆発音《ばくはつおん》には気づかなかった。兵士たちはあわてて後退していた。テオはジャスティンに駆《か》け寄り、彼を抱《だ》きかかえた。テオの両眼にはまだ炎の残像がきらめいていた。ジャスティンを立たせようとしていると、だれかが駆け寄ってきた。テオは向き直って、ぼんやりと見つめた。ミックルだった。

「彼を路地へ連れていって」ミックルはさけんだ。「急いで。ツェラーの部隊は増えているわ」

ジャスティンは、とほうに暮れた子どものような目つきで彼らを見つめた。ジャスティンの上着の胸の部分が、ぐっしょりと血で濡《ぬ》れていた。ミックルは怒《おこ》ったような声で、テオに、動いてよ、と言った。彼らは二人して、ジャスティンを路地に引きずっていった。ジャスティンはテオから目を離《はな》さなかった。そして、ミックルが彼を建物の側面にもたせかけたときでさえ、まだテオを見つめていた。

「きみじゃない、フロリアンじゃない」ジャスティンはささやいた。「民衆に共和国をあたえられる人間は、おれなんだ」

「民衆は共和国を自分で実現するさ」テオは彼のそばに膝《ひざ》をついた。「それを信じるんだ」

「そうだな」ジャスティンはテオに、あの懐《なつ》かしい少年のような微笑《びしょう》をしてみせた。「おれ、間《ま》違《ちが》ってないもんな。共和国はきっと生まれるよな」

「静かにして、ジャスティン。あまり話している時間はないの」ミックルは彼のシャツを引き裂《さ》いて胸をはだけ、血止めをしようとしていた。テオに向き直って、「彼をインゴのところに連れていける？」

「もういい」テオは立ちあがった。「死んでしまったよ。一度は彼の命を救ったんだ。もう一度、救うべきだったかもしれない。でも、いまでは、どうしようもないことだ」

どれだけ長いあいだ、ジャスティンにとりつかれ、許されずに過ごしてきたことか？　あの戦争中、戦争が終わってから、いや、今日でさえ、自分のやったことは、どれだけ多くが、ジャスティンの存在を意識したがゆえであったことか？　それは終わった。永遠にすんでしまった。テオはそれを知っていた。そしてとつぜん、ほかのあることを知った。

ジャスティンは死んでしまった。そして自分は、まだ彼から自由になっていない。

バリケードの方角から銃撃音《じゅうげきおん》があった。ミックルは彼を引っぱってその場を去ろうとした。

彼はよろめきながら彼女についていった。騎馬《きば》の軍人たちが路地の入り口に入りこんできた。ジャスティンの同志たちではなかった。ツェラーの顔が見えた。ほかの士官が二人。そして歩兵が何人か。

身《み》をひるがえす間《ま》もなく、兵士たちが襲《おそ》いかかった。テオは捕《つか》まえられ、壁《かべ》に押《お》しつけられた。ツェラーが馬から降りて、ミックルに近寄った。ミックルの両腕《うで》は兵士たちに押さえつけられている。

「この者は女です、大佐《たいさ》どの」

「こういう山猫《やまねこ》どもは男より性悪《しょうわる》なんだ」ツェラーはミックルの顎《あご》をつかんで、彼女の頭をぐいと持ちあげた。

「銃殺《じゅうさつ》しますか、こいつら？」

「ほかの連中は片っぱしから銃殺してよし」ツェラーは、カバルス総統自身によって発せられた特別命令を知っていた。まさか、自分がそれを実行することになるとは思いもよらないことだった。「しかし、この二人は、だめだ。こいつらはジュリアナに連れていく」

23

スケイトの要求

スケイトには鼻がある。彼自身のように丸くずんぐりしているが、きわめて敏感《びんかん》な鼻だった。かすかなにおいで、その発生源をぴたりと当てる。まず、彼を裏切ったことはない。ところが、この数ヵ月、スケイトのほうが彼の鼻を裏切ってしまった。彼は、女王と彼女の執政官《しっせいかん》たちは首都から逃亡《とうぼう》したと推定することによって、大いに時間を無駄《むだ》にした。冷たい理性が、これが彼らのもっとも論理的なコースだろうと彼に告げたのだ。

もっと自分の鼻に注意を払《はら》うべきだった。明々白々なことを受け入れてはならない、と鼻は告げていた。むかしなじみの感度の高い付属物を軽視したばかりに、過ちをおかしてしまった。この過ちをくり返してはならない。また、この過ちについて、いつまでもくよくよ考えていてはならない。遅《おく》れを取りもどそうと、スケイトは、くんくん嗅《か》ぎながらマリアンシュタットじゅうを歩きまわりはじめた。ようやく、正しいやり方にもどったのだと思っていた。

それにもかかわらず、満足した気分ではなかった。というより、不安な気分だった。こんなに長い時間をかけて、こんなにわずかな結果しか生み出さなかった。そのことで、カバルスは怒《いか》り心頭《しんとう》だった。もし、女王が一度もマリアンシュタットを離《はな》れなかったこと、そしてこのことをスケイトが今日《こんにち》にいたるまで発見しなかったことが明らかになったら、彼は窮地《きゅうち》に追いこまれる。彼の有能さに疑問が投げかけられ、首もあやうくなるかもしれない。もちろん、万一最悪の事態になった場合には、彼はみずからを保護できることになっている。

最悪の事態はもう来ている——あるいは、もうすぐ来る。鼻がそう告げていた。

それは、二つの不快なにおいを感知しはじめていた。そのどちらにもなじみがあった。組み合わせが、彼を警戒《けいかい》させた。

火薬と血のにおいだった。

これらの不快なにおいを、彼はマーシュ地区で嗅いだ。スケイトは、ある酒場の片すみに腰掛《こしか》けて、新しい探索《たんさく》の方法について思案していた。ポケットには「カスパール爺《じい》さん」を一部持っていた。これを手に入れるのはかんたんだった。この新聞は、手から手にわたされて首都全体に出まわっていた。この新聞を手にしたことから、彼は、ひとつの発想を得たのだった。

もしだれかが、この複雑怪奇《かいき》な陰謀《いんぼう》の草むらを押《お》し分けて自分をみちびいてくれるとしたら、それは「カスパール爺さん」自身ではないか。スケイトはそう思った。いままで彼は、ケラーの居場所について、少しも気にしていなかった。あの生意気な記者野郎《やろう》、気にする値打ちもないやつだと思っていた。しかし、ケラーは意外と鍵《かぎ》になるかもしれない。鼻がそう忠告していた。その鍵をつかんで、差しこんで、回してみよう。ドアが開いて、何かが出てくるかもしれない。

これは名案だ。スケイトはワインを注文し、ひそかに祝杯《しゅくはい》をあげた。が、それをまだ飲み終えないうちに、酒場じゅうにニュースが広まった。――ケラーが死んだ。

スケイトはカッとなった。あの記者野郎《やろう》、おれに意地悪するためにわざと死にやがったんじゃないのか。彼は憤然《ふんぜん》として酒場を出、ジュリアナ宮殿《きゅうでん》に向かって歩きはじめた。この出来事をカバルスに報告しなければならない。ケラーの死は、実は、自分の仕組んだ術策の結果なのだと話してやろう。いくぶん信頼《しんらい》を回復できるだろう。

急ぎ足に歩いていくうちに、次々とうわさが耳に飛びこんできた。カロリア広場で、なにやら騒乱《そうらん》が起きているらしい。

スケイトは考え直した。踵《きびす》を返して、逆の方向に向かった。ジュリアナ宮殿とはなるべく離《はな》れたかった。

騒《さわ》ぎがどのような性格のものであれ、カバルスがそれを知ったとき、宮殿にいたくはなかった。カバルスは、気に入らぬニュースを聞くと、それを、だれであれ、身近にいた者のせいにして当り散らすくせがあるのだ。

いずれにせよ、スケイトはカロリア広場に行くつもりもない。民衆は暴れ出すと危険なけだものになる。統制が利《き》かず、予測もつかない。ふだん猫《ねこ》をかぶっている素人《しろうと》どもにかぎって、最悪の大混乱を引き起こすのだ。

彼は、マーシュ地区を深く入りこんだところにある一軒《けん》の下宿屋に行った。彼のもっとも信頼する情報屋たちだけが、ここのことを知っている。がたついた階段をのぼって、小さなこぎれいな部屋に入った。椅子《いす》に身をゆだね、足を投げ出して、メッセージがとどくのを辛抱《しんぼう》強く待った。多くのメッセージが、かならずとどくはずだった。

日暮れまでに、報告が次々ととどき、首都全域に起きていることがおぼろげにわかってきた。彼の全神経が、彼の鼻の穴と同様に震《ふる》えはじめ、警告していた。これは危険だ。深刻な事態が起きようとしている。

眠《ねむ》れない夜のあとの早朝、彼の子分の一人があるメッセージをもたらした。それをひと目見るや、スケイトは飛びあがり、外套《がいとう》と帽子《ぼうし》を身につけ、ジュリアナに向けて全速力で歩いた。

スケイトは、前夜の雨を呪《のろ》った。彼は、独特の個人的な信号システムを開発していた。ランタンやのろしや鏡の反射によって、遠くから情報を伝えるのである。それは、総統政府の連絡《れんらく》方法よりもはるかに早く彼に情報をもたらした。あの嵐《あらし》がなければ、彼はもっと前にこのニュースを受け取っていただろう。しかし、まあ、そうではあっても、総統政府より数時間先んじているのは間違《まちが》いない。そのことを利用しよう。

人々はすでに、大アウグスティン広場のまわりにあふれていた。スケイトは、咎《とが》められることなく宮殿の門を通りぬけた。スケイトは、カバルスにただちに謁見《えっけん》することを認められている数少ない人間の一人だった。カバルスはいつも、スケイトとオールド・ジュリアナの一室で会うことになっていた。部屋に入るなり、スケイトは一枚のメモを書き、それをすぐ総統のもとにとどけてもらった。しかし、その朝、彼の特権と彼のメッセージの性質にもかかわらず、スケイトは、永遠とも思われる時間、待たされた。その間ずっとこの遅延《ちえん》について憤慨《ふんがい》しつづけていた。

このとき、フロリアンと彼の軍隊がウェストマークにいることを知っているのは、ジュリアナ宮殿《きゅうでん》の中で、スケイトただ一人だった。

スケイトは、そのことをカバルスに告げる気持ちなど、さらさらなかった。

カバルスは飢《う》えていた。それは、いかなる食べ物も満足させられない飢えだった。総統の固く閉じた口の中で、古い灰の味がした。そうだ、これは忘恩の味だ、とカバルスは思った。体力と意志のかぎりを尽《つ》くして祖国に奉仕《ほうし》すること。彼は、このこと以上の何ものも求めたことはなかった。総統政府の最初の数ヵ月のあいだ、彼は、残念にも、相当数の士官や大臣を処分することを強《し》いられた。いずれも、その体力と意志をむしばまれた人々だった。彼はその数の多さに愕然《がくぜん》とした。しかし、もう始めたことだ。気は重いが断固としてやりぬくしかない。

いまでさえ、彼は、最高評議会のメンバーの中に弱さと利己主義がはびこっているはずだと見ていた。彼は彼らを注視していた。カバルスの目は、すべてを見ぬき、微動だにせず、当然ながら無慈悲《むじひ》だった。

この目がいま、紙切れの上に注がれた。当番士官が直接、自室にいる総統のもとに持ってきたメモである。カバルスはそれを、しばらく見つめつづけた。それから、いくつかの指示をあたえた。士官が出ていくと、カバルスは、紙切れの端《はし》を書き物机の上のろうそくの炎《ほのお》にかざした。メモが燃えはじめると、それを空《から》のカップの中に落とし、完全に燃え尽きるまで待った。それからペーパーナイフの先でもって灰をかき混ぜた。すぐあとで士官はもどってきて、カバルスが要求した品物を手わたした。

総統直属のアンカル軍護衛隊に周囲を守られて、カバルスはオールド・ジュリアナにおもむいた。古い宮殿の地下室に入った。兵士たちは、地下室のドアの前の廊下《ろうか》に整列した。

この部屋は、むかしは拷問室《ごうもんしつ》だった。人の目をなごませるものは何もない部屋だが、カバルスには居心地がよかった。アウグスティン王の宰相《さいしょう》であったころ、頻繁《ひんぱん》にこの部屋を使ったものだった。総統になってからも、ある種の人々とはこの部屋で会うことにしていた。自分からやってくる者もいたが、そうでない者もいた。この部屋は、関係者のすべてに、プライバシーの恩恵《おんけい》をほどこした。

総統はテーブルに着いた。考えをまとめようとした。彼は最近、自分が長い人気《ひとけ》のない廊下を歩いているかのように感じていた。彼は、祖国と国民のために、すべてを犠牲《ぎせい》にしてきた。知恵《ちえ》と指導をあたえ、必要なときには断固たる懲罰《ちょうばつ》を加えてきた。自分としては、献身《けんしん》の精神においてそれを行なってきた。もし国民が、同じ献身の精神においてそれを受け入れないとしても、彼は許すことができる。彼らは、ひとにぎりの悪辣《あくらつ》な不穏《ふおん》分子どもによってそうした精神から遠ざけられているのだ。総統はまた、彼にもっとも近い人々さえ、彼の視野の広さがわかっていないことを知っていた。彼はただ一人、恐《おそ》ろしいほどの責任を背負っているのだった。彼はそれを謙虚《けんきょ》に受け入れた。しかたがないことだ。犠牲《ぎせい》と孤独《こどく》を二つながら要求するのが権力というものだ。それが権力の重さであり偉大《いだい》さなのだ。

警備兵が訪問者を招じ入れた。カバルスは小男をじっと見つめた。スケイトのほうも、見返した。こいつめ、なんという無礼な態度だ、とカバルスは思った。

「おまえのメッセージだが」カバルスは冷たく言った。「わたしには理解できんな。いったい、何を言いたいのだね？」

「そうはおっしゃいますが、わたしは、じゅうぶんに閣下が理解されたものと思っております。わたしはここにいる。あなたはここにいる。そしてそれ」スケイトは、テーブルの上の革《かわ》の袋《ふくろ》に顎《あご》をしゃくった。「それもここにある。そうなんです。閣下とわたしは、たがいを理解しております。以前から、そうでしたよね」

慣例として、スケイトはカバルスに会っているときは、いつも立ったままだった。いま、彼は椅子《いす》を引き寄せて、許しも得ずに腰《こし》を下ろし、短い足を組んだ。

「さあ、閣下」彼は口早につづけた。「もしおかまいなければ、この件を片づけてしまい、わたしは失礼させていただきます」

「ずいぶん急に決心したのだな」

「いまの世の中、何が起こるかわかりませんからな」スケイトは切り返した。「チャンスがおとずれたときは、すかさず捕《つか》まえなくてはならんのです。今日の日をとらえよ、という言葉もありますのでね。人間だれしも、チャンスさえあれば、小さな息ぬき、小さな休日がほしくなるもので。あとあと、そのほうがいいんです」

「小さな休日のためにしては、ずいぶん大金を要求するんだな」

「それほどではありません。よくお考えになればおわかりのはず。前金と、信用貸しと思えばいいのです」

カバルスは彼をにらみつけた。「おまえ、今後もまだ要求する気なのか」

「そういうことかも」スケイトは肩《かた》をすくめた。カバルスの船がしずみかけているかどうか、まだ確信はない。しかし、彼の鼻は、カバルスの船が深刻な水漏《みずも》れを起こしていることを告げている。もしカバルスが権力を何とか維持《いじ》するならば、スケイトはいっそうの額を要求することができるだろう。もしそうでないなら、新しい雇《やと》い主を見つけるまでのあいだ、まともに暮らしていけるだけの金はもらっておかなければならない。「未来は、われわれのだれにも予見できぬことですからね」

ドアがノックされた。カバルスは、憤然《ふんぜん》とした面持《おもも》ちでドアに向かった。けしからん。この部屋での接見中はいかなる中断も禁じているのに。歩み寄って、かんぬきをはずし、ドアを半ば開いた。当番士官が首を突《つ》っこみ、なにやら早口にささやいた。カバルスは同様に早口で答えをあたえた。テーブルにもどったが、腰《こし》は下ろさなかった。

「すぐ出ていくんだ」カバルスは命令した。彼の心は、新しい可能性について、すでに急速に動いていた。彼はそれらを一瞬《いっしゅん》のうちに感じた。分析《ぶんせき》するのはあとでいい。かつて彼は、予見できない状 況《じょうきょう》をみごとに利用するこの能力を、天からの授かり物だと思ったのだった。その後彼は、それがじっさいには何であるかを理解するようになっていた。それは、運命というものなのだ。「最高度に重大な事柄《ことがら》が起きた」と彼は言った。

「わたしの用件も重大です。重大なことが起きたのならますます早く処理していただかないと」

「出ていけ」カバルスは言った。「何でまた、わたしがおまえにそんな大金をあたえるなどと思うのかね？」

「ひとつには、あなたはそれを、ここに持ってきているからです」スケイトは言った。「もうひとつには、あなたは、わたしが口を閉ざしつづけると思っているからです。じっさい、あなたはわたしを信用するしかない、そうでしょう？　さらにもうひとつ、あなたはわたしを逮捕《たいほ》させたり殺させたりできないから。もし、あなたがそんなことをしようとしたら、その前にわたしは言うことがあります」

スケイトは、丸々とした指を折り曲げた。「まだあります。あなたは、わたしがハッタリを嚙《か》ませているのでないことを知っている。もし相手があなたじゃなかったなら、わたしは警察に突《つ》き出しているでしょう――こんな言葉は使いたくないが――一般窃盗《いっぱんせっとう》の罪で」
「おまえは軽蔑《けいべつ》にも値《あたい》しないやつだ。下劣《げれつ》な言いがかりだ――」
「しかし、わたしたちがいま話し合っているのは、一般窃盗などというものではない。じっさいには、きわめて一般的でない、実にたくみに仕組まれた犯罪です。みごとな芸術作品と言ってもいい。あなたは、あなたがかかわった痕跡《こんせき》を、もののみごとに消し去った。だれだって、これを嗅《か》ぎつけられはしません。つまり、わたし以外は、だれだって。わたしが気づいたのは、鼻です。この鼻のおかげです。

あなた直属の工作員として、わたしは宮殿《きゅうでん》や各省庁を自由に出入りできた。あちこちの穴やらすみっこやらに鼻を突っこむ特権を持った。国庫の記録、偽造《ぎぞう》された領収書、偽《にせ》の文書、秘密の資金に接することができた。わたしは、わたし独自の探索《たんさく》を行なったのですよ。この職業の者はみな、それをやるのですよ。そうやって自分の身を守るのです。やむを得ないことです。ご理解いただけると思います。そうしないと、われわれは、いったん使命を果たしたら、雇《やと》い主の思《おぼ》し召《め》ししだいでお払《はら》い箱になったり、命を奪《うば》われたりです。それはつらい人生です。哀《あわ》れなほどにつらいのです。

これは、わたしの万一のときのための準備金です。あなたは、ご自身のそれを持っておられる――じっさい、わたしのとはくらべものにならない金額だ。わたしの見るところ、あなたはアンカル首長国にかなりの金額を貯めてきた。もちろん、国家の資金からくすねたものだ。あなたはおまけに、総統政府の名義でアンカル首長国から金を借りている。ねえ、そうでしょうが。あなたはあれこれの口実で、そのような借財を重ねてきた。だから、アンカル首長国は、この国の一切合財《いっさいがっさい》を所有しているのも同然だ。あえて言うが、アンカルの王様は、あなたの評議会で、あなたの閣僚《かくりょう》たちのだれよりも大きな発言権を持つことになる。金を出す者が口を出すのです。もし軍隊がこれを知ったら、あなたを反逆罪のかどで銃殺《じゅうさつ》するでしょう。もし、あなたの支持者である商人たちが気づいたら、公然たる窃盗《せっとう》のかどであなたを絞首刑《こうしゅけい》にするでしょう。しかし、それはあなたの問題で、わたしの問題ではない。わたしは、ああだこうだと判断はしない。さあ、そろそろ失礼いたします。もしよろしければ、そのお金を――」

カバルスの顔は土色になっていた。彼はテーブルから袋《ふくろ》をつかみ、床《ゆか》に投げた。金貨がジャラジャラと敷石《しきいし》にこぼれた。

「それを持っていけ」カバルスは、ぞっとするような声でささやいた。「這《は》いつくばって取るんだ」

「わたしは見栄《みえ》を張りません」スケイトは肩《かた》をすくめ、膝《ひざ》をついて金貨を拾い集めはじめた。「ちょっと這いつくばるぐらいが何です。必要とあらば、だれだってやるじゃないですか」

カバルスは答えなかった。テーブルに歩み寄り、重い燭台《しょくだい》のひとつを持ちあげ、ためらうことなく、全身の力をこめて、スケイトの頭の上に振《ふ》り下ろした。小男は、ひと声、グフーッと半ばため息のようなうめきを発して、金貨の上に突《つ》っ伏《ぷ》した。

ドアをたたく音がした。カバルスは袋を部屋のすみに投げ、散らばった金貨を爪先《つまさき》で蹴《け》って、見えないところに移した。ずんぐりむっくりの死体をサイドテーブルのところに引きずって行き、その下に押《お》しこんだ。アンカル兵があとで処理してくれる。彼らは質問などしない。国家の必要事項《じこう》として受け入れるだけだ。

カバルスはテーブルにもどった。両手を組み合わせ、表情をやわらげた。自分は決然として、適切に行動した。それは間違《まちが》いない。しかし、何の満足も感じなかった。ただ深い失望を感じるだけだった。ああ、あの恩知らずめ。長年可愛《かわい》がってやったのに……。

24 総統の絶叫《ぜっきょう》

こいつこそ幽霊《ゆうれい》だ、ぼくの見る最後の幽霊だ。テオはそう思った。運命の車輪は完全に一回転し、いまや、彼とミックルを踏《ふ》みつぶそうとしている。二人とも、遠いむかし、この同じ部屋に立っていた。この同じ男と向かい合っていた。押《お》し黙《だま》ってこちらを見つめているこの男と――。

カバルスの視線は、あのときはテオを震《ふる》えあがらせた。いまテオは、カバルスを冷たく観察した。好奇心《こうきしん》さえ持ってながめた。カバルスは、少なくとも外見上は変化していた。顔立ちはすさんでいた。痩《や》せた頰《ほお》はいくぶん肉をつけていた。目だけが同じだった。

その目が、まずミックルを、それからテオを見たとき、テオは一瞬《いっしゅん》、喉《のど》もとに、氷のかたまりのようなあの古い恐怖《きょうふ》を感じた。が、すぐにそれは消えた。ぜったい命を奪《うば》ってやると誓《ちか》っていたのに、逆に、自分の命がこいつに奪われることになってしまった。そう思っても、ただ漠然《ばくぜん》とした遠い悔恨《かいこん》を覚えただけだった。テオはただ、悲しみだけを感じた。ミックルと別れなければばならないこと、ミックルを巻き添《ぞ》えにしてしまったこと、それが悲しかった。自分自身の死を受け入れることはできる。しかし、彼女の死はとても受け入れられなかった。

ツェラーの部下が、彼の手を縛《しば》り、ミックルにも同じことをした。カバルスの喉くびに飛びつき、アンカル兵どもに阻止《そし》される前に殺すことはできないものか……。しかし、たとえそうしても、ミックルを助けることはできないだろう。カバルスの生死は、この場合どうでもいいことだ。運命の車輪はカバルスに向かっても回転する。彼は破滅《はめつ》させられるだろう。いまでなくても、いずれは。ぼくによってでなくても、別の人によって。テオは少しの疑問の余地もなく、それを信じた。にもかかわらず、彼は決心した。殺されるとしても、そうあっさりと殺されはしないぞ。

彼はミックルに視線を投げた。自分の思いを伝えたかった。彼女もまた、以前は震えあがっていた。以前、カバルスにまつわるさまざまな記憶《きおく》は、ほとんど彼女の心を打ちくだいたのだった。しかしいま、彼女は、静かに、落ち着きはらって、ウェストマークの総統と自称《じしょう》する男を正面から見すえている。

「手に血がついているわ、カバルス」

テオは一瞬戸惑《とまど》った。が、すぐ、彼女が冷静に事実を述べているのだとわかった。総統の両手の指に、赤い飛沫《しぶき》がついていた。カバルスは袖《そで》からハンカチをとりだし、よごれを拭《ふ》いた。

「小さな事故です」カバルスはハンカチをわきに投げた。「取るに足らぬことです、陛下」

「陛下ですって？」ミックルは半ばほほえんだ。「君主制はもう存在しないのじゃないかと思っていたわ」

「そのとおりです」カバルスは応じた。「しかし、それは狭《せま》い意味においてのみのこと。君主制は、それがあなたの肉体に具現《ぐげん》しているかぎり、存在するでしょう。わたしは光栄にも、総統としてウェストマーク国に奉仕《ほうし》しています。しかし、陛下、あなたは、この国の女王でありつづけるのです」

テオは眉《まゆ》をひそめた。カバルスのやつ、何を言おうとしているのか。カバルスのこの態度は、テオにとって、自分とミックルとがまだ生きているという事実以上におどろくべきことだった。その朝、ツェラーの部下たちに捕《と》らえられたとき、テオはその場で射殺されるものと思った。ミックルといっしょにジュリアナ宮殿《きゅうでん》に連行され、しばらく警備兵室に監禁《かんきん》されていたときでさえ、これは、二人への死の宣告を自分の口から言いわたすという満足をカバルスが味わうためだけの処置なのだろう、と思っていた。

「ウェストマークの女王ですって?」ミックルは言った。「もしそうなら、女王は総統カバルスに命令するわ、地獄《じごく》に落ちろと」

カバルスは、傷ついたような顔をして見せた。「陛下。わたしとあなたは、敵同士ではありません」

「あなたは殺人者よ」ミックルは言った。「あなたがバカだと思ったことは一度もなかった。もしあなたが友人だというのなら——」

「いや、わたしとあなたとは友人ではありません」カバルスは言った。「友人だなどと言って、あなたの知性を軽蔑《けいべつ》したりはしない。率直に言う。総統に選任されて以来、わたしが心に決めてきたことは、あなたとあなたの執政官《しっせいかん》たちに、この不幸な国に害悪をあたえたかどで、厳罰《げんばつ》を下すことだ。そして、わたしはこれを実行する。それがウェストマークにとって最良の結果をもたらすと判断すれば、ためらわない。しかし、遺憾《いかん》の意とともに、悲痛の思いとともに、それを実行する。わたしとあなたは友人ではないが、おたがいのゴールは同じなのだから」

テオは、怒《いか》りに満ちた返答をあたえようとしたが、ミックルが、カバルスにつづけさせろという身振《みぶ》りをした。彼女自身、おどろき呆《あき》れていた。

「わたしもあなたも平和を求めています」カバルスはつづけた。「これは事実ではありませんか？　わたしもあなたも、この恐《おそ》ろしい流血を終わらせることを願っている。わたしではなくて、あなたとあなたの執政官たちがそれについて責任がある。あなた方は抵抗《ていこう》することを選んだ。紛《ふん》争《そう》を引き起こすことを選んだ。わたしが私利私欲《しりしよく》なしに働いて打ち立てたところの秩序《ちつじょ》に歯向かうことを選んだ。わたしでなく、あなた方が、この戦慄《せんりつ》すべき流血を始めた。総統政府は義務として、ただみずからを守っただけなのだ。あなただって同じことをしたのではないだろうか？　しかし、わたしは、喜んでそういうことはわきに置こう。われわれは共通のゴールに到達《とうたつ》しうるのです。しかし、そのためにはおたがいに協力することが必要なのです。

祖国は引き裂《さ》かれています。この都市が大混乱に見舞《みま》われていることを、わたしはじゅうぶん知っています。少数の無謀《むぼう》な人間——その中にはあなたもふくまれますが——が、政府にたいして陰謀《いんぼう》をくわだてていることも承知しています。彼らが成功することなどありません」

カバルスは、視線をテオに向けた。「きみの仲間である執政官《しっせいかん》の一人と人殺しどもの小集団が首都に入りこもうとしていることを、わたしは知っている。連中は始末されなければならない。ほかの裏切り者どももみんな始末される。それしか方法がなければ、の話だが。しかしながら、そのコースを歩む必要はない。この国に悲しみのみをもたらした敵対と憎悪《ぞうお》をくり返す必要はない。それは終えることができる」

「そのとおりさ」テオは言い返した。「総統政府が打倒《だとう》され、あんたがいなくなれば、すべては終わるのだよ」

「きみは、自分の立場を誤解しているな」カバルスはうっすらとほほえんだ。「きみは、自分が囚人《しゅうじん》であることを忘れている。いずれにせよ、わたしの申し出を受けるか断わるかは、きみの決めることではない。どちらかを選ぶのは女王だ」

「そうかしら?」ミックルは言った。「あなたが、何を選べと言ってるのか、わからないんだけれど」

「一方に、あなたの死とあなたの未来の夫の死、そしてあなたの支持勢力の絶滅《ぜつめつ》。他方に、われわれ双方《そうほう》が大いに望んでいる平和を実現する機会。このどちらかを選べと言っているのですよ」

「もし、わたしたちに降伏《こうふく》を求めているのなら——」ミックルは言いはじめた。

「いや」カバルスは言った。「わたしが求めているのは、あなたが、ウェストマークの王座にもどることだ。あなたを支持する人々に、自分といっしょに、秩序《ちつじょ》回復のために努力しようと呼びかけることだ。女王であるあなたは、あらゆる政党政派を超越《ちょうえつ》した存在だ。あなただけが、この混乱した国に結束をもたらすことができる。もし蜂起《ほうき》や騒乱《そうらん》がつづけば、総統政府はそれらを無慈悲《むじひ》に鎮圧《ちんあつ》するでしょう。どれほど血が流れようと、どれほどはげしい内戦になろうと、それらを粉砕《ふんさい》します。陛下は国民を、この災厄《さいやく》から救うことができるのです」

「そんな話を聞くんじゃない」テオはさけんだ。「罠《わな》だ」

「違《ちが》う」カバルスは言った。「政治家としての提言だ」

テオは、ミックルが彼と同様に憤激《ふんげき》しているものと思っていた。ところが、彼女は、押《お》し黙《だま》って考えこんでいるようだった。

「二度とこんな申し出をすることはありません」カバルスは言った。「あなたはいま、決めなければなりません」

「もしわたしが女王になるとしたら」ミックルは言った。「総統政府はどうなるの？　そして、あなたは？」

「総統政府はわたしの指導のもと、権力を行使しつづけるでしょう。あなたが総統政府を別の名で呼ぶほうがいいと思うのなら、わたしは反対しません。あなたの人生はあなた自身のもの。結《けっ》婚《こん》することも許されます」テオをちらりと見て、「あなたの夫君《ふくん》はあなたとともに王座にすわることになる。あなたの共犯者たちの反逆罪について言えば、わたしはそれに目をつむる用意がある。こういったところがわたしの条件だ。さあ、いま、受け入れるか、それとも――」

「わたしにも条件があるわ」ミックルは言った。「第一に、テオをすぐさま解放すること。わたしはここにとどまる。でも、あなたはいますぐ彼を自由の身に――」

ドカーンという音がした。ニュー・ジュリアナの方角からだった。カバルスは真っ青になった。しかし、爆発音《ばくはつおん》のせいではなかった。

カバルスの目は、部屋の片すみを見つめていた。顔は恐怖《きょうふ》に引きつっていた。テオは振《ふ》り返った。小柄《こがら》な丸っこいすがたが、影《かげ》の中からよろめき出た。最初、テオは、スケイトだとわからなかった。男の顔は、まるで赤い仮面のようだった。

カバルスはさっと立ちあがった。スケイトは両手を差し伸《の》べるようにして、よろよろと歩いてきた。カバルスは、凍《こお》りついたように立ちすくんでいた。スケイトはがくりと片膝《ひざ》をついた。目は生気を失いはじめていた。彼は、最後の力を振りしぼって、ブーツから短剣《たんけん》を引きぬいた。

刃《やいば》が宙を飛んだ。カバルスは、絶叫《ぜっきょう》して椅子《いす》に倒《たお》れこんだ。目は大きく見開かれ、自分の胸もとに突《つ》き刺《さ》さった短剣の柄《つか》を見つめていた。スケイトは、ばたりと突っ伏《ぷ》して動かなくなった。

カバルスの断末魔《だんまつま》のさけびが聞こえたらしい。アンカル兵たちがドアをたたきはじめた。テオはカバルスの死体に飛びついた。手首が縛《しば》られていたが、何とか短剣をつかんで引きぬいた。ミックルの手を縛っている縄《なわ》を断ち切った。その次は、ミックルがテオのいましめを断ち切った。

ドアをたたく音が、はげしさを増していた。

テオは室内を見まわした。ドアにバリケードをするものはないだろうか。「連中をできるだけ長く外に置かなくては。突入《とつにゅう》してきたら、たちまち殺されてしまう」

「そうね。でも、わたしたちがここにいなければ、だいじょうぶ」ミックルは部屋のすみに走った。「来て。手を貸して」

彼女は床《ゆか》に膝をついていた。テオは駆《か》け寄った。ミックルは、厚い板をはがそうとしていた。彼を見上げて、「まさか、忘れてはいないでしょう？　わたしは覚えてるわ」

テオは、彼女がやっていることをとつぜん理解した。動転したあまり、頭に浮《う》かばなかったことだ。彼女といっしょに、全身の力を振りしぼってその板を引きあげようとした。背後で、ドアがメリメリと裂《さ》けはじめた。

ミックルが顔をしかめた。「わたし、だいぶ前に、これをふさいでしまうよう命令したわ。二度と見たくなかったの。だから、これはふさがれている。――それにしても厳重にやりすぎたわね。こっち、こちら側を動かしてみて」

テオは思い切り引っぱった。ようやく板ははずれた。深い縦穴がぱっくりと黒い口をあけていた。ミックルの顔は青ざめた。悪夢がよみがえってきたのだな、とテオは思った。ここで、かつて、カバルスは幼い王女を死に追いやろうとしたのだ。

「この下は川につづいているわ」ミックルは言った。「忘れようとしても忘れられるものじゃない。わたし、前に、そこを通りぬけたんですもの」押《お》し破られようとしているドアをちらりと振《ふ》り返り、「わたし、もう一度、ベスペラ川に運をまかせてみたいの。もしあなたがいっしょに来てくれるなら」

「いいとも。どこまでだってついていくよ」

ミックルは向き直り、縦穴の中に体を入れた。一瞬《いっしゅん》、縁《ふち》につかまったが、すぐ手を離《はな》し、暗黒の中へと落ちていった。テオもあとを追って身をおどらせた。

25 激戦のなかで

バリケードのニュースは、「カスパール爺《じい》さん」の死のニュースと同様、急速に広まっていた。広まりながら、どんどん話が変わっていった。まるで、大砲《たいほう》の砲弾《ほうだん》が大きな鐘《かね》にぶちあたったかのようだった。しかし、その鐘の反響《はんきょう》は消えていくどころか次第に高まり、そしてバリケードはどんどん大きくなった。朝までに、バリケードは三ブロックにわたってつづく巨大《きょだい》なもの、ということになり、つづいて、一時間もたたないうちに、六ブロックもつづく、高さ六メートルのものに成長してしまった。

いまや、この話はマリアンシュタットのほとんどの人が知っていた。それを知らない数少ない人間の一人が、当のウィーゼルだった。自分のつくったバリケードがそんな大きなものになっていることなど、少しも知らなかった。テオがカロリア牢獄《ろうごく》から脱出《だっしゅつ》したことは耳に入っていた。ウィーゼルが気にしていたのは、そのことだけだった。あまりにいそがしくて、街に飛びかううわさを聞いているひまはなかった。

雷雨《らいう》が始まったとき、彼は急ぎ足でフィッシュ・マーケット広場を横切っていた。ふと、姉のすがたを見つけた。スパロウは、服はずぶ濡《ぬ》れ、髪《かみ》はもじゃもじゃ。悲しみを押《お》し隠《かく》し、冷たい怒《いか》りの中にいた。ピストルが一挺ほしいのだけれど、と弟に言った。

「いっしょに来いよ」ウィーゼルは言った。「おれたちが見つけてやるよ」

「『おれたち』ってだれのこと？」

「おれたち特殊《とくしゅ》ゲリラ部隊のことさ。おれが隊長なんだ」いままで、これについてスパロウに何も言っていなかった。自分の胸に納めてきた軍事機密だ。「あんたも参加していいよ——もし、おれの命令にしたがうと約束するならね」

「何をするつもりなの？」

一人の指揮官として、ウィーゼルは、自分の戦略を下級の者に話す気はない。ただ、こう答えた。「騒《さわ》ぎを起こすんだ」

夜のあいだに、ウィーゼルは自分の部隊に招集をかけた。朝までに、数十人のおんぼろ少年が港に近い空いた倉庫に集まっていた。そこでウィーゼルは作戦会議を開き、武器を配布した。何カ月にもわたって、彼は、自分の武器庫を豊かにしてきた。いまやそこには、カナテコ、熊手《くまで》、大鎌《おおがま》、そして、一見いかにも恐《おそ》ろしそうに見える、ごくありふれた道具類などで、いっぱいだった。彼はまた、最近、二挺のピストルを手に入れていた。一挺を、副官である赤い髪の痩《や》せこけた若者——強盗《ごうとう》志願で野良猫《のらねこ》のような機敏《きびん》さを持つ——にわたし、残りの一挺をスパロウにわたした。ウィーゼルが気前よくふるまえたのは、自分専用の武器を持っていたからだ。それは防水布におおわれて、一輪車の中にしまわれていた。

ウィーゼルは、彼の部隊のいくつかの班を市内のさまざまな地区に派遣《はけん》した。スパロウと、彼のエリート軍団である三人のボディーガードといっしょに、彼は、一輪車を大アウグスティン広場に転がしていった。ジュリアナの近くに、かなりの数の群集がすでに集まっていた。みんな怒って、しかしまだ及《およ》び腰《ごし》で、宮殿《きゅうでん》の門を固めているアンカル兵たちからは、かなりの距離《きょり》を保っていた。予期していない状況《じょうきょう》だった。ウィーゼルはいらだった。もし群集の数がふくれあがったら、軍隊が派遣され、解散させられてしまう。いますぐ行動しなくてはならない。

「あの警備兵どもをどかしてほしいんだ」ウィーゼルは姉と仲間たちに命令した。

スパロウはうなずき、ショールの下のピストルをまさぐった。「やつらを始末するわ。火薬と弾丸《だんがん》をちょうだい」

ウィーゼルは彼女を見つめた。まるで、スパロウが月をちょうだいと言ったみたいだった。

「火薬と弾丸だって？　そんなものはない。つまり、無駄《むだ》にするものはないんだ」

「バカ！」スパロウは、憤然《ふんぜん》として弟を揺《ゆ》すった。「弾丸もよこさないで、わたしに何をやれって言うのさ」

「それは、あんたしだいだ」ウィーゼルはすでに、高度の軍事的指令の秘訣《ひけつ》を見つけ出していた。

――命令をあたえよ。そして、下級将校にそれを理解するよう努めさせよ。

あいつ、正真正銘《しょうしんしょうめい》のバカなんだからと文句を言いながら、スパロウと三人の少年は、広場の一方の側に沿って走り出し、走りながら相談した。ウィーゼルのほうは、ほかの側から、例の一輪車を宮殿《きゅうでん》に向けて転がしはじめた。

スパロウは、いまや門のところに到着《とうちゃく》していた。姉のようすを見て、ウィーゼルは満足そうに微笑《びしょう》した。スパロウはピストルをとりだし、それを警備兵たちに見せている。スパロウの身振《みぶ》りとアンカル兵のおびえたような顔から判断して、きっとスパロウは、もっともらしい緊急《きんきゅう》のでたらめ話を吹《ふ》きこんでいるのだろう。武器の隠《かく》し場所を見つけたとか、憤激《ふんげき》した群集が完全武装してすぐ近くまで来ているとか……。

スパロウはさかんに指さしては、手振り身振りをまじえて話している。彼女が何を話し、アンカル兵たちが何を理解したのかはわからないが、ともかく兵隊たちは少しだけためらい、それから、スパロウのあとについて歩きはじめた。

いまがチャンスだ。ウィーゼルは行動に移った。何度も練習し実験していたので、彼は、導火線の火が一輪車の中の、釘《くぎ》と火薬を詰《つ》めた樽《たる》にとどくのにどれだけ長くかかるか、正確に知っていた。

全速力で一輪車を押《お》していき、門のすぐ前に来たとき、初めて足を止めた。導火線に火をつけた。一輪車をぐいっと前方に押しやると、身をひるがえして走り去った。

アンカル兵の一人が、一瞬《いっしゅん》、振《ふ》り返って自分の持ち場のほうを見、パチパチ燃えている導火線と、駆《か》けていくウィーゼルを見た。マスケット銃《じゅう》を構え、即座《そくざ》にウィーゼルめがけて発砲《はっぽう》した。樽から導火線を引きぬこうと駆けもどった。着くのが一瞬遅《おそ》かった。樽と一輪車は大音響《だいおんきょう》とともに爆発《ばくはつ》した。石造物の破片がジュリアナの壁《かべ》から降り注いだ。門のドアは、蝶番《ちょうつがい》からはずれてぐらぐらしていた。

ウィーゼルは、このことを知らなかった。彼は、ぼろのかたまりのようになって、広場に敷《し》かれた丸石の上に横たわっていた。

バリケードは、その間《かん》、磁石に変わっていた。

それは、首都のすべての区域から人々を引き寄せた。それがどこにあるかは話によって違《ちが》っていたので、たどりつけない人も多かった。大学地区にあるという話もあれば、大アウグスティン広場にあるという話もあり、マーシュ地区にあるとか、いやベスペラ橋の向こうにつくられているという話もあった。この不格好《ぶかっこう》な構造物は、どうやら、語り手が望むとおりの場所に、どこにでもあらわれるようだった。

その朝、一人の仕立屋が理髪《りはつ》店でひげを剃《そ》ってもらっていた。理髪師は、事情通であることを誇《ほこ》りたくて、シャボンを塗《ぬ》った客の顎《あご》をかみそりで剃りながら、今回の騒動《そうどう》のことをしゃべっていた。細かいところは適当に自分で創作したりもした。仕立屋はおとなしく聞いていた。彼はこれまで、武装抵抗《ていこう》勢力のどれにも参加したことはなかった。そういう人々がいることは聞いていたが、彼はそういうことに賛成できなかった。内心では、カバルスと総統政府にひどく腹を立てていた。しかし、彼はいつも妻に話していた。いずれはよくなるさ。おれたちが首を突《つ》っこむ事《こと》柄《がら》じゃない……。

しかし、理髪《りはつ》師がしゃべりまくるのを聞いているうちに、仕立屋はしだいに居ても立ってもいられなくなってきた。あらゆる種類の大胆《だいたん》な考えが頭の中にうずまいた。とうとう、鼻を切り落とされる危険をおかして、椅子《いす》から飛び出した。顔の半分はシャボンにまみれ、首には白い布を結んだまま、通りに飛び出していった。

おどろいた理髪師は、片手にひげ剃《そ》り用の水盤《すいばん》を、もう一方の手にかみそりを持ち、あとを追いかけ、もどれとさけんだ。仕立屋は立ち止まって振《ふ》り返り、すたすたと近づくと、理髪師が手にしているかみそりをつかんだ。こいつは武器になりそうだ。そして、ドア口でブツブツ言っている理髪師を残して立ち去った。しばらくあとで、自分自身、おどろき呆《あき》れてしまったのだが、仕立屋は、かみそりを、まるでサーベルのように振りまわしながら、大アウグスティン広場に押《お》しかける一団の民衆の先頭に立っていたのである。

ほぼ同じころ、朝寝坊《あさねぼう》をしていた一人の沖仲仕《おきなかし》が妻に起こされ、ニュースを聞かされた。愕然《がくぜん》とし、眠気《ねむけ》は一気に吹《ふ》っ飛んだ。彼は「平等」という名のグループに所属していた。しかし、武装蜂起《ほうき》せよという呼びかけは、彼のところにとどいていなかった。彼は服を着て、マットレスの藁《わら》を探ってピストルをとりだした。妻はそのあいだずっと、朝食ぐらいは食べなさいよと言いつづけていたが、そんな時間はなかった。

彼は、マーシュ地区を駆《か》けずりまわって同志たちを招集した。彼らは、ジュリアナ攻撃《こうげき》を担当することになっている勢力の一部だった。命令もないままに彼らは宮殿《きゅうでん》へと向かったが、とちゅうで行く手をさえぎられた。がらくたの山に突き当たったのである。大急ぎで積みあげられたがらくたの山。いまや伝説的となったウィーゼルのバリケードの猿真似《さるまね》だ。

がらくたの山で戦う市民たちは、絶望的な戦いをつづけていた。アンカル兵の一部隊の銃撃《じゅうげき》を受け、ばたばた倒《たお》れていた。沖仲仕と彼の同志たちはこの戦いに加わり、アンカル兵を退却《たいきゃく》させた。彼らは、やっと午後になって、大アウグスティン広場に着いた。沖仲仕はまだ朝食をとっていなかった。

ユスティティア、リベレーション、そしてクラリオンは、たがいに二度と会うことはなかった。レッド・コッケードのメッセージが来たとき、ユスティティアは飛びあがって喜んだ。彼らの注意深く練りあげた計画がオシャカになったことは、わかった。ユスティティアにとっては、そんなことはどうでもよかった。もう何ヵ月にもわたって、いらいらと待ちつづけていたのだ。とにもかくにも、行動したくてたまらなかった。ピストル一挺《ちょう》、ベルトに差しこむと、屋根裏部屋から駆《か》け下りた。自分のグループに、武装してバリケードに集まれという指令を発した。ユスティティアはほとんど有頂天《うちょうてん》だった。まるでパーティーにでも招待されたような気分だった。

頬《ほお》を赤く染め、額《ひたい》を汗《あせ》できらめかせたユスティティアは、大学地区を出る前に、総統政府軍の街路パトロール隊に呼び止められた。幸運なことに、彼はこれまで一度も呼び止められて証明書の提示を求められたことはなかった。不運なことに、彼は今度、しつこく尋問《じんもん》された。兵隊たちは、街で起きている暴動について神経をとがらせていたのだ。

ユスティティアは、しだいにいらだち、腹を立てた。こんなところで時間を無駄《むだ》にするわけにはいかない。兵隊たちを振《ふ》りきって駆け出そうとした。二人の兵隊が彼を捕《つか》まえた。乱闘《らんとう》の中でユスティティアの眼鏡《めがね》ははずれ、踏《ふ》みつけられ、粉々になった。大暴れして身をふりほどくと、ピストルを引きぬき、発射した。眼鏡がないのだから、的に当たるはずがない。あとは逃《に》げるしかなかった。しかし、目が見えない。手探りで家々の壁《かべ》をつたいながら、よろよろと走った。パトロール隊はゆっくりと狙《ねら》いをつけ、発射した。

リベレーションは、レッド・コッケードからの連絡《れんらく》を受けて、眉《まゆ》をひそめた。蜂起《ほうき》はあまりに早く始まってしまった。これでは、フロリアンが到着《とうちゃく》するまで首都を確保しているのはとうてい無理だ……。一瞬《いっしゅん》、彼はためらった。もし、いま自分の同志たちを送りこんだら、無駄死ににになる。ここは自重して、フロリアン支援《しえん》のために自分の部隊を温存すべきではないだろうか。

しかし、やがて肩《かた》をすくめた。状況《じょうきょう》はもはや、自分を乗り越《こ》えて進んでしまっている。リベレーションはやはり、レッド・コッケードとともに戦うことにした。

彼は自分のグループを招集した。全員、大急ぎで出発した。バリケードまでもうすぐというところで、ツェラー大佐《たいさ》の軍隊の一部に襲《おそ》われた。狭《せま》い通りの両端《はし》で向かい合って、双方《そうほう》が猛烈《もうれつ》に撃《う》ち合った。リベレーションは、青銅色の顔の眉ひとつ動かさず、敵兵たちが弾《たま》をこめている隙《すき》にその隊列を突破《とっぱ》しようとした。大男は敵兵を殴《なぐ》り倒《たお》し、投げ飛ばし、トラのように戦ったが、ついには、寄ってたかって押《お》し倒され、銃剣《じゅうけん》で突《つ》き刺《さ》され、マスケット銃《じゅう》の銃床《じゅうしょう》で殴られて、命を失った。

ほんの数ブロック先では街路は人気《ひとけ》もなく静かで、いつもと変わらぬ夏の朝だった。クラリオンと彼の同志たちは、貸し馬屋から無断で馬たちを借用していた。決起の呼びかけが彼にとどいたのは、夜明けを過ぎてからだった。遅《おく》れを取りもどそうとして馬を手に入れたのだが、どれもこれも老いぼれ馬だった。

クラリオンと彼のグループは、のろのろよたよたと移動した。邪魔《じゃま》もされず攻撃《こうげき》も受けず、気がついたらバリケードに着いていた。髪振《かみふ》り乱したレッド・コッケードがいた。顔は火薬と汗《あせ》にまみれていた。クラリオンは駆《か》け寄った。

レッド・コッケードは、彼を上から下までしげしげと見た。クラリオンは一分《いちぶ》の隙もない身なり。チョッキには懐中時計《かいちゅうどけい》の鎖《くさり》をからませている。「遅《おそ》かったね。何をしてたの？　ネクタイ選びに時間がかかったのかい？」

「もし死ぬのなら」クラリオンは言った。「あまり恥《は》ずかしくない格好で最期《さいご》を迎《むか》えたいからね」

古いけんか友だちは、いっしょにげらげら笑い出し、それから、おたがいに抱《だ》き合った。


マスケットの身長は元にもどった。

彼はすでに、ラス・ボンバスとミックルから何の連絡《れんらく》もないことに、不安を感じていた。何かあったのではないかと思っていた。暴動のニュースが質店《しちてん》にとどいたのは、雷雨《らいう》が過ぎたあとのことだった。カロリア牢獄《ろうごく》とマリアナ兵営のあいだのどこかにバリケードができて、伯爵《はくしゃく》や仲間たちはそこに立てこもっている。このことを聞いたとたん、マスケットは木製の義足を取りはずした。身長をごまかしたところで、もう何の意味もない。義足の上で危なっかしくバランスをとりながら戦闘《せんとう》に加わるつもりなど、まったくなかった。

マスケットが、質店の私設武器庫から火薬と弾丸《だんがん》の袋《ふくろ》をとりだしているとき、インゴは、マンチャンスに命令した。「リトルハンズや、そのほか見つけられるかぎりの泥棒《どろぼう》たちに伝えるんだ。何でもいいから武器になるものを持って、おれのところに来い。おれは、どこかのバカがつくったバリケードに行ってるから。強盗《ごうとう》、泥棒、スリ、ありとあらゆる脛《すね》に傷持つ連中を集めるんだ。やつらも、世の中の役に立つことができるってことをしめすときが来たんだ」

マスケットとインゴは、大急ぎで質店を離《はな》れた。マスケットはちょこちょこ走って、大股《おおまた》で歩くインゴに懸命《けんめい》についていったが、そのうちにインゴは、たくましい肩《かた》の上に、マスケットをひょいとのっけてしまった。小男は、得意そうに短剣《たんけん》を振《ふ》りまわし、急げ急げと大男をせきたてたのである。

バリケードに着いたとき、そこは激戦の真っ最中だった。マスケットは飛び降りた。ラス・ボンバスのすがたはどこにも見えない。主人の名を呼びつつ、マスケットは混戦の中に飛びこみ、両手で短剣をにぎって切りまくった。ツェラーの兵士たちは恐怖《きょうふ》のどん底に落ちこんだ。なにやら、自分たちの膝《ひざ》の高さぐらいまでしかない、小さな赤毛の凶暴《きょうぼう》なものが、旋風《せんぷう》のようにめまぐるしく駆《か》けめぐり、次々と兵士を倒《たお》していく……。

マスケットは小さな巨人《きょじん》になっていた。

ラス・ボンバスは、テオとミックルが傷ついたジャスティンを運んでいくのを見ていた。伯爵が敵兵を圧倒《あっとう》して道を開き、彼らの入った路地に駆けこんだときには、もう二人のすがたはなかった。ラス・ボンバスはジャスティンの死体を見て、悲痛な声をあげた。テオとミックルもいっしょに殺されたのではないかと思ったのだ。

しかし、二人は影《かげ》も形も見えない。少なくともここでは殺されていない。ツェラーの部下に捕《と》らわれたのか。そうだとすると、彼らはどこにいるのか。まったくわからなかった。カロリアか。

そうかもしれない。もっと可能性があるのは、ジュリアナだ。カバルスが彼らに会いたがるだろう。

何の計画もないままに、伯爵《はくしゃく》は息を切らしながら歩き出した。歩いて、だれかに会えば、二人がどうなったかについて、何か手がかりが得られるかもしれない。大アウグスティン広場の近くで、女たちの集団と鉢合《はちあ》わせした。どうやら、全員、魚売り女らしい。手に手に、牡蛎《かき》割りナイフ、肉切り包丁、かぎざお、その他いろんな刃物《はもの》やら棍棒《こんぼう》やらをにぎっている。必死の表情で宮殿《きゅうでん》に向かっている。

ラス・ボンバスは呆気《あっけ》にとられて、目を見張った。一瞬《いっしゅん》、逃《に》げ出したくなったが、すぐ思い直し、ヒラメのように平たく踏《ふ》みつぶされる前に、前進する女たちの前に雄々《おお》しく飛び出した。

ラス・ボンバスは、ふと思い浮《う》かんだ言葉を口にした。「さあ、ご婦人方。我輩《わがはい》についていらっしゃい」

女たちは彼のあとについて突《つ》き進んだ。

26 王家の血統

テオは、ミックルの手をつかんだ。そのつもりだった。目を開けてみて、自分がただ砂をつかんでいるのだと気づいた。両足は水の中だ。波が寄せては、岩に砕《くだ》けて飛沫《しぶき》となって飛び散っている。

何とか立ちあがった。空は灰色に曇《くも》っている。太陽も月もない。ミックルの名を呼んだ。波の轟《とどろ》きが声を飲みこんでしまう。

岩によじのぼり、左右に目をやった。どちらの側にも砂浜《すなはま》が長くつづいている。薄暗《うす》いせいで、目が見間違《みまちが》いをする。人間だと思ったものが、岩を降りて近寄ってみると、海草のかたまりだった。

走りながら、まだ彼女を呼んでいた。この浜辺《はまべ》のどこかに流れ着いているはずだ。もし流れ着いていれば、の話だが。そう思ったとたん、彼は足を止めた。息が詰《つ》まった。

彼女につづいて縦穴に飛びこみ、水に深くしずみこんだ瞬間《しゅんかん》から、彼女のそばにいようとがんばった。彼女を見つけ、離《はな》れまいとしてしがみついていたが、やがて流れは二人をとらえ、引き離した。手足をバタバタさせながら、彼は流されていった。もがいて水面に出るたびに、太陽に目をくらまされた。川の深みに引きもどされるたびに、轟音《ごうおん》を立てて流れる暗黒の中で窒息《ちっそく》しそうになった。やがて、ぼんやりと思い出してきた。海に出たことを知ると、陸地に向かって泳いだのだった。それから波に運ばれ、浜辺《はまべ》に突《つ》き出した岩に打ちつけられたのだ。

頭が、打ち寄せる波のようにがんがんした。流れは、彼をフィンガーズのずっと先まで押《お》し流していた。どうやら彼は、夜を通して明け方まで意識を失って横たわっていたらしい。しかし、それが、ひと晩だけのことなのか、いく晩ものことなのかは見当がつかなかった。カバルスとの対決など、大むかしのことのように思われた。

前方少し離れたところに岩のかたまりがあった。そのひとつが動いた。あるいはそう思えただけか。彼は、そちらに向かって歩きはじめた。しだいに歩調を速めていく。

ミックルが立ちあがっていた。テオを見た。次の瞬間、彼の腕《うで》の中に飛びこんでいた。おたがいが何をしゃべっているのか、テオにはさっぱりわからなかった。やがて、二人とも、バカみたいにげらげら笑いはじめた。

靄《もや》を破って太陽が少し顔を出していた。ここは、河口域をはるかに過ぎた、西海岸のどこからしい、とミックルは思った。二人とも地理のことは気にしなかった。ともかく、ひどく喉《のど》が渇《かわ》いていた。

少し、内陸に向かって歩いた。この辺鄙《へんぴ》な土地に、まさか軍隊はいないだろう。それでも用心深く進んだ。しばらくして、ミックルは小さな流れを見つけ、駆《か》け寄って、腹ばいになった。

「もう一生飲まなくていいくらい、水を飲んだわ」やがて、気持ちよさそうに顔にピチャピチャ水を投げかけながら、そう言い、膝《ひざ》を抱《だ》いてすわった。「カバルスって、ほんとに死んだのかしら。それとも、わたしがそんな夢を見ただけなのかしら」

「彼は死んだ。きみは夢を見たのじゃない」テオは言った。「でも、それはどうでもいいことだ。総統政府は、カバルスがいようがいまいが戦いつづけるだろう。ぼくらの知るかぎり、連中はぼくらを打ち破るだけの力を持っている。連中がマリアンシュタットを支配するか？　それとも、ぼくらの側が支配するか？　あるいはジャスティンの部隊が、か？　もしジャスティンが生きていたら――」

「もし彼が生きていたらどうなったかなんて、だれにもわからないわ」ミックルは言った。「あなたは、あなたにできるかぎりのことは、やったわ。彼の命を救う方法はなかったのよ」

「彼は死んだ。ぼくは生きた。ぼくは彼にまだ借りがあるんだ。もしそれを返さないと、彼は無《む》駄《だ》死にしたことになる。ぼくは、無駄に生きてきたことになる」

「これ以上、何をするつもりなの？」

「彼が求めたこと、彼がやろうとしたことをやるのさ」テオは言葉を切って、ミックルを興味深そうに見つめた。「きみ、カバルスがあの部屋で求めたことを、ほんとにやる気だったのかい？」

「もちろんよ。そうすれば、あなたを宮殿《きゅうでん》から外に出すことができるんですもの。そのあとで、彼に、地獄《じごく》に落ちろ、と言ってやればいいんだもの。彼の言葉を信用する？　わたし、そんなバカじゃないわ」

テオは、自分たちがどこか遠くの世界について語っているような気がした。過去でもなく未来でもない時間のはざまに、ほうりこまれているように思った。ここに、ずっといたい。そう思った。しかし、それはできないことだった。彼は、背後の海岸を指さして言った。

「フロリアンはもう上陸しているはずだ。何が起ころうと、ぼくらはマリアンシュタットにいなければならない」

「そうね」ミックルは言った。「できるだけ早く帰るべきだわ。いますぐ出発しましょう」

そう言い終わらないうちに、彼女は眠《ねむ》りに落ちていた。テオも同じだった。


二人がふたたび目覚めたときは、夕暮れだった。眠っても、テオは少しもさわやかな気分にならなかった。空腹のあまり胃がむかむかしていた。ミックルはもう立ちあがっていた。彼はやっとの思いで立ちあがり、いっしょに歩きだした。水路に近い湿地《しっち》帯を避《さ》け、田園地帯を突《つ》っ切っていくことに決めていた。多少の危険は覚悟《かくご》していた。

ほとんど夜っぴて歩いた。疲《つか》れて足が進まなくなったときだけ、休んだ。明け方近く、マリアンシュタットが見えるところまで来た。

ミックルは足を止め、耳をすました。テオには何の銃撃音《じゅうげきおん》も聞こえなかった。街は暗く静寂《せいじゃく》に包まれていた。ミックルは彼の手をとり、引っぱるようにして歩いた。橋のたもとに出た。警備されていないようだった。

「この橋をわたって行きましょうよ」彼女はささやいた。「ボートを手に入れようとしたら騒《さわ》ぎになるかもしれないし、そうかといって、泳いでわたるのもごめんだし」

二人は、急ぎ足で橋をわたった。身をかがめ、なるべく影《かげ》になったところを選びながら、手前に見える納屋《なや》をめざして進んだ。もうすぐ納屋に着くところで、二人の前にひょいと人影があらわれ、マスケット銃《じゅう》がテオの肋骨《ろっこつ》にめりこんだ。

一瞬《いっしゅん》はっとしたが、すぐ、わかった。マスケット銃《じゅう》ではなく、ただの鍬《くわ》だった。それを突きつけているのは、いままで見たこともないほどの、おんぼろぼろ、髪《かみ》ぼさぼさの、浮浪児《ふろうじ》風の少年だった。

「だれだ？」おんぼろ少年はものすごい剣幕《けんまく》で聞いた。五、六人の仲間が彼に加わった。「おまえたちを逮捕《たいほ》する」

「わたしたちを？」ミックルは両手を腰《こし》に置いた。「前にもそんなことを言われたな。で、今度はどなたが逮捕してくれるわけ？」

「ウィーゼル隊長の特殊《とくしゅ》ゲリラ隊だ」

「たしかに、あなた、かなり特殊な格好をしてるわね」ミックルは言った。「ウィーゼルとわたしは仲良しなの。彼、どこにいるの？」

「軍事情報をもらすわけにはいかない」少年は鍬《くわ》をくるりと回して、後方をしめし、「おれといっしょに来てもらおうか」

おんぼろ少年隊は、いくつもの街路を通って、二人を引き立てていった。大アウグスティン広場に着くと、そこは、まるごと兵隊たちの野営地になっていた。テオの知っている、ジャスティンの部下の顔も見えたが、この都市が彼らの支配下にあるのかどうか、それをたしかめる余裕《よゆう》はなかった。少年たちは、彼とミックルをジュリアナのほうにぐいぐい引っぱっていったからだ。

宮殿《きゅうでん》の門扉《もんぴ》は粉砕《ふんさい》されていた。警備しているのは、市民とゲリラ兵の混合部隊のように見えた。その中の、少年たちと親しそうな男が、その二人は何者だねと声をかけてきた。

「ウィーゼル隊長の友だちさ」鍬を持った少年が言った。「ほんとかどうかはわからないけど」

「ふーん」と言ってミックルを見た男は、口をあんぐり開けた。彼女の顔を知っていたのだ。

「物乞《ものご》いじょ――いや、ウェストマークの女王さまじゃないですか？　あなたは――捕《つか》まって、殺されたと――」

「半分ほんとうのことね」ミックルは言った。

「陛下――」

「呼び方なんて気にしないで」ミックルは言った。「それより、わたしは何が起きたかを知りたいの。わたしたちは生きている。ほかにどういう人が生きている？」

答えとして、その男は、二人をニュー・ジュリアナへと案内した。宮殿の一階は目も当てられない状態だった。どの部屋も、破壊《はかい》されて黒く焼け焦《こ》げ、廊下《ろうか》は、さまざまな破片で足の踏《ふ》み場もなかった。いたるところ、武装した市民であふれていた。

ただ茫然《ぼうぜん》として歩いていくうちに、大声で二人の名前を呼ぶ声がした。ラス・ボンバス伯爵《はくしゃく》が人々を押《お》し分けてやってきた。

「夢じゃないんだろうな？」伯爵は二人を抱《だ》きしめた。「いったい、どこに――？　どうやって――？　ああよかった。ともかく、いろいろあったんだ。まったく、想像もできないことばっかりが。あんたたちは知らないだろうが――」

「そのとおりよ」ミックルは言った。「抱きしめるのをやめて、早く話してちょうだいよ」

「ああ、そうだな。まったく危ないところだったんだ。ジャスティンの仲間たちが、潮の流れを変えるのに貢献《こうけん》した。しかし、われわれがマリアンシュタットを確保できたのは、町の人々全体が立ちあがったからなんだ。魚売り女たち、沖仲仕《おきなかし》、インゴの配下の泥棒《どろぼう》たちもふくめて、市民全員が総統政府に立ち向かったんだ。そして――そうだ、こっちに来てくれ。マスケットとスパロウがウィーゼルに付き添《そ》っている。ウィーゼルは銃撃《じゅうげき》を受けた。しかし若いからね、すぐ回復するだろう」

「ほかの人たちはどうなった？」テオは聞いた。「ぼくの同志たち、グループ指揮官たちは？」

伯爵《はくしゃく》の表情が暗くなった。「残念だ。たいへんな犠牲者《ぎせいしゃ》が出た。レッド・コッケードは生きている。クラリオンも。あとの人たちは――」と首を振《ふ》り、それから急いで言った。「しかし、われわれは何とかやっていってる。アンカル兵どもは――やつらの生き残りは、カロリアに収監《しゅうかん》した。軍人たちのうち、降伏《こうふく》するだけの賢明《けんめい》さを持っていた者も、だ。臨時政府は戦闘《せんとう》停止を命令した。フロリアンはすぐ到着《とうちゃく》するだろう。すでにメッセージは彼にとどいているに違《ちが》いない。たしかに、まだ若干の混乱は見られるが――」

「たしかに混乱はしているわね」ミックルが口をはさんだ。「でも、その臨時政府って何？」

「さしあたり、この国にある唯一《ゆいいつ》の政府だ」伯爵が言った。「どうしようもない混乱状態だったから、ともかく、何ものかを設立するしかなかった。レッド・コッケードとクラリオンは政府のメンバーだ。スパロウとウィーゼルもだ。彼らは当然、政府内に席を占《し》めるべきだ。インゴとマンチャンスもだ。彼らはもともと、政府と名のつくものはどんな政府も嫌《きら》いなんだが、インゴはこの際、泥棒《どろぼう》やスリも、代表者を出しておくべきだという考えになったんだ」

「そうなの。それで、その臨時政府のトップはだれなの？」

「それなんだが――。彼らはすでに意見が食い違いはじめている。レッド・コッケードとクラリオンははげしくやり合っている。よくまあそれだけのエネルギーがあると感心するほどだ。ことごとに意見が違う。ほかのみんなもそうだった。結局、全員が妥協《だきょう》し合って解決したんだが。それで、臨時政府のトップは――あー、実のところ、我輩《わがはい》なのだ」

ラス・ボンバスは、顔つきを妙《みょう》な具合に歪《ゆが》めはじめた。どうやら、生まれてこのかた一度も浮《う》かべたことのない表情——しかつめらしい謙遜《けんそん》の表情——を浮かべようとしているらしい。

「もちろん」しゃちこばってミックルにお辞儀《じぎ》をし、「あなたがご無事であったいま、我輩は喜んで辞任するつもりです」

「まあそのことは、あとで話し合いましょうよ。ともかく、わたしたちに、昼食と夕食とよいベッドを用意してほしい」ミックルは言った。「それまで、政府はあなたにおまかせするわ。あなた以上の適任者はいないわよ」

テオは、思う存分眠《ねむ》ろうと思っていたのだが、そうはいかなかった。スパロウとウィーゼルがやってきて、彼を起こした。こんな真夜中にと思ったが、スパロウがカーテンを開けると、パーッと陽光が差しこんだ。真っ昼間だった。一週間は眠るつもりだったのに、二十四時間眠っただけだったのだ。

ウィーゼルは、テオを引っぱってベッドから起こそうとしていた。むずかしい仕事だった。両腕《うで》を使えたらもう少しかんたんだったろうが、ウィーゼルの片腕は吊《つ》り包帯の中だった。

「ほんの引っかき傷さ。まあ、話はこうなんだ」テオがたずねる前に、ウィーゼルは始めた。「まず、おれが宮殿《きゅうでん》を急襲《きゅうしゅう》したとき——」

「まじめに聞かないほうがいいわ」スパロウが言った。「話すたびに違う話になるんだから。それに、朝から晩までその話ばかり。ともかく、おしゃべりはあとにして。急いだほうがいいわ。フロリアンが来るの。わたしたちみな、彼を迎《むか》えに行くところ」

水ネズミたちは、テオに服を着せたり食事を食べさせたりを同時にできたら、幸せだったことだろう。彼らにそれができなかったのは、街路から聞こえてくる大歓声《だいかんせい》だった。二人は、矢も楯《たて》もたまらず飛び出していき、歓迎《かんげい》のさけびに自分たちの声を加えた。

枕元《まくら》に新しい衣類が並べてあった。テオはゆっくりと着た。陽光がまぶしかった。彼は、開き窓を開けてバルコニーに出た。大アウグスティン広場は人々でいっぱいだった。ようやく、広場に入ってくる騎馬《きば》の隊列が見えてきた。馬たちは群集を押《お》し分けるようにして進んでいた。

彼の腕《うで》にそっと手が置かれた。ミックルがとなりに来ていたのだ。

「ラス・ボンバスとマスケットが謁見室《えっけん》にいるわ。わたしたちを待っている」

「フロリアンに会うのはもう少しあとにするよ」一瞬《いっしゅん》、彼女の手を取って、「ぼくは彼の役に立てなかった。結局、彼にたのまれたことを何もしなかったんだからね。でも、ウェストマークの女王はそこにいるべきだ。謁見室は、ぼくなんかより、きみのいるべき場所だよ」

「わたしたち二人に代わって、ラス・ボンバスが迎えてくれるわよ」ミックルは言った。「彼、政府のトップなんですもの。彼からその喜びを奪《うば》わないことにする」それから、彼にほほえみかけて、「わたしは、謁見室なんかより、あなたのそばにいたいのよ」

しばらくして、ついに、フロリアンのほうからやってきた。二人が静かに語り合っている部屋に、入ってきた。フロリアンは、テオが覚えているよりも少し背が低くなったように見えた。ととのった顔立ちはきびしさを増していた。あばたがいくつか、日焼けした顔に青白く浮《う》き出していた。夏なのに、例の青い外套《がいとう》を肩《かた》にはおっていたが、それがぱさりと落ちたのも気に留めず、歩み寄って、ミックルとテオを抱擁《ほうよう》した。まもなく、トレンスも入ってきた。そのあとから、ラス・ボンバスとマスケット、スパロウとウィーゼルがぞろぞろとつづいた。

フロリアンは、両手をテオの肩に置いた。「きみたちが見えなかったので心配したよ。一瞬、何か悪いことが起きたのじゃないかと思った。でも、安心した。話はある程度聞いた。残りは、きみたちが話す気になったときに聞かせてもらおう。いまの段階では、わたしは、知る必要のあるすべてを知っている。きみは、マリアンシュタットを確保してくれた」

「いや、フロリアン」テオは言った。「マリアンシュタットを確保したのは民衆だ。問題はこれからあと、どうするかだ」

「その話に入る前に」ミックルが口をはさんだ。「いくつか話しておきたいことがあるの」

彼女は、自分のテーブルに近寄ると、引き出しから紙の束《たば》をとりだした。

「少し前に、マンチャンスにこれを持ってきてもらったの。わたし、テオが捕《つか》まったことを知った直後に、これを書いた。もうこんなチャンスはないかもしれないと思って、書いたの。わたしたちのだれもが死んでしまって、これを読むことはないかもしれないとも思ったけれど、それでも、わたし、やはり、公式にきちんと書きつけておきたかったの。そして、インゴに保管してもらっていたわけ」

ミックルは一枚の紙を広げた。「これは、わたしがこれまでに書いた中で、いちばんうれしい布告書なの。テオとウェストマークの女王の結婚《けっこん》を宣言しているの」

「それはまずい！」ラス・ボンバスがさけんだ。「娘《むすめ》っ子くん、問題にならんよ」

「そんなことないわ」ミックルは言った。「わたし、あの総統政府を合法的政府だとは一度だって思わなかった。だから、わたしはずっと女王だった。結婚には公職者による認証が必要だけれど、女王以上の公職者ってあるかしら？　だから、わたしは自分でこれに署名したの」

「いや、そういうことか。我輩《わがはい》はですな――つまり、我輩が言いたかったのは、だな」ラス・ボンバスは口ごもりながら言った。「マスケットと我輩は、かねてから、この二人の結婚に関する祝典その他、式次第の一切合財《いっさいがっさい》を取り仕切るつもりでおる。それが無視されたのかと思って、つい――」

「ひどいなあ！」テオは笑い出した。おどろいてもいたが、笑わずにはいられなかった。「ぼくたち、結婚してたのかい。きみは、それについてひと言も言わなかったじゃないか」

「考えてみてよ。わたしたちは、銃撃《じゅうげき》され、あわや処刑《しょけい》されそうになり、それからもう少しで溺死《できし》するところだったのよ。話しているチャンスなんてなかったのよ」

ラス・ボンバスは、テオの背中をポンとたたいた。「すばらしいニュースだ。いつ話されたかは問題じゃない。おめでとう、若者くん。これからはプリンス・テオと呼ぶべきだな」

ミックルが片手をあげた。「もうひとつあるの。ずっと前、わたしはテオに約束したの。もし、正当な王位継承《けいしょう》権を持つ人が見つけられたら、自分は退位するって」

「そんな人はいない」テオは言った。「きみは、王室の血統を全部調査したんだろ」

「軍人たちに逮捕《たいほ》されそうになる前」ミックルは言った。「わたしは始終、文書保存室にこもって調査していた。まだじゅうぶんに古い時代までさかのぼっていないな、と思っていた。あるいは、もしそう呼びたいなら、横道にまで入っていないと。つまり、傍系《ぼうけい》の血統、結婚して改姓《かいせい》し、いつの間にか王族から離《はな》れてしまった人たちのことを忘れていた。王室の家系って、ほんとに複雑なものなのよ。でもね、はっきりと王家の血を引いた古い家系が見つかった。そして、その末《まっ》裔《えい》はまだ健在なの。その人物の名は、――フロリアン」

27

旅立ち

フロリアンは立ちあがった。「三人だけにしてくれないか」と、ラス・ボンバスやトレンスや、水ネズミたちに言った。「女王が提起したのは国家的問題だが、同時に個人的な問題でもあるのでね」

「それはほんとみたいね」ミックルの言葉は質問ではなかった。「あなたの姓《せい》はモンモラン。とても古い家系だわ。貴族の家系だけれど、それ以上に、王室と古いつながりのある家系だわ」

「わたしのほんとうの苗字《みょうじ》を知っていたのは二人だけ」フロリアンが言った。「ザラとテオだ」

「きみは王族については何も言わなかった」テオは答えた。「きみはただ、ぼくに、モンモラン男爵《だんしゃく》は自分の父だと言っただけだ。そのことをだれにも話さないでくれ、と言ったよね」

「彼、だれにも話さなかったわ」ミックルはフロリアンに保証した。「わたしは、自分一人でそのことを知ったの。テオはわたしに話さなかったし、わたしもそのことを彼には黙《だま》っていた。知ったものの、わたしは、それについてどうしたらよいか、わからなかった。それを告げるべきかどうなのか、決められなかった。でも、あなたが王族の家系であることは、揺《ゆ》るがしようのない事実だわ。フロリアン、あなたはわたしの正統的な後継者《こうけいしゃ》なのよ」

ミックルは、もう一枚の紙を広げた。「これは、わたしが前からずっと書きたかった文章。わたしの退位声明文なの」

「だめだめ」テオは飛びあがると、駆《か》け寄ってフロリアンと向き合った。「だめだ。きみは王位を受け入れちゃならない。王さまだの女王さまだのは、もう、おしまいにしなくてはならない。民衆が主人公になる国をつくらなくちゃならないんだ。ジャスティンはそのために死んだ。彼だけじゃない。どれだけ多くの人がそのために死んだことか。きみは彼らの死を無駄《むだ》にするのかい？」

彼は、ミックルに食ってかかった。「どうしてきみは、フロリアンであれだれであれ、王位につかせることができるんだい？　またしても君主制の国をつくるだって？　フロリアン王だって？　ジャスティンはそれに反対して戦っただろう。まさにそれは正しい戦いだ。ぼくだってそれに反対して戦うよ。閣議の席で戦うし、――もしほかに方法がなければ、街頭で武器を持って戦う」

「あらあら、テオ」ミックルは少し意地悪そうな微笑《びしょう》を浮《う》かべて、言った。「わたし、あなたを愛しているけれど、あなたって、わたしの言っていることをよく聞かないというくせがあるわね。

そう、わたしは退位した。そして、たしかにフロリアンは王族の家系。でも、わたし、彼に王座についてくれとも言っていないし、その意志もないわ」

「じゃ――だれが？」テオは戸惑《とまど》って、ミックルからフロリアンに、またその逆にと、視線を移した。「どうするつもりなのさ？」

「民衆がマリアンシュタットを総統政府から奪《うば》い取ったのは、フロリアンのためでもだれのためでもないわ」ミックルは言った。「民衆は、自分たち自身のために奪い取ったのよ。解放したのよ。彼らは、自分たち自身のためにマリアンシュタットを守りぬくわ。首都だけじゃない、ウェストマーク全体をも守りぬく。わたしは、民衆と同じ気持ちになって、退位したの。この国は彼らのもの。この国をどう動かしていくかは、彼らが決めるわ」

「まさにそうだ」フロリアンはそう言うと、テオをしげしげと見て、「ねえきみ、きみは、もしミックルに言われたら、わたしが王位を引き受けるだろうと、ほんとにそう思ったのかい？」

「それは、その、つまり――」

「つまり、きみは、確信が持てなかったわけだ。もしかすると、わたしが引き受けるかもしれない、と思ったわけだ。とんでもない。わたしが引き受けるわけないじゃないか。もし、そんなことをしたら、当然、きみはわたしと戦うべきだ。わたしの仲間たちだって、一人残らず同じことをしたはずだ。しかし、仲間のほとんどは死んでしまった。きみは、たった一人の生き残りだ。だから、わたしに反対して戦う場合だって、きみの考えひとつで判断すればいいんだ」

「ぼくはほんとうに、きみの仲間の一人なのかい？　ぼくは以前そうなりたいと思った。いま、ぼくは自分がそうなりたいのか、なりうるのか、わからない——」

「きみはわたしの仲間だよ」フロリアンは答えた。「きみ独自のスタイルでそうなんだ。たぶん、いちばん頼《たよ》りになる仲間だよ」

「じゃ、その話は、決着ついたのね」ミックルは言った。「それで——この国のこれからのことを考えなくてはならない。どのように統治されるのか、だれが統治の責任者となるのか」

「当然、フロリアンは責任の一端《いったん》をになうべきだ」テオは言った。「彼は共和制を信じてるし、それを求めて戦った。共和制国家を運営することについても意見を持っているに違《ちが》いない」

「わたしもそう思う」ミックルは答えた。「でも、それは民衆が決めることね。わたし、できるだけ早く選挙を行なうという布告も書いておいたの。だれでも自由に立候補できる——もちろん、フロリアンも。勝つか負けるかはわからない。ともかく、彼もほかの候補者と競い合って議席を獲得《かくとく》しなければならないわけ」

「いいだろう」フロリアンは言った。「しかし、ひとつ問題があるんだ。きみとアウグスタ女王——いや市民ミックルに理解してほしいんだが、彼女は心を変えて、さっきの声明文を破棄《はき》したほうがいいかもしれない。そうせずに、もし自分の退位を正式に発表したりしたら、彼女は国外に出なくてはならなくなる」

「国外に出る？」テオはさけんだ。「なぜだ？　あれだけのことをやったあとで？」

「政治のきびしい現実さ」フロリアンは言った。「かつての女王がウェストマークに暮らしている？　彼女は善よりも害悪を引き起こすのだ。共和制に不満な君主制主義者は、彼女がそれを好もうと好むまいと、王位への復帰を求めるだろう。彼らは、女王の名を、彼ら自身の政治目的のためのスローガンにするだろう。

共和制を求める人たちについて言えば、天使たちの側で戦う者の全員が天使というわけではない。退位した君主でさえ生かしておけない、死んで埋《う》められているほうがいいと思う連中もいる。彼女の命は絶え間ない危険にさらされることになる。まことに残念だが、彼女はウェストマークを離《はな》れるべきだ。それが国家のためでもあり、彼女自身の安全のためでもある」

ミックルは、開き窓のそばまで行き、広場を見わたした。「トレンス博士は、女王はどのようであるべきかを教えてくれたけれど、どのようにして女王を辞めるべきかは教えてくれなかった。王座を放棄《ほうき》することは、それを維持《いじ》することと同じくらい込《こ》み入ったことなのね。わたし、国外に出ることは考えなかった。でも、そういうことなのかもしれないわね。わたしは、いっこうにかまわない。でも、わたしだけでなく、テオの気持ちも聞かなくては」

「国外に出ることかい？」テオは彼女に言った。「へっちゃらさ。きみとぼくがいっしょにいるかぎりはね」

テオは、フィッシュ・マーケット広場に行った。ここに来るのも、これが最後になるだろう。

ラス・ボンバスもついてきた。テオのわずかな持ち物をまとめるのを、手伝ってくれるというのだ。伯爵《はくしゃく》はうきうきしていた。

「我輩《わがはい》も辞任したんだ」ラス・ボンバスは言った。「我輩の役目はもう終わったからね。臨時政府のトップは、代わりばんこに就任することになっている。我輩としては、みんなが、りっぱに任務を果たしてくれることを願ってるわけさ。どうだい、われわれ――マスケットと我輩――といっしょに来ないかね。ヤコブ船長は数日中に出帆《しゅっぱん》するはずだ。彼はわれわれを、どこであれ、われわれの望むところに降ろしてくれる。考えてみろよ、あんた。まるで、むかしみたいだ。いっしょに旅をしようよ。あんたとミックルは、あっという間に、ひと財産つくれるぞ」

「そうだろうね」テオは言った。「そして、ひと財産失《な》くすのも、あっという間だ」

ラス・ボンバスは肩《かた》をすくめた。「まあ、そのリスクは常にある。いずれ慣れるさ。我輩は慣れている。ともかく、若者くん、いっしょに訪れるいろんな場所のことを考えてみろよ。いろんな景色を見ながら、心ゆくまで絵筆を振《ふ》るえるんだぜ。絵に飽《あ》きたら、あんたに合ったほかのどんなことだって、できる。フロリアンのような人たちには、彼らに向いた仕事をやってもらえばいい。あんたはあんたに向いたことをやればいいのだよ」

「ぼくに向いたこと？」テオは言った。「ぼくにはそれが何か、わからないんだよ」

「じゃ、見つければいいじゃないか。いっしょに来たまえよ、若者くん、ともかく、しばらくは。あんたの好きな時間だけ。それが我輩の心からの助言だ」

「ぼくはこれまで、あなたの助言を一度も聞かなかった」テオは、親しみのこもった口調で答えた。「今回は、もしミックルが賛成なら——ええ、あなたの言うとおりにしますよ」

二人は、たがいに相手の背に腕《うで》を回して、ヤコブの船の手すりに立っていた。ラス・ボンバスとマスケットは、船内の厩舎《きゅうしゃ》に入れられたフリスカが居心地よくしているかどうか、見に行っている。テオとミックルは、すでに、親しい友人のすべてと、個人的に別れのあいさつを終えていた。儀式《ぎしき》や式典はいっさいなかった。

ミックルは、ただ、彼女のかつての親衛隊には集まってもらった。整列した兵士たちの前を歩いて、一人一人に話しかけ、別れを告げた。各部隊の軍旗には、戦場の名が刺繍《ししゅう》されていた。アルマ、カルルスブルック、アルトゥス・ビルケンフェルド、ラ・ジョリー……。それぞれの軍旗に、彼女はそっとくちびるを触《ふ》れた。兵士たちの列を去るとき、彼女がほんの一瞬《いっしゅん》よろめくのをテオは見たのだった。

「あなた、悲しい?」ミックルは静かに聞いた。「わたしは悲しいわ。ほんとうに多くの人たちが命を落としたのですもの。でも、わたしは、ああいうふうに行動するしかなかった。何ひとつとして、違《ちが》うやり方ではできなかった」

「いまや、ウェストマークは民衆の国だ」テオは言った。「ぼくはただ、彼らがこの国をどのように動かしていくのかが、気がかりだ」

「めちゃめちゃなことになるかもしれないと思っているの？　もし、めちゃめちゃなことになったとしても、少なくとも、それは彼ら自身の失敗によるもの。一部の貴族や地主や軍人や、外国のせいで起きたものじゃない。民衆自身が反省し、失敗の原因を探って解決していくわ。そのうえ、スパロウがいる。ウィーゼルがいる。彼らのような人たちがほかにもいっぱいいる。きっとうまくやっていくわよ」

「彼らはウェストマークを獲得《かくとく》し、ぼくたちはウェストマークを失ってしまった」

「そうかしら？　わたしたち、いずれまたもどってくるわよ。ぜったいに」ミックルは言った。「それまでは、世界全部がわたしたちのものなの。大いに楽しみましょうよ」

（完）

訳者あとがき

アメリカの児童文学作家ロイド・アリグザンダーの「ウェストマーク戦記」三部作をおとどけします。英語圏《けん》では「ウェストマーク・トリロジー」の名で知られ、すでに古典的な地位を得ている作品です。一九八一年から八四年にかけて出版され、第一巻『王国の独裁者』は、一九八二年度全米図書賞にかがやいたほか、アメリカ図書館協会年間最優秀図書賞、スクール・ライブラリー・ジャーナル年間最優秀図書賞などを授与《じゅよ》され、第二巻『ケストレルの戦争』、第三巻『マリアンシュタットの嵐《あらし》』も、アメリカ図書館協会年間最優秀図書賞や保護者推薦《すいせん》賞（Parents' Choice Award）などを受けています。

＊

この三部作の舞台《ぶたい》は、ほぼ十八世紀ごろのヨーロッパの架空《かくう》の国ウェストマーク。この国が、宰相《さいしょう》の圧政、それにたいする反対運動、そして隣国《りんごく》レギアからの侵攻《しんこう》軍との戦闘《せんとう》、和平の成立、その数年後のふたたびの独裁体制とそれにたいする民衆の抵抗《ていこう》、といったプロセスを経て、独裁者や王侯《おうこう》貴族や大地主や外国の支配を受けない、「民衆が主人公になる国」として生まれ変わるまでの激動の時代を描《えが》いた、叙事詩《じょじし》的ファンタジーです。

主人公は、孤児《みなしご》で印刷見習い工のテオ。印刷業への警察軍の干渉《かんしょう》に抵抗したことからお尋《たず》ね者となって各地を放浪《ほうろう》し、さまざまな出会いを重ねながら、ウェストマーク王国を揺《ゆ》り動かす争いのただなかに身を置くことになっていきます。心身を病む国王をあやつって、国民を監視《かんし》し抑圧《よくあつ》する宰相カバルス。イカサマ師だが人のよいラス・ボンバス伯爵《はくしゃく》、その従者の陽気なマスケット、不思議な少女ミックル、反カバルス運動のカリスマ的指導者フロリアン、その仲間で心に深い傷を持つジャスティン、宮殿《きゅうでん》にあってカバルスの悪だくみに対抗《たいこう》する王室医務官トレンス、カロリーヌ王妃《おうひ》。神出鬼没《しんしゅつきぼつ》の情報屋・殺し屋のスケイト。個性的で印象深い人々が続々と登場し、その全員が、歴史の渦巻《うずまき》の中で、思いもよらぬ人生の変転をとげるのです。

*

陰謀《いんぼう》、弾圧《だんあつ》、戦争、抵抗といった苛烈《かれつ》な叙述《じょじゅつ》の中に、笑いもあれば、若者同士の恋《こい》、中年を過ぎた男女のひそかな愛、年の離《はな》れた男への少女のいちずな思いも織りこまれた、波瀾万丈《はらんばんじょう》、エンタテインメント性たっぷりの物語ですが、同時に、欺瞞《ぎまん》と誠実、暴力と非暴力、貴族と庶民《しょみん》、人間が人間の生命を奪《うば》ってもよい状況《じょうきょう》というものはありうるのか、などなどについて、読者を真剣《しんけん》な思索《しさく》にみちびく問いかけも含《ふく》まれています。

主人公のテオは、たえず自分を振《ふ》り返り、「嘘《うそ》をつくことは、真実にたいして暴力を振るうことだ。そんなことをして、罪を重ねたくない」、「ぼくは良い人間になろうと努力したつもりだけれど、じっさいにはそんなに良い人間ではない。自分はりっぱな人間だと思ったり、あるいは、りっぱな人間になろうと思ったりしたけれど、じっさいには、りっぱな人間ではない」と思い悩《なや》み、戦闘行為《せんとうこうい》にかかわったあとも、自責の念にさいなまれ、おぞましい記憶《きおく》を消し去ろうと苦闘《くとう》します。いっぽう、ヒロインのミックルは、いつも前向きで決断が早く、行動的。テオをはじめ周囲の人をさまざまな局面でリードしています。戦場の兵士からも、「ほんの小娘《こむすめ》のくせに、おれたちといっしょにぺちゃくちゃおしゃべりしてさ。チャボの雄鶏《おんどり》みたいにずうずうしいんだ。それに頭がめっぽう冴《さ》えてる。たいしたもんだよ」と熱い支持を寄せられます。この二人のコントラストは、物語の魅力《みりょく》のひとつになっているとも言えるでしょう。

侵略者《しんりゃくしゃ》や圧政者とのあいだにくり広げられる戦闘のシーンは、読者に、容赦《ようしゃ》なく、戦争というものの残酷《ざんこく》さ・悲惨《ひさん》さ・不条理さを突《つ》きつけますが、この描写《びょうしゃ》のリアルさは著者の戦場体験から生まれたものです。著者は第二次世界大戦中、若いアメリカ軍兵士としてヨーロッパで戦い、ドイツ軍にたいするフランス・レジスタンス運動への支援《しえん》作戦にもかかわりました。一九九九年に行なわれたインタビューの中で、彼は、「わたし自身、ここに書いたのとほぼ同じ状況《じょうきょう》を生きていた」、「この本を書くうえで、多くの恐《おそ》ろしい記憶をよみがえらせるのはつらいことだった」と語っています。占領軍《せんりょうぐん》が何の罪もない一般《いっぱん》人《じん》を処刑《しょけい》したり、ひとつの集落をまるごと焼きはらったりすることも、ドイツ軍などによってごく当たり前に行なわれていたことです。「正義」の側に立つ人たちが、憎悪《ぞうお》に駆《か》り立てられて、ふだんの自分にはとうてい出来ないような行為を行なってしまうことも、よくあることでした。

この物語は、冒頭《ぼうとう》から、政府による検閲《けんえつ》、言論弾圧《だんあつ》のありさまを描《えが》いていますが、右のインタビューでこのことを聞かれた著者は、「わたしの思うに、検閲とは、人々に、権力者が知らせたいことしか知らせないための方法だ。……人々の自由ばかりか人々の知性にたいする恐るべき制約だと思う」と述べています。この問題についてのアリグザンダーの洞察《どうさつ》の深さは、次のようなくだりにも読みとることができます。第二巻で宰相《さいしょう》トレンスは、圧政者とはまったく違《ちが》う善意の目的から、戦争遂行《すいこう》にとって有害と思われる低劣《ていれつ》な言論を規制しようとします。「わたしは嘘を禁止するだけだ」と言うトレンスに向かって新聞記者ケラーが投げかける、「世界の歴史で、だれもそんな芸当をやってのけた者はいない。嘘を禁止しようとして、結局は真実を禁止してしまうんです」、「いや、知りませんでしたよ。あなたが人間の善意悪意を見分ける才能を持っておられたとは」という言葉は、「いい言論と悪い言論は、人間には区別できない。いい言論にも悪い言論にも同じような存在価値がある。だから言論の自由は無差別に守られる必要がある。これが言論の自由を守る意義の根幹にある真理なのだ」（立花隆『「言論の自由」vs.「●●●」』文藝春秋）という意見ともひびき合うきわめて重要な指摘《してき》です。

＊

この三部作についての外国での書評のいくつか――。

『王国の独裁者』について

「最高の名匠《めいしょう》アリグザンダーがすばらしい冒険《ぼうけん》物語を紡《つむ》ぎ出した。……著者は、ウェストマークの政治状況《じょうきょう》を描《えが》きつつ抑圧的《よくあつてき》支配体制について辛辣《しんらつ》な意見を述べている」（ブレティン・オブ・センター・フォー・チルドレンズ・ブックス）

「著者は、本書の中でジャグラーのように四つのストーリーを同時にあやつっていく。遠ざけたり近寄らせたり、交差させたりしながら、最終的には完全な円環《えんかん》を描き出す。……この作品の特質は、解決困難な問題を扱《あつか》っている点にある。善は善であるがゆえにかんたんに悪に勝つということはない。……アリグザンダーはこのような問題に安易には答えを出していない」（ニューヨークタイムズ・ブック・レビュー）

『ケストレルの戦争』について

「登場人物たちが直面するさまざまな道徳的政治的ジレンマ。……冒険小説としてきわめてエキサイティングだ」（ニューヨークタイムズ・ブック・レビュー）

「第一巻の冒険小説的悪漢小説的コメディーは、この巻になって、よりリアルなより複雑な物語に変化する。スピーディーなプロット展開、キャラクターの見事さ、皮肉《ひにく》っぽいウイット、……などがあいまって、戦争の英雄的行為《えいゆうてきこうい》、スローガン、制服、戦友愛、栄光といった神話に疑問符《ふ》が付けられる」（スクール・ライブラリー・ジャーナル）

「この本はディスカッションによる読書指導に向いている。それに適した箇所《かしょ》が多くあるが、とくに第十章の冒頭《ぼうとう》、レギア軍捕虜《ほりょ》に関するところを薦《すす》めたい」（ヴォイス・オブ・ユース・アドヴォケーツ）

『マリアンシュタットの嵐《あらし》』について

「三部作の最終巻だが、前の二冊と同様の名品であり、エキサイティングな小説だ。これ自体、独立した作品としても読める。……成長し進歩していく主人公テオ。そのほかにも生き生きとした人物が大勢登場して、ハイペースで、洗練された、サスペンスにあふれた物語を創《つく》り出している」（ブレティン・オブ・センター・フォー・チルドレンズ・ブックス）

「三部作の完結編である本書は、見事に練りあげられた驚《おどろ》くべきクライマックスによって登場人物たちの運命を決定する。文章による説明よりも人々の行動と会話に重点を置く手法が、緊張《きんちょう》を高め、ウェストマークの政治動乱の最終ドラマを迫力《はくりょく》あるものにしている」（ホーン・ブック）

「アリグザンダーは登場人物をしばしば絶体絶命の危機に追いこむことによってたくみに

サスペンスを盛り上げる。一気に読める冒険《ぼうけん》小説だが、著者は思慮《しりょ》深い読者のための材料も用意している。だれが国を治めるべきなのか、戦い、命をささげるに値《あたい》するものとは何なのか。文章は四年生にもわかるほどシンプルだが、述べられている理念はティーンエージャーや大人が読んでもいいほどに複雑である」（ヴォイス・オブ・ユース・アドヴォケーツ）

「三作とも実にすばらしい小説だが、この第三巻は特別に良い。わたしはミックルの大ファンなのだが、この巻で彼女は完全に彼女自身になる。ほんとうにすばらしい。……この三冊をぜひ読んでほしい！　そして友だちみんなに貸して読ませて、喜びを広げてほしい！」（アマゾン・カスタマー・レビューズ）

＊

著者ロイド・アリグザンダーは、一九二四年一月三十日ペンシルベニア州フィラデルフィア生まれ。一九四三年、十九歳《さい》になったばかりで陸軍に入隊、ヨーロッパ戦線で戦います。終戦による除隊後、ソルボンヌ（パリ大学）で学び、そこで美しいフランス女性ジャニーヌに会い、結婚《けっこん》。一九四六年、妻といっしょに帰国。作家を志し、さまざまな仕事をしながら小説を書いていましたが、一九五五年、最初の単行本を出版します。大人向けの小説も書き、フランスの詩人ポール・エリュアールの作品集や、サルトルの『壁《かべ》』『嘔吐《おうと》』などの翻訳《ほんやく》もしましたが、児童ものを書くようになってから、これこそが自分の天職と感じて専念し、やがて、現代アメリカ児童文学の代表的作家の一人と見なされるようになりました。J・R・R・トールキンの海外での後継者《こうけいしゃ》とも言われています。

四十編以上の作品を発表し、ウェールズの古い伝説に材をとったファンタジー『タランと角の王』を最初とする「プリデイン物語」全五巻、『人間になりたがった猫《ねこ》』、『セバスチァンの大失敗』などは、とくに有名です。ゆたかな想像力、透徹《とうてつ》した人間観察、変化に富むストーリー、ウイットに富んだ洗練された文体、独特の思想性などによって、広範《こうはん》な読者に親しまれているだけでなく、多くの若いアメリカ人作家から、自分が大きな文学的影響《えいきょう》を受けた人として、名前を挙《あ》げられています。好んでバイオリンを演奏し、猫を愛し、暴力と抑圧《よくあつ》を憎《にく》み、人権団体アムネスティ・インターナショナルの会員でもありました。

二〇〇七年五月十七日、フィラデルフィア郊外《こうがい》ドレクセル・ヒルの自宅で、がんのため死去。八十三歳でした。

アメリカの新聞「ワシントン・ポスト」は、アリグザンダー追悼《ついとう》記事の中で、彼の作品は「生き生きしたアクションと神話的要素を用いて、現代の善と悪との戦いを描《えが》いている」と述べ、さらに、評論家ローラ・イングラムの言葉を引用しつつ、彼の作中人物は、「現代人を混乱させ苦しめているのと同じ問題」をめぐって、行動し、考え、感じ、たたかっており、そのことが彼の作品に「特別の深みと洞察《どうさつ》」をあたえていると書いています。

この三部作を読み終えた方の中には、この評価に同意する人も多いことでしょう。

＊

評論社社長・竹下晴信さん、同社編集部・吉村弘幸さんにお世話になりました。厚くお礼申し上げます。

宮下《みやした》嶺夫《みねお》

二〇〇八年十月

ロイド・アリグザンダー Lloyd Alexander
1924〜2007年。アメリカのフィラデルフィア生まれ。高校卒業と同時に銀行のメッセンジャー・ボーイとなるが、1年ほどで辞め、地元の教員養成大学に入る。19歳で陸軍に入隊。第二次世界大戦に従軍し、除隊後、フランスのソルボンヌ大学で学ぶ。1955年、31歳のときに最初の単行本を出版。当初は大人向けの小説を書いていたが、児童ものを手がけるようになって作家としての評価が高まった。主な作品に、「プリデイン物語」全5巻（第5巻『タラン・新しき王者』でニューベリー賞）、『セバスチァンの大失敗』（全米図書賞）、『人間になりたがった猫』『怪物ガーゴンと、ぼく』（以上、評論社）などがある。

宮下嶺夫（みやした・みねお）
1934年、京都市生まれ。慶應義塾大学文学部卒業。主な訳書に、L・アリグザンダー『怪物ガーゴンと、ぼく』、R・ダール『マチルダは小さな大天才』『魔法のゆび』（以上、評論社）、H・ファースト『市民トム・ペイン』、N・フエンテス『ヘミングウェイ キューバの日々』（以上、晶文社）、R・マックネス『オラドゥール』（小学館）、J・G・ナイハルト『ブラック・エルクは語る』（めるくまーる）などがある。

ウェストマーク戦記③ マリアンシュタットの嵐

2008年11月30日 初版発行 2014年12月10日 2刷発行

●——著 者 ロイド・アリグザンダー
●——訳 者 宮下嶺夫
●——発行者 竹下晴信
●——発行所 株式会社評論社
〒162-0815 東京都新宿区筑土八幡町2-21
電話 営業 03-3260-9409／編集 03-3260-9403
URL http://www.hyoronsha.co.jp
●——印刷所 凸版印刷株式会社
●——製本所 凸版印刷株式会社

ISBN978-4-566-02408-3 NDC933 334p. 188mm×128mm

ロイド・アリグザンダーのユーモア作品集

セバスチァンの大失敗
神宮輝夫 訳

男爵家をクビになった楽師のセバスチァン。バイオリン一つを持って旅に出るが、ヘマばかりして何度も危険な目に。奇妙な仲間も加わり……。全米図書賞受賞

296ページ

人間になりたがった猫
神宮輝夫 訳

魔法使いに人間の姿に変えてもらった猫のライオネルは、勇んで人間の街に。でも心は猫のまま、とんちんかんなことばかり。やがて街の騒動に巻きこまれ……。

200ページ

木の中の魔法使い
神宮輝夫 訳

魔力を失って木の中に閉じこめられていた、老いた魔法使いのアルビカン。村の少女マロリーに助け出されるが、二人に次々と恐ろしい事件がふりかかる……。

272ページ

猫 ねこ ネコの物語
田村隆一 訳

優しく強く、勇気に満ちた八ぴきの猫のヒーローたちが、痛快無比の大活躍。ウィットとユーモアいっぱいの八つの物語に、猫好きも、そうでない人も大満足。

224ページ